尹婷

女主角。二十四歲。
四月十三日生，牡羊座。
網路ID：婷婷玉立413，家境殷實的單純女孩。
母親早亡，在父親和哥哥的保護下成長，對待世間之事自有一套美好的理論，
但看在仇正卿眼裡，這卻是對自己的人生和生活不夠嚴肅正經的表現。
而尹婷卻認為是仇正卿太正經，錯過了許多生活樂趣。
她希望他也能看到，她眼裡的美景。

求你正經點

目錄

第一章

命運的紅線，命定的女孩

仇正卿打了方向盤，讓車子轉了個彎。這時他遠遠看到一個頗為眼熟的身影，騎著腳踏車，在對面街上，與他的行駛方向正好相反。

是尹婷。

車子很快開近，仇正卿看清楚了，確實是尹婷。

尹婷穿著簡簡單單的T恤和牛仔褲，梳了個馬尾辮，騎著輛半舊的腳踏車。她屁股離座，身體前傾，雙腿賣力地蹬著腳踏板。因為從她那個方向行進，是一段很長很陡的上坡路。

仇正卿的轎車與她的腳踏車隔著半條街寬，交錯而過。

短短的時間，不遠的距離，那幾眼已經讓仇正卿看清楚，陽光灑在尹婷身上，她的馬尾晃啊晃，一臉歡快，看起來還真是——相當有活力。

尹婷是仇正卿任職公司的大小姐秦雨飛的好朋友，仇正卿與她有過數面之緣，算不上很熟，沒什麼交情，但印象深刻。仇正卿覺得尹婷和秦雨飛都是富家千金的做派，沒想到居然會騎著腳踏車在街上跑。

仇正卿所在的公司叫「永凱」，是國內知名的商貿集團，旗下多個知名品牌。仇正卿是職業經理人，三十三歲的年紀便在集團任副總，讓許多人豔羨，而且他還是老闆秦文易親自挖角過來親手栽培扶上位的，算得上事業有成，意氣風發。

今天是週日，休息的時間。通常這樣的日子對仇正卿來說，不過是把工作的場所從公司搬回家，但今天他難得出門，也難得是因為私人約會而出門。

約他的人是他的大學同學毛慧珠。

毛慧珠與仇正卿一樣，同樣家庭環境不好，當年在大學裡靠著獎學金和打工賺錢度日。獎學金名額有限，所以他們兩個爭得很厲害，生怕拿不到，那時同學們戲稱他倆是學霸雙煞。自習室、圖書館，熬夜念書的人裡，必有他倆的身影。

不過雖是競爭對手，但因為背景相似，遭遇相同，又都是刻苦努力的人，因此他們之間雖然沒有明說，卻也生出一份惺惺相惜的友情來。如若碰到適合對方打工的機會，都會把消息告訴對方，或為對方推薦爭取，但一轉頭，又各自拚命念書，在成績上拚個你死我活。

畢業後，各奔東西，仇正卿與毛慧珠都找到合適的工作。他們並沒有相聚慶祝，只是打了電話與對方說恭喜。毛慧珠還在電話裡跟仇正卿說：感謝他這個對手的存在，如果這四年沒有他的競爭陪伴，她一定不會有這麼優異的成績，沒有這份漂亮的成績單，也不可能進入夢寐以求的大公司謀得一職。

而其實這些話，也是仇正卿的心裡話。這麼多年後再回首，想一想曾經在他生命中出現過的女生，毛慧珠大概是很特別的一個存在吧。

大學那幾年，仇正卿全心投入到念書和賺錢當中，完全沒有想過戀愛。畢業後馬上工作，又面臨著殘酷的職場競爭，他再次投入，誓要做到最好，爭一口氣。不知不覺，工作已經十一年，他成為了職場精英，感情卻沒有著落。

而毛慧珠工作兩年後就獲得了一個升職的機會，與她的上司共同被調派到國外常駐。於是便與原本就聯絡不多的仇正卿斷了聯繫。今年她回國，發了電子郵件給仇正卿，於是兩人又重新聯絡上了。

毛慧珠與仇正卿互通電話，互述這些年的情況，沒想到竟然又是驚人的相似，都是事業有成，成績亮眼，也都沒談戀愛。

仇正卿不禁失笑，他們兩人真是太像，她就像是另一個性別的他。

兩人從經濟到政治，再到行業發展分析都談得非常合拍，前幾天毛慧珠來電約他週日見面，仇正卿欣然答應。

雖然是毛慧珠邀約的，但身為男人，仇正卿還是主動提出了他請客以及負責接送。他訂了一間挺有名氣的餐廳，之前與人商務會談吃飯時去過，店裡的裝潢很高級，環境也安靜。

毛慧珠對仇正卿的安排很滿意，她也沒拿架子讓仇正卿花時間等她。他車子一到，她就下了樓。這是兩個人大學畢業後第一次見面，看到對方不由得都笑了。

蛻去青春的青澀，十年的社會磨練讓他們都鍍上了一層精英的光芒，自信、幹練，當然，還有成熟。兩人變化都很大，只是從樣貌上還是能一眼認出對方。

兩人相視而笑，坐上車子就開始聊。毛慧珠感嘆光陰似箭，仇正卿道：「沒有虛度就好。」

毛慧珠又笑，「你說話果然還是這種風格和語氣呀！」

仇正卿也笑，「那也算保持住了個人特色。妳倒是變了許多，以前說話硬邦邦的。」

「我是女人嘛，出了社會打拚，硬邦邦的會被人踩死，總要圓滑些。這方面你們男人占便宜了，就算耍個性，這社會對你們的包容度也比對女人寬容很多。」

「會嗎？」仇正卿啟動車子上路，「我倒覺得性別不重要，背景和來歷卻有很大的影響。」

這話說到毛慧珠心裡，沒背景沒來歷的人，要混到他們眼下的成績，確實要付出許多努力。

「我們都辛苦了。」她微笑，看了仇正卿一眼。

仇正卿也看她一眼，想到往事，「是挺辛苦的，當初在自習室看到妳還沒走，我想著我要是走早了會輸給妳。」

「哈，我也是！」

兩個人又笑起來，一路聊得高興，仇正卿忽然發現路邊有個眼熟的身影。

怎麼她還在這裡？

仇正卿放慢車速。他現在是走回頭路，剛開過那個又長又陡的坡道，就看到剛才滿是活力踩著車爬坡的尹婷坐在路邊樹蔭下，旁邊停著她的腳踏車。車子駛近了，仇正卿看到原來那腳踏車的車鏈斷了。

仇正卿猶豫了一下，最後還是決定過去問一問，便把車子靠邊停。

尹婷站起來拍拍牛仔褲，卻看到有輛轎車停到她的腳踏車旁，她停下了動作。

轎車駕駛座那邊的車門打開，仇正卿從車裡出來，問：「妳的車怎麼了？」

尹婷看到仇正卿，頓時兩眼一亮，那表情簡直就是在臉上寫上了「救星」兩個大字。

「仇總！」連語氣都透著「救星」這深刻的意味。

仇正卿被她激動的表現弄得有些失笑，他指指她的腳踏車，「壞了嗎？」

「是啊！」這不是很明顯嗎？尹婷連蹦帶跳地到仇正卿跟前，「好不容易蹬上了坡，結果它就死給我看！」鏈條斷了，剎車線斷了，死得挺悲壯。

「那妳怎麼辦？有朋友或是家人來接妳嗎？」仇正卿再問。

「沒帶電話。」尹婷答得乾脆。

仇正卿蹙眉頭，正想著是借電話給她用還是送她一程，結果尹婷主動說：「仇總，你能幫我把車子運一段路嗎？前面怡園路上有家修車行，你把我送到那裡行嗎？」

話音還沒有落，這邊的車門開開，毛慧珠從車裡下來了，尹婷這才看到車上原來還有人，還是個盛裝打扮的女人。幹練的短髮，精緻的妝容，名牌套裝。

約會？尹婷的八卦之魂瞬間熊熊燃燒，但還記得要努力克制，趕緊有禮貌地再補問一句：「方便嗎？」

「可以，反正也是順路。」仇正卿訂的餐廳正好也是在怡園路上。他對毛慧珠點點頭，指了指尹婷，「這是我同事的朋友，叫尹婷。」

尹婷咧開笑容熱情打招呼：「妳好，妳好，不好意思啊，麻煩你們了，希望沒有太打擾！」這笑容太燦爛，弄得仇正卿一臉黑線。他接著再介紹：「這位是我朋友……」

他話還沒說完，毛慧珠就插話道：「妳好，我叫Zoe。」

仇正卿一怔，想起毛慧珠電子郵件的署名、網路ID，以及自稱確實都是Zoe，又想起大學時毛慧珠的名字曾被同學嘲笑土氣的情景，當下明白過來，看來她一直很介意這個。

當下他也不多說，順著毛慧珠的意思道：「Zoe，尹婷的車子壞了，我們送她一程吧。」

毛慧珠沒有二話，於是仇正卿幫尹婷把腳踏車塞進他的後車箱，三個人上了車，繼續前進。

尹婷坐在後座，好奇地瞄前面那兩個人。

仇總大人居然約會耶！這八卦真勁爆，好想打電話報告秦雨飛啊，可惜沒帶手機……

仇正卿開著車子，總覺得背後有道視線一直在扎他。他從後視鏡看了一眼，後座的尹婷那一臉激動的表情讓他想嘆氣。真不怪他伸出援手前要猶豫一下，秦雨飛大小姐那一國的人真是不能招惹。

仇正卿看了毛慧珠一眼，她端莊安靜地坐著，感覺到他的目光，回視了他一眼，笑了笑。車上多了一個人果然氣氛就不對了，她也無心再開什麼話題，只想快一點到目的地。

仇正卿清咳一聲，問尹婷：「送妳到修車行就好了吧？」然後修好車她就能自己回去了吧？

「啊，對了，仇總，你能借我一點錢嗎？」尹婷提到錢，毛慧珠看了她一眼。

「怎麼？」仇正卿皺眉頭，「妳錢包丟了？」

「我沒帶。」尹婷的回答繼續保持著乾脆俐落的風格。

仇正卿的眉頭皺得更緊了，「妳沒帶手機，沒帶錢包，騎著車子要去哪兒？」

「不去哪兒。就是今天天氣真好，我覺得出來兜兜風肯定很舒服，就騎腳踏車出來了。原本打算繞著社區騎五分鐘就回家，所以就沒背包包。結果天上的雲很好看，我就想著騎過那朵雲就回頭，結果那雲跑得挺快的，我不小心就騎遠了。」

仇正卿無語。毛慧珠撥了撥頭髮，也無語。

尹婷安靜了五秒，又問：「那借錢沒問題吧？不然沒錢修車。」車子修好她就能騎回家了。

「沒問題。」仇正卿一口答應，但他忽然又想到了，「妳不會連鑰匙也沒帶吧？」

「咦？」尹婷開始翻口袋。

「啊！」看來是沒帶。

「哦！」尹婷一連三聲語助詞讓仇正卿想揉額角。

「沒關係，我哥肯定在家，我出門的時候他還在睡大覺。」尹婷一點都不愁。

仇正卿很想嘆氣，很想問她能不能正經對待這種粗心的錯誤，不過她不是他的員工，他忍！

過了一會兒沒忍住，仇正卿還是決定要主動告誡：「下次還是多注意一點吧，這種情況，要是我沒有碰巧經過怎麼辦？」

「沒關係的。」尹婷搶著答話。

仇正卿一噎，他不是在問問題好嗎？他只是在講道理之前先鋪墊，這叫開場白。

尹婷顯然沒有領會這種語言的藝術，她繼續說：「仇總，你放心吧，我剛才只是突然腳踏車壞掉，而且壞得太慘覺得有點沮喪，所以路邊歇了一下。」

明明歇了快二十分鐘！仇正卿按自己開車來回的時間距離推算，他看到她之後不久她的腳踏車就壞了，所以她束手無策在路邊等了很久。

「我剛才正準備招輛計程車幫我載腳踏車的。我打算把腳踏車押在修車行，讓計程車先載我回家，回到家就有錢付車錢，然後就有錢去修車行贖我的腳踏車。你看，很好解決的。」

仇正卿又一噎，幸好剛才他沒訓話，不然會顯得他很愚蠢，可是，等一等，重點不是解決方案的問題，是態度的問題。解決方案是要有，但態度不端正就會陷入不停出錯不停尋求解決方案的惡性循環裡。對，他要訓的是這個！

尹婷又接著說：「就算招不到車也沒關係，我推著車一直走到修車行也沒問題，我常鍛鍊，體力好。到了修車行，跟老闆借電話打給我哥，就一切搞定了。」

很好，有B計畫，還展現了她女漢子的實力！仇正卿抿抿嘴，「還有嗎？」

「還有一個更簡單的，就是隨便攔個路人，跟他借手機打給我哥，然後一切搞定，我坐著等他來就行了。」

仇正卿嘴抿得更緊，C計畫出來了，可他不是想問問題，他明明是沒忍住，用了譏諷的語氣。通常下屬們聽到他這話，會立刻閉嘴等他下指示。好吧，她不是他的員工，他忍！

可他沒忍住，他還是想說一說她，「妳有沒有想過如果妳出門前做好計畫，不要偷懶，把包包帶好，出了門不要這麼馬虎，注意好自己的安全，妳後面這些周折辛苦就沒必要了？」他一邊說，一邊從後視鏡裡看著尹婷。

尹婷眨了眨眼睛，一臉無辜，「仇總，你別擔心，這些都是小問題。」

仇正卿被噎住，他不是擔心，他是在斥責。他剛要說話，尹婷卻指著前方叫道：「到了，到了，就是綠色招牌那家！」

居然這麼快就到了？仇正卿皺皺眉頭，沒訓到話頗遺憾。不過算了，她又不是他的員工。

仇正卿把車子停到路邊，幫尹婷把腳踏車搬了下來。修車行生意好，有人在排隊，老闆告訴尹婷，至少要等一個小時。

「行，那我的腳踏車放這裡，你先修著，我回頭來取。」尹婷應完老闆，轉頭對仇正卿道：「仇總，我不用借錢了，我搭計程車回家。」

仇正卿沒說話，掏了手機給她。尹婷看著手機，一臉茫然。

「先打電話給妳哥，確認他在家，確認他會在家等妳幫妳開門。」

「哦。」尹婷接過手機，想了好一會兒才背出來她哥的手機號碼，然後開始撥。

「哥……啊，對不起，打錯了！」尹婷第一通電話失敗，仇正卿在旁邊聽得眉頭忍不住又要皺起來。如果他是她哥，一定押著她把全家的手機號碼都背下來。

尹婷第二通電話打對了，但仇正卿的眉頭還是皺了起來，因為尹婷還沒開始說她的情況就開始嚷嚷：「什麼？我出門的時候你不是還在睡，怎麼轉眼就飄到郊外了？你跟朋友去爬山啊？哦，這樣啊，也好，你是該進行一些健康的運動了，總是熬夜還不運動，身體不好。爬山好啊，多呼吸幾口新鮮空氣，不要抽菸喔……好嘛，我不嘮叨了，那我掛了。你要好好爬啊，一定要到山頂喔！」

尹婷掛了電話，呈現沉思狀。

仇正卿覺得自己真是個冷靜的人，這樣都沒有抓著她使勁晃問她腦子裡到底裝著什麼。自己沒有錢，沒有鑰匙，進不了家門，然後還跟她哥說你要好好爬山，是該進行一些健康的運動。

腦子進水了嗎？

「妳家裡還有誰？」他耐心，得耐心。

「我爸一早跟朋友去釣魚了，也不在家。」

很好，非常好！仇正卿抓了抓頭髮。她沒提到她媽，但這語氣像是家裡沒別人了。

「要不，聯絡秦雨飛，妳去她那裡待一會兒？」他提建議。

毛慧珠在車上看著這邊似乎有些情況，下了車走過來，剛好聽到尹婷問仇正卿：「仇總，你能借我一千元嗎？」

「做什麼？」仇正卿反問。一千元小意思，但他想不到她要這錢做什麼，難道找個鎖匠去開她家的鎖嗎？難道她真的不考慮去投奔秦雨飛，或是別的朋友也可以呀！

「我餓了。」尹婷的回答簡直讓仇正卿絕倒。

「餓了？」這女人絕對有一顆與眾不同的腦袋。

尹婷用那顆腦袋點了點頭，指了指斜對面那家離他們最近的，也是這街上唯一的高級餐廳，「那家有個八百六十九元的牛排套餐還可以。我餓了，反正腳踏車沒修好，家門打不開，所以先去吃飯比較實在。修車要一百三十五元，我吃完飯來取車，然後可以騎去附近的一家育幼院玩，接著等我爸下午回來，我再回家，這樣剛剛好。」

「可是妳還差四元。」仇正卿正經嚴肅。

「什麼？」尹婷一臉茫然。

「八百六十九的牛排套餐加上一百三十五的修車費一共是一千零四元，妳跟我借一千元，還少四元。」

「咦？」尹婷眨了眨眼睛，掰手指數了數，「我以為還能多出六元。」

仇正卿完全不想接她的話，這數學水準，沒法對話。他示意她上車：「走了，我正好在那餐廳訂位了，一起去吧。」

咦，那她不是成了電燈泡？這樣給她太多的八卦機會不好吧？她會擔心自己把持不住啊！

尹婷有點小興奮，看了看仇正卿又看看毛慧珠。她很想好心提醒仇正卿，那家餐廳除了牛排，其他的東西做得一般，但價錢貴到死，性價比真不行，而且商務氣息濃厚，氣氛靜寂，完全不適合情侶約會，她也是今天這麼不巧沒別的選擇才決定到這家將就一下。她知道不少適合談情約會的好

地方，她可以推薦。

不過她不是這麼不識趣的人，而且人家願意借錢給她吃飯，她還是不要多話的好。

毛慧珠心裡有些不舒服，今天的約會對她來說很重要，偏偏遇上尹婷這個攪局的。這個女生還挺不識趣，吃個飯故意要挑個六百多元的，張口就借錢，有些占人便宜的感覺。仇正卿說帶她去吃飯，她立刻兩眼放光，這讓毛慧珠更覺得這女生差勁。同事的朋友而已，又不熟，這樣她怎麼好意思？

毛慧珠看了仇正卿一眼，見他面色如常，似乎並不介意，她也就沒說話。目前她跟仇正卿還沒到那層關係上，跟尹婷也不認識，所以她就忍著不發表任何意見了。

到了餐廳，毛慧珠先去洗手間，尹婷站在桌前沉思狀，仇正卿問她：「怎麼了？」

尹婷道：「我在想我自己坐在旁邊桌吃和夾在你們中間當電燈泡哪個更失禮一點。」

「坐下。」仇正卿沒好氣。

尹婷趕緊坐下。有人幫她拿主意真是太好了。電燈泡就電燈泡，人家不介意，她更不介意。

「妳如果坐到旁邊去，丟臉的人是我。」仇正卿板著臉提醒尹婷。他覺得大家既然都來同一個餐廳就乾脆一起吃，不然借錢給她丟她一人在同一家餐廳各坐各的，實在是很尷尬。

「對的，對的！」尹婷反省了一下，確實沒考慮到這一層。

洗手間裡，毛慧珠一邊洗手一邊抬眼看了看鏡子裡自己的妝容，思索著找什麼機會跟仇正卿談。這當然是要等那個尹婷走後。今天她約仇正卿出來是想說一件重要的事，見了面之後，她更覺得自己的想法不錯。仇正卿讓她很滿意，十一年的光陰在他身上只留下了成熟和穩重，幹練及精英氣質。他頭髮沒少，沒有小腹，身材挺拔，相貌堂堂，確實是一個好對象，很適合她的對象。

毛慧珠再看了看鏡中的自己，她也很不錯，土氣的醜小鴨早已蛻變成天鵝，只是女人和男人不能比，三十三歲的年紀，在男人身上叫做黃金年齡，她卻要被叫「剩女」。這是這些年拚命努力取得成績後留下的負面結果，女人成功所要付出的代價。

她當然對「剩女」這個詞是不屑、不認同，但她改變不了其他人的看法。周圍越來越多的朋友關切她的婚姻大事，老家裡的那些窮親戚就更不必說了。就算她出國多年，就算她的言行舉止穿著與多年前完全不一樣，仍然改變不了她的背景，阻止不了親戚們的嚼舌根。況且，她也覺得，該是時候結婚了。

只是她骨子裡還是很傳統，對嫁洋人沒什麼興趣，在國外的華人圈裡也沒有遇到合適的人。這次回來，與仇正卿聯絡幾次後，她想起了過去。在那青蔥歲月中，她也曾對這個刻苦得猶如拚命的年輕男人有過懵懂的好感，只是那時候無心想這些。而且她是知道自己的，雖然出身窮苦，但她目標遠大，她發過誓一定要憑藉自己的實力得到財富與尊重，現在她做到了。而那個時候的仇正卿與她一樣窮苦，所以毛慧珠知道，回到過去，她也不會對那個窮小子仇正卿有什麼念頭。

只是現在不一樣了，仇正卿依然沒有輸給她，這讓她很高興。於是，一個念頭自然而然地冒出來。她想，應該不會有比仇正卿更適合她的對象了。他們完全一樣，他不會看不起她，也不會巴結她。他能理解她的那些窮親戚，理解她的許多觀點、想法和舉動。她想著，跟這樣的對象相處應該會很輕鬆。沒有自卑和自傲，完全平等的兩個人，再適合不過。

毛慧珠擦乾手，整理好心情，走出洗手間。希望今天一切順利，但得先等那個尹婷離開。

毛慧珠剛回到座位就聽到尹婷向服務員點了那個八百六十九元的牛排紅酒套餐。毛慧珠忍不住看了她一眼，這位女孩還真是不客氣啊，同事的朋友而已，她還真敢點。她打量了一下尹婷，穿著普通，也沒打扮，騎個破腳踏車，想來沒太多機會到這樣的餐廳。這一想，讓她心裡更不舒服。她一心偏幫仇正卿，所以對尹婷完全沒好感。

毛慧珠隨便翻了翻菜單，點了個義大利麵、蔬菜沙拉和鮮榨果汁。其實吃什麼不太重要，她不太講究和計較這些，她今天的主要目的是想見一見仇正卿，畢竟這麼多年了，也不知他變成了什麼樣子。電話、網路上聊得合拍，但真人也別變得太糟糕才好。還好，仇正卿的事業成績跟她一樣好，就連外貌身形也與她一樣維持得很好，他果然是個對自己人生很負責的人。

再加上這次約會能看出仇正卿很有風度，她覺得很滿意。只是男人太有風度了也不是好事，毛慧珠再看一眼尹婷，太有風度，會有某些人趁機占便宜。

仇正卿也點好了餐，服務生收走了菜單，剩下他們三個人大眼瞪小眼。

尹婷開始找話題：「Zoe，妳是做什麼的？」身為一顆合格的電燈泡，她自覺有幫忙活絡氣氛的責任。

毛慧珠一邊回答一邊習慣性地打開皮包掏出名片夾，遞給尹婷一張名片。

某大型外企的中國區副總！

尹婷一臉黑線，她就是隨便問問，姊姊，妳要不要這麼認真？還有大週末的出來約會還帶名片，這樣真的合適嗎？尹婷趕緊接過名片，誇讚毛慧珠能幹。

毛慧珠禮貌地笑了笑，覺得被尹婷誇也沒什麼好驕傲的，又反應過來自己習慣性掏名片有點傻，名片給她有什麼用？人家可能還會以為她顯擺呢！

尹婷轉頭看向仇正卿，他不會也帶名片了吧？有點好奇，於是她試探著小聲問：「仇總，你有名片嗎？」

仇正卿揚揚眉，「妳要？」

尹婷臉上繼續黑線，說不要可以嗎？她想了想，決定還是禮貌一點，便說道：「謝謝。」

仇正卿看著她，心道：謝謝是要還是不要？搗亂嗎？她沒事要他名片幹什麼？

毛慧珠已經順手遞了張名片給仇正卿，反正拿出來了，他們還沒有交換過名片。仇正卿接過，禮尚往來也掏出名片遞了過去。

尹婷愣愣地看著這一幕，這真是……天生一對啊！

別說她想太多，她敢打賭這兩人雖然裝模作樣在換名片，但實際上肯定有些波濤暗湧。以她身為女人的直覺，加上追求男生的豐富經驗，當然了，一直沒追成功這個結果不能說明她沒經驗，總之，她就是敏銳地察覺到了他們之間的那種微妙關係。

尹婷看看這個，再看看那個。仇正卿正準備把錢包收回去，看到她看過來，回視了一眼。尹婷趕緊笑了笑，仇正卿在心裡嘆氣，覺得她這笑的意思是想要名片。雖然他不覺得給她名片有什麼意思，但人家開口了，他就給吧。

尹婷訕訕地接過仇正卿遞來的名片，繼續保持笑容，把名片還回去這種事情真是太不禮貌了。她道了謝，把這兩人的名片都塞進牛仔褲的口袋裡。

毛慧珠正在看仇正卿的名片，看到公司大樓所在的區域，想起她有個朋友也在那邊的大樓上班，是做投顧的，於是順嘴說了一句。仇正卿也知道那家投顧，兩個人便說起了他們所知道的一些投資項目，又很自然地討論起資產運作、上市操作等等。

尹婷在一旁虛心地喝水。由一張名片引發的經濟討論啊，完全聽不懂。她只盼著餐點快點上來，她真的好餓。

似是聽到了尹婷心裡的呼喚，服務生把尹婷點的套餐裡的餐前酒、麵包、魚子醬、沙拉、濃湯等送了上來，擺了小半張桌。毛慧珠和仇正卿兩人的談話停了下來，看著服務生擺桌。

尹婷有些不好意思，問：「你們要不要也來一點？」

毛慧珠笑了笑，「不用客氣，一會兒我們的也上了。」

「那我就開動了。」尹婷也不客氣，招呼一聲後，開始大快朵頤起來。

於是毛慧珠和仇正卿又繼續聊他們的經濟話題，過了一會兒，他們的餐點上來了，尹婷的正菜也上了，滿滿一桌的碗盤，三分之二都是尹婷吃的。

毛慧珠默默看了她一眼，看她吃得很投入，她決定算了，無視這狀況，反正也不是她朋友，以後也不會有交集。倒是仇正卿那邊，有機會她會提醒他一聲，對同事的朋友，真的不必太客氣周到。

其實尹婷不是不後悔，早知道就算不好吃，她也點別的好了。她哪會想到這兩人這麼有意思，出來約會吃飯跟吃商務套餐似的，太不浪漫了。現在弄得這局面，她唯有趕緊消滅一盤是一盤，讓服務生把空盤撤下去，她就沒那麼丟臉了。

努力吃吃吃，桌面上終於沒那麼難看了。尹婷鬆了一口氣，停下來歇歇，那兩位社會精英已經聊到了歐洲的經濟局勢。尹婷在心裡嘆氣，真是憂國憂民憂天下，做大事的人啊！

這兩人要是不湊成一對，她是絕對不服氣的，實在太般配了！

尹婷把杯裡的紅酒喝完，中場休息結束。她繼續認真努力地吃，十分鐘後，終於搞定。

吃飽了，好滿足！

服務生把空盤收走，尹婷面前的桌面頓時清爽乾淨，她開始思考要怎麼告辭。一個合格的電燈泡必須是得善解人意的，必須是吃飽就撤的，她準備好了。

尹婷的沉思狀引得仇正卿側目，而仇正卿的側目也讓毛慧珠側目，於是尹婷一抬頭，發現這兩個人都在看自己。

「我吃飽了。」撤退前的開場白簡單明瞭，接下去就是表達謝意和歉意：「餐點很美味，多謝仇總伸出援手。我打擾了這麼久，實在是不好意思，那就先告辭了。」接下來就是表達請求：「不過還請仇總再借我一百三十五元，我去取我的腳踏車，回頭還仇總。」

一氣呵成，條理清楚，流利果斷，尹婷對自己很滿意。

仇正卿拿出錢包，掏出五百元遞給她，「一百三十五元哪裡夠，萬一又出點什麼意外呢？多出的錢妳留著備用，萬一進不了家，可以搭計程車、吃個飯，應應急。」

仇正卿的大方讓毛慧珠皺眉頭，尹婷卻是沒客氣，「好的。」她大方接過，站起來又與仇正卿和毛慧珠招呼幾句，告辭走了。

毛慧珠看著尹婷歡快走出餐廳的背影，忍不住問仇正卿：「她是做什麼的？」

「好像是在某個印刷廠裡做行政之類的工作。」他如果沒記錯的話，尹婷當初是說過她在她爸開的印刷廠裡做事。

「同事的朋友？很熟嗎？」

「算不上熟。」

「那她賴帳不還呢？」

仇正卿失笑，「不至於。」他相信尹婷還真沒把這幾百塊放眼裡。

「對你來說也許是小事，但有些人卻是會覺得有便宜不占白不占。若是被人惡意賴帳，就算只有幾百塊也是會讓人心裡不舒服。」

「多謝妳，別擔心，不會的。」仇正卿語氣淡淡的，擺明了不願多談這事。撇開尹婷不可能賴他區區幾百塊不說，因為不了解情況而用未發生的事來惡意揣測他人這一點，他並不欣賞。什麼人能怎麼相處，該不該借錢，值不值得幫忙，他覺得這點判斷力他還是有的，他很不喜歡別人對他指手畫腳。在這點上，仇正卿承認自己是有些大男人主義。

毛慧珠識趣地不說話了，就此打住這個話題。她還不是仇正卿的什麼人，自然管不到他借給誰幾百塊這樣的小事，只是這種跟你又不熟還要主動當冤大頭的行事風格她並不認同。不過這個小問題還動搖不了她覺得仇正卿是個很合適的結婚對象的判斷。

她喝了一口水，決定不拐彎抹角，直接切入正題。

「仇正卿，你還記得當年畢業的時候，我打電話給你說，謝謝你這個對手的存在嗎？」

仇正卿笑，「記得，這話我永遠不會忘。其實當時我沒說出口，但這也是我心裡想的。競爭帶來壓力，壓力推動進步，那時候幸虧有妳這個強勁的對手，我也才能有那麼優異的成績，進入理想的公司工作。」

「哈！」毛慧珠很開心，「看來我們不但各方面都像，還心有靈犀。」

仇正卿笑著點頭。

毛慧珠接著說：「而且相隔多年，我們再見面時，竟然還是單身。我覺得我們兩個還挺有緣的，所以我想問問你，你願不願意以結婚為前提與我交往？」

仇正卿一愣。這麼單刀直入、直截了當，果然是女強人的風範。

若要交往，當然是以結婚為前提，他可沒時間玩戀愛遊戲，也沒那心情。毛慧珠對他來說確實是個特殊的存在，也確實志趣相投，與她聊天很愉快，但是她剛剛那樣推斷尹婷和念叨他借錢，讓他有些介意。她是個很強勢的女人，強勢又喜歡插手這些瑣碎小事，這個嘛……仇正卿也不知怎麼地，沒馬上答應。

其實這個約會之前，他隱隱就感覺到或許毛慧珠有這方面的意思，也許是男人的直覺，而他也算得上有一點點期待，男人的虛榮心嘛。就算她什麼意思都沒有，他也很樂意與她見面。總之，理智告訴他，論學識、論經歷、論個性，毛慧珠對他而言確是個理想對象，但就在剛剛，也是理智告訴他，也許這對象並不是太理想。

身為一個忙於工作的事業型男人，娶個強勢的老婆他並不介意，他覺得另一半有自己的事業又獨立幹練是很好的，很適合他，只是如果強勢還愛對他的小事管東管西，他會不爽。

他這一剎那的猶豫被毛慧珠看在眼裡，她微微一笑，落落大方地道：「不用現在馬上回覆我，畢竟這是件嚴肅的事，你可以考慮考慮。我們保持聯絡，若你有決定了，再告訴我。」

仇正卿鬆了一口氣，微笑道：「好。」他確實還需要時間考慮，基於負責任的態度和精力與時間的寶貴，一旦答應交往，他便會盡全力達成結婚這個目標。

仇正卿喜歡毛慧珠落落大方的態度，在心裡默默為這專案的可行性加了點分數。

三天後，下午五點，仇正卿在會議室裡正跟下屬開會，會議臨近尾聲，業務經理在做最後的計畫說明。這時候，仇正卿透過會議室的玻璃牆看到尹婷從外面走過。他想起週日的事，覺得尹婷是來還錢的。

果不其然，他看到尹婷在他的辦公室門口停下，與他的祕書說了什麼。他的祕書應該是告訴她，他正在開會，因為他看到尹婷轉頭朝會議室這邊看過來。她看到他了，對他揮了揮手，露出大大的笑容，又舉起手上一個信封，用手指點了點，示意她把信封交給他的祕書。

仇正卿微微點頭算是打過招呼，他猜那信封裡應該就是要還的錢。他繼續專心聽報告，然後簡單扼要作了批示，接著散會。他要開的會不少，最討厭在會議上講廢話，耽誤自己的時間也耽誤別人的時間，影響效率。

仇正卿領頭出了會議室，經過祕書的位置時，祕書遞給他尹婷留下的信封，「尹小姐說這是還你的錢。」

仇正卿點點頭，回到辦公室坐下，動了動僵硬的脖子，不經意看到桌上的杯子空著，他決定去倒杯茶。

仇正卿喜歡自己去茶水間泡茶沖咖啡，一來這是他長期坐在辦公室裡僅有的利用走動來活動身體的機會，二來去茶水間的路穿過大半辦公區，他可以觀察員工們的工作態度。他自己就是一個拚命的人，所以他對下屬的工作態度很在意。

從這方面來說，他算得上是一個嚴苛的主管。

拿著杯子慢慢走，經過大小姐秦雨飛辦公室門口的時候，他聽到了尹婷的聲音。

「福星高照！」

她的聲音又脆又響亮，仇正卿聽著都能想像出她眉飛色舞的表情來。腳步緩了一緩，他聽到尹婷在裡頭繼續說著話，不過聲音沒有「福星高照」四個字響亮，他聽不清楚，只隱隱聽到什麼「求你正經點」、「女朋友」、「拉車子去修」、「電燈泡」什麼的，仇正卿覺得這一定是在說他。

「求你正經點」這五個字引起了他的濃厚興趣。什麼意思？不會是綽號吧？這麼長這麼有深意的綽號？

仇正卿乾脆站到秦雨飛辦公室門口，聽聽尹婷到底在說什麼。

尹婷果然是在八卦他的事，她說覺得那位Zoe跟他很有夫妻相，氣質相近，志趣相投，然後嫌棄他們說的話她聽不懂，又嫌棄他不會挑餐廳，還說當時真想推薦適合談戀愛的好餐廳給他，不過時機不對，就沒說了。

仇正卿抿抿嘴，談戀愛？他完全不覺得會談戀愛，戀愛應該沒有工作有趣，但毛慧珠跟他確實是一個頻道上的。他也不覺得毛慧珠需要戀愛，只是年紀到了，需要結婚了，而他們很投緣，應該能成為很好的夥伴。他與毛慧珠大概都是這樣的想法吧。

尹婷作為外人，只用了那麼短的時間就看出他與毛慧珠是合適的一對，那也許真的是合適。他在心裡默默為這專案的可執行性再加點分數。

裡面兩個女生的話題已經繞到了尹婷多次追求男生但總是失敗的經驗上，正為自己與男受友的感情事煩惱的秦雨飛問尹婷：「妳失戀這麼多次，怎麼走過來的？」

「我就想啊，天涯何處無芳草，這根沒了還有下一根，總會遇到合適的。要是倒楣一直遇不到，我也過得挺充實的呀，不枉此生。比躲著暗戀，什麼都不幹的強。」

仇正卿彎彎嘴角，有些想笑，真是小女生，還挺想得開的。他打算走了，女生的話題不適合他聽。回頭他也要提醒一下秦雨飛，雖然她是老闆的千金，永凱集團的公主大人，但是身為公司裡的一名職員，上班時間還是要認真工作才好。現在她有客人在，他就不當面說了。

可剛要轉身，秦雨飛卻發現他了。那目光掃過來，緊接著尹婷的目光也掃過來，捉到他偷聽。這下仇正卿倒又不好馬上走掉，於是清了清喉嚨，道：「首先糾正一點，那女生是我大學同學，還不是我的女朋友。」

「哦。」尹婷點頭，很能隨機應變，「還不是的意思，就是以後會是的意思吧？」

仇正卿挑了挑眉，該怎麼定義這事呢？說出去的話就得負責，而他並沒有最終確定與毛慧珠之間的關係。尹婷見他沉吟思考，明白了，趕緊跟秦雨飛道：「我的情報不算錯，就是有個時間差。」

仇正卿皺眉頭，想想算了，沒必要跟她們解釋，但他要確認一個問題：「『求你正經點』是什麼意思？」

秦雨飛裝傻不說話，尹婷眨了眨眼睛，「就是……嗯，那個……你的外號。」

「……」還真是啊！仇正卿沒掩飾自己臉上的表情。

取外號的那個人一定不知道「簡潔」這個詞的含義，不過倒是取得滿有內涵的，因為他真的很想對面前的兩位大小姐說這句話：求妳正經點。生在條件好的家庭，就更該懂得珍惜，認真負責地對待工作和生活才對。

不過秦雨飛馬上打破了仇正卿這麼「積極向上」的人生觀，她說：「仇總，小婷找我有事，我先下班，早走一會兒。」說完還非常明顯地遞個眼色給尹婷。

尹婷會意，很仗義地馬上為她打掩護：「對，對！」

仇正卿沒好氣，「所以尹小姐自己翹班跑來我們這裡不算，還把我的員工也誘拐早退？」

尹婷一愣，張了張嘴。對哦，雖然這並非她的本意，但事實好像就是這樣。

秦雨飛才不管這兩人的反應，她在與因病住院的男朋友鬧彆扭，現在她後悔了，她想去看他，誰也攔不住。她收拾好了包包，拉了尹婷就走。尹婷跑了幾步後又回頭，看到仇正卿還站在那裡看著她們，忽然覺得這位仇總大人有點可憐。他每天只會工作工作，連酒吧都沒去過，現在還被秦雨飛欺負了。

不過，他臉上的表情很嚴肅，嚴肅得讓她莫名有些想笑。

尹婷忍不住對仇正卿扮個鬼臉，「求你正經點，幸好你不是我老闆啊！」

像她這樣胸無大志，毫無事業心的人，要是成了仇正卿的下屬，一定會過得很慘的。

阿彌陀佛，福星高照！

秦雨飛和尹婷跑掉了，仇正卿慢吞吞地繼續朝茶水間走，途中看到有些員工看著秦雨飛翹班，面露羨慕之色。他看過去，不需要說話，那些人趕緊低頭工作。也是，人家能夠自由奔放，那是因為人家的老爸是大老闆。

仇正卿猜得到他們在想什麼，他很不高興地泡了茶回辦公室。他一定要跟秦雨飛好好聊聊，她這種散慢的工作態度不是一天兩天了，這樣是給大家做了很不好的示範，會讓人覺得原來混日子也能對得起自己的工作和薪水，甚至產生消極的想法，覺得再怎麼努力都沒用，出身不好，家庭條件不好，就註定只能混日子。

這樣不對，這真的是非常不好的示範，仇正卿不希望大家這樣想。

在他看來，無論家庭條件如何，家庭背景如何，都不是生活會過得如何的決定性因素，自己不夠努力就別找任何藉口。條件不好確實是會加大阻力，但機會是給準備好的人的。就像他一樣，他畢業能進大公司任職，能一步步爬上高位，能被秦文易看中高薪挖角，能成為行業裡年輕的精英，全是靠努力。沒有父母為他撐腰，沒有家世為他開路，全靠自己。

這樣才是正確的。

仇正卿一邊打開尹婷的信封，一邊想著明天就要找秦雨飛談話。信封打開了，仇正卿愣了一愣，裡面除了錢，還有一個小小的紅紙包。他把紅紙包打開，一根紅線掉在他的桌上。

這是什麼意思？

仇正卿想打電話給尹婷，卻想起自己沒有她的號碼。

這時候他的手機響了，電話那頭是尹婷輕快的聲音：「仇總嗎？」

「是。」還真巧，想什麼來什麼。

「我忘記告訴你了，信封裡面有紅線，那是我在廟裡求的，對姻緣有幫助。紅線放在紅紙包裡，紅紙包隨身帶著，比如放錢包裡什麼的，那樣就好。」

仇正卿蹙眉頭，「多謝。」嗯，該怎麼說呢？「讓妳費心了。」真是大禮啊！他看著手上的紅線，他們已經熟到能送這種東西的地步了？

「別客氣。我那次一共求了五條，自己留了一條，還有四條是幫好姊妹求的。結果我求回來後，有一個已經閃婚嫁掉了，用不到，就多出一條來。我那天看你們約會的情況，覺得你應該挺需要的，所以就給你吧。」

仇正卿一臉黑線，這還不如不解釋。剩下的給他就算了，什麼叫「看你們約會的情況覺得你挺需要的」，是有多嫌棄？

「要收好哦，它會為你帶來好運的。我另外三個姊妹都已經找到真命天子了，很靈的。」

仇正卿心道：那妳呢？妳還是親自去求的，怎麼還沒有對象？不過這麼惡毒的話他是不會對女生說的。

結果下一秒尹婷就說了：「你是不是想著還有我呢，怎麼我還沒找到？我跟你說哦，重重波折表示我後面肯定會有很大很大的幸福。你要看到積極的一面，不要不相信，念力是很重要的。」

好吧，好歹人家還有積極的一面，雖然不是在事業，而是在感情上，勉強算她心存正能量。

仇正卿看那紅線一眼，「行了，我收著。妳有這樣鍥而不捨的精神，一定會拿到訂單的。」

訂單？尹婷對這個詞消化了好半天。

這比喻還真是……新穎啊！

尹婷坐在計程車上正回家，看著車窗外面的街景，想像Zoe小姐額上刻著「訂單」兩字，不由得噗哧一笑。訂單小姐不知道會不會對這個外號滿意呢？

仇正卿不知道尹婷在笑什麼，然後他聽到她說：「也祝你拿下你的訂單，我掛了，拜拜！」

兩邊一起掛了電話，仇正卿看了看紅線，想了想，無所謂地依尹婷所說，把紅線用那紅紙包好，放進了錢包裡。

計程車上，尹婷打開她的錢包，看了看裡面的小紅紙包，忍不住又在笑。以後找到男朋友，她要叫他訂單先生，這個稱呼真是有趣。

幾天後的中秋假期。

就仇正卿個人而言，他是不太喜歡放長假的。放長假意味著他有好幾天都得待在家裡。在公司工作雖然忙碌，但好歹有一群人陪著他，讓他覺得比較充實。中秋節雖然只比週末多了一天假期，仍會讓他有些不舒服。

仇正卿這天把所有的工作郵件和報告都看完批覆完畢，感覺有些無聊了。也不知道是心理作用，還是真的年紀有些大了，他越來越能感悟寂寞與無聊這兩種感受。電視也沒什麼意思，他覺得有些疲憊。

明天就是中秋，同事、朋友、客戶早早送了不少月餅給他，他只留下一盒，其他全都寄回老家了。他自己不愛吃，甜膩膩的，而且看到月餅就想到「闔家團圓」四個字，而他不可能闔家團圓。

仇正卿坐在沙發上發呆，也不知道電視上演的是什麼。

這時候手機響了，仇正卿一看，是遠在老家的姑姑。

「正卿，在忙呢？」姑姑的電話開場白永遠是這一句。

「不忙。」仇正卿的回應永遠是這一句。就算他真的很忙，留幾分鐘給姑姑他還是願意的。他的親人不多了，姑姑是最關心他的，雖然他們也已多年未見。

「月餅收到了，有很多呢。」姑姑說：「下次不要寄這麼多回來了。」

「沒關係，都是別人送的。」其實他也有自己多買了幾盒。老家小孩多，還有鄰里親戚什麼的，多寄一點才夠分。

「錢也收到了。正卿啊，以後真的不要再寄錢了。你孝順我是知道的，但我和你姑丈自己也有收入，阿華也有工作，不缺錢的。」阿華是指他姑姑的獨生子，姑姑又接著道：「當初你念書，姑姑這邊也資助不了你，幫不了你什麼。你辛辛苦苦到今天，不容易，不用再寄錢回來了，你的心意姑姑知道。」

「沒關係，沒多少錢。」仇正卿回道：「反正，我也沒什麼親人可孝順了，妳收下吧。」姑姑和姑丈的退休金微薄，唯一的兒子在工廠工作收入也不高，還有老婆和孩子要養，這些他都知道。他離他們遠，也唯有匯點錢表示心意。

姑姑不說話了，過一會兒才問：「明天還去看你爸媽嗎？」

「是。」

姑姑道：「其實別的都沒什麼了，你現在樣樣好，你爸媽肯定都高興。但你年紀不小了，婚姻大事真的得抓緊。阿華的孩子都要上小學了，你也別耽誤。這事兒，姑姑幫不上忙。你現在金貴，姑姑認識的都條件不太好，配不上你，也沒法幫你介紹。你自己在那邊還是上點心，遇到合適的就趕緊結了吧。你爸媽要是還在，肯定也會著急的。」

「嗯。」仇正卿應了。這話題是這兩三年每次通電話都會說的，姑姑著急，他卻不急。只是今年他也不知怎麼了，還真是認真考慮了。

又隨意聊了幾分鐘後，這通電話結束了。仇正卿忽然想起毛慧珠，那天她提議交往之後，就沒再說這事。只是週五那天她有打電話過來，說是要回老家過中秋。她說每次回老家都很疲憊，不是體力不行，是心累。

仇正卿懂這種感受。幾年前他也曾回老家探望姑姑一家，結果也是各種不適應。也不知道為什麼，總覺有些格格不入。姑姑一家待他小心翼翼，好像他鑲了金邊似的得供起來，而左鄰右舍紛紛跑來圍觀他，八竿子打不著關係的三姑六婆拉了孩子過來要他買禮物，非說當年他小時候時待他如何如何，這讓他很反感。而那些人也起鬨要姑姑家擺宴招待大家，說是家裡出了貴人云云。弄得姑姑很不好意思，又尷尬。

最後是仇正卿花錢請大家上當地的餐廳，這才算罷了。他聽到幾個他不認識的婦人在念叨什麼姑姑家肯定得了不少好處，又說以後想讓孩子去大城市找工作，到時讓她侄子幫忙。

後來仇正卿走的時候像逃跑似的。臨走前，他偷偷塞一筆錢給姑姑，讓她別聲張。姑姑也跟他說，為免麻煩，她就跟大家說其實他在城裡也就那樣，混得一般，幫不上別人的忙，讓他別介意。

仇正卿當然不介意。他是幫不上忙，已有好幾個年輕人來問他有什麼合適的工作，他們想著有關係的話，大都市裡工作輕鬆，拿錢多，可他仇正卿活了這麼多個年頭，從來不知道有輕鬆又錢多的工作。他的薪水、獎金、分紅等等是不少，但他一點都不輕鬆，所以他完全沒辦法幫那些人，他覺得大家的思維根本不在同一個面上。

自那以後，姑姑沒有再叫他回去過，他也沒再想回去。他回去一趟就像是給姑姑招惹麻煩，他自己不自在，對姑姑也不好意思。他對姑姑感恩，是因為他父親死得早，母親辛苦供他念書，在老家一直是姑姑一家子照顧母親。母親生病，姑丈和姑姑背著她走了很遠的路送醫。一點一滴，他記在心裡。

等他工作之後，條件改善很多，還清了債務，母親卻因病去世。他沒能讓母親過上一天好日子，這成為他心裡永遠的遺憾。他工作很努力，不敢停，他總在想如果他再能幹一點，能早一點多賺到錢還完債，是不是母親就不用辛苦累病。他的事業越來越成功，他買了大房子，因為他對母親說過他要買個大房子接她過來住，可是等他買得起的時候，她卻不在了。

天上的月亮很圓，仇正卿的心卻很煩亂。他把父母的墳遷到了這邊最大的墓園，為他們買了最好的墓位。父母生前他沒做到的事，只能在他們死後彌補。今天姑姑說了一句「你爸媽要是還在，肯定也會著急的」，讓他心裡很不好受。

好吧，他的年紀不小了，如果毛慧珠真的合適，那他認真考慮看看。

第二天，中秋節的下午，仇正卿帶著月餅，買了水果和鮮花，去了墓園。

墓園的花費不小，但他很慶幸也很驕傲自己花得起。墓碑擦得很乾淨，管理員打理得很好。仇正卿把月餅、水果和花放在墓碑前，點上香燭。逢年過節，或是他有什麼喜事，例如簽下大訂單、升職加薪等等，他都會過來陪父母坐一坐。

說坐一坐是因為他自覺嘴笨，在商業演講中他能侃侃而談，與同行討論時他能滔滔不絕，對下屬訓話時他也能連續不斷說上半小時，但是跟父母，他的話越來越少了。

童年的回憶能說的都說過了，感恩、感謝和思念的話也是反反覆覆沒什麼新意。他現在的生活很單調，說兩句就沒了。而談資最多的工作，確實沒法向父母說，他們聽不懂，所以越到後來，仇正卿來墓園靜靜坐著的狀況就越多。就算沒什麼可說的，陪父母坐一坐，他也覺得心安一些。

這次也一樣，把所有的東西擺置好後，仇正卿向父母的墓磕了三個頭，然後就坐在石階上，跟父母說：「今天是中秋了，你們還好嗎？我挺好的。工作還是那樣，很順利。昨天也跟姑姑通了電話，他們也很好。」

說完，他靜了一會兒，不知道還能說什麼。過了一會兒，想了想，又說道：「對了，你們別著急，找對象的事我會注意的，期限就定兩年好了。到時候確定婚事，我會帶她來見你們。」

其實找對象沒什麼難的，就像工作一樣，只要把交往和結婚這種事當成工作裡的一個重要專案來辦，尋找客戶，確定目標，定好時限，加緊推動進展，拿出簽不下合約就被會老闆開除的壓力來，肯定就沒問題了。

為什麼許多人沒完成這件事，是他們不想而已。沒對象不會死，不結婚不會亡，沒工作卻會沒錢吃飯，所以人是很聰明的，事情的輕重緩急明明白白，不死到臨頭就不會有動力，他是這麼理解的。他沒有死到臨頭，他只是很理智，他知道他的人生什麼階段需要得到什麼。現在走到這個階段，該成家了，他就會為這個目標努力。

「放心吧。」他又對父母的墓說了一句，然後不知道還能說什麼，於是就靜靜坐著。在他起身準備說再見離開的時候，忽然聽到一連串清脆的笑聲。

仇正卿轉頭看去，竟然看到了尹婷。她挽著一個年輕男人的手臂，從後面幾排的墓碑拐了出來。剛才他坐著，倒是沒注意到後邊原來還有人。

「仇總。」尹婷也看到他了，很歡快地打招呼。

仇正卿點點頭，「妳好。」

尹婷拉著那個年輕男人過來，「仇總也有家人在這裡住嗎？」住？這形容倒好，好像他們還沒有離開似的。仇正卿點了點頭，「我父母。」

尹婷笑笑，指了指後面三排的一個位置，那裡有位老者站著，似乎正低頭說著話。她道：「我媽媽住那裡，我爸要跟她說悄悄話，把我們支開了。仇總，這是我哥。哥，這是雨飛公司的仇總，年輕有為喔！」

「你好，我叫尹實。」尹實大方伸手出來相握。仇正卿也伸手握了握，應道：「仇正卿。」

「我哥哥是開酒吧的，你有時間可以帶朋友去玩，我上次跟你提過的。」尹婷一邊說一邊對仇正卿擠了擠眼睛。她的表情讓仇正卿覺得，她是在暗示他帶女朋友去。

記得他們第一次見面，也是在公司裡。那次不知道秦雨飛搞什麼鬼，他正跟明德的代表，也就是秦雨飛的男朋友顧英傑開會，結果尹婷跑過來裝偶遇要請他們吃飯。顧英傑答應了，他也就跟著去了。他覺得尹婷大概是對顧英傑有意思，不過後來也沒聽說他們之間有什麼消息，當然他也沒有特意去八卦這種事情。

那次相識就覺得尹婷大大咧咧，反射弧還有些長。他說他從來沒有去過酒吧玩，一般到娛樂場所都是談生意時，她的表情像是見到了外星人。

仇正卿忽然反應過來，他那時肯定是又被尹婷嫌棄了。

這邊尹婷已經開口向尹實要酒吧的貴賓卡送給仇正卿，尹實沒帶，尹婷嘀咕著說他太不敬業了，被尹實敲了一記腦袋，不過尹婷完全沒在意，也沒再糾結在貴賓卡上。

她轉向仇正卿父母的墓碑道：「叔叔、阿姨，我叫尹婷，是仇總同事的朋友。仇總很能幹哦，是社會精英，公司的頂樑柱，你們一定為他驕傲吧？我媽媽就住在你們隔壁。」她點了點手指，數了一下，「就是斜著過去八個房間的那個。她叫余秀萍，你們可以認識一下，做好朋友。」她說著，雙掌合十，「她一個人，有點寂寞，請幫忙照顧她哦，謝謝。」

仇正卿有些傻眼，他那安息在地下的爸媽就這樣被委以重任了嗎？

尹婷還在歡快地說著：「今天晚上的月亮肯定很漂亮，這個牌子的月餅很好吃呢，仇總大人真是孝順啊！我們也送了月餅給我媽，雙黃蓮蓉口味的，超級美味，我媽最愛吃那個。還有柚子……」

仇正卿很無奈地聽著尹婷自顧自地閒聊，又聽她說讓老人家別擔心，好好過，還說他們年輕人其實都很好，自己能照顧自己，反而是會惦記老人家，所以請他們放心。尹實在一旁也一臉無奈，抱歉地看了仇正卿一眼。

仇正卿笑了笑，其實他不介意有人跟他爸媽聊天，他嘴笨，說不上幾句，尹婷這兩分鐘說的比他在這裡說的還多。有小輩說說話，他爸媽應該很開心吧？

尹婷很快報告完了最近的天氣和物價情況，甚至替仇正卿吹牛了一番事業成就，吹得仇正卿不好意思，尹實更不好意思，決定一定要送一張貴賓卡給人家，表達歉意。

不一會兒，尹婷說完了。她轉頭看了看她母親的墓位，對尹實抱怨道：「爸說好久喔！」

尹實扯扯嘴角，「妳也不差。爸好歹是跟自己的老婆聊，妳逮著不認識的都聊了好久。」

尹婷瞪他，「沒禮貌！朋友的長輩就是我們的長輩，而且仇總肯定不好意思誇自己，我幫他說說，讓長輩們高興高興！」

尹實給了仇正卿一個抱歉的眼神，仇正卿忍不住笑了。尹婷的腦袋瓜兒，一定不是正常人的腦袋瓜兒。他對尹實道：「對了，如果我是你，一定押著尹婷把全家的電話號碼背下來。」

尹婷一愣，這是告狀？在她幫他向他父母吹牛之後？真是太不仗義了！

她傻呆呆的樣子讓仇正卿笑得更厲害。

尹實撇了撇眉，反應過來，問尹婷：「妳粗心大意的名聲已經傳遍四海了嗎？」

「哪有？我的名聲一向是機智勇敢和心胸寬廣！」尹婷理直氣壯。

尹實被她逗樂了，仇正卿更是哈哈大笑。機智勇敢和心胸寬廣？他現在才知道這兩個詞居然是粗心大意和神經大條的同義詞。

尹婷沒好氣，究竟是哪裡好笑？她轉頭對仇正卿的父母道：「叔叔、阿姨，你們看，仇總現在不但事業有成，個性也好了，一整個活潑可愛……」話沒說完，就被尹實敲了腦袋。

尹婷捂著腦袋齜牙。仇正卿忍著笑對她道：「好了，好了，求妳了，別再誇我了。我爸媽都要被妳嚇到，差點不認得自己兒子。」

「求你了」三個字，讓尹婷想起她幫仇正卿取的外號：求你正經點。她想像著剛才仇正卿就是對她說「求你正經點」，不由得噗哧一笑，然後還叮囑他：「所以，你要給他們機會多認識認識你。」

正說著，尹婷的父親走了過來。見女兒和兒子在與人說話，停下腳步。

尹婷介紹：「爸，這是秦伯伯家的得力幹將仇總。」

尹國豪點點頭，「仇正卿？聽老秦提起過，你好。」

仇正卿趕緊正色應了，叫了聲「尹叔」。尹婷嘻嘻笑，對仇正卿揮了揮手，「那我們先走了哦，再見。」幾人互相招呼了一聲，尹家三口走了。

仇正卿聽到漸漸走遠的尹實問尹婷：「妳背背看，我和爸的手機號碼是多少？」

尹婷答：「哼，我才不理以取笑我為目的的審問呢！」

走遠了，慢慢聽不清了。仇正卿看了看父母的墓，忍不住笑了笑，「她是同事的朋友，還挺活潑的。」頓了頓，不知道還能說什麼，便道：「那我先走了，下次再來看你們。」

仇正卿把鮮花又擺了擺，看一眼墓碑，終於離去。

他的車子停得不遠，走到車子旁邊，看到遠處尹家三口正準備上車。尹婷看到他了，對他揮了揮手道再見。仇正卿也揮了揮手算是回應，然後他開車門上了車。剛要啟動車子，毛慧珠的電話打過來了。

仇正卿接起來，毛慧珠問：「你在忙嗎？能聊幾句嗎？」

「可以。」仇正卿直覺毛慧珠在老家那頭應該不開心，想找人吐吐苦水。

果然，毛慧珠說：「我們這邊正準備開飯呢，七大姨八大姑的全來了，一人一句快把我淹死。說我的妝不好看，小時候清清秀秀的多好。又說我的衣服不好看，左一條帶子右一條布的，花裡胡哨。還有人說怎麼這麼老了還沒嫁出去，究竟怎麼回事啊？誰誰家的孩子上小學啦，誰誰家第二個都快出生了。女孩子讀這麼多書有什麼用呢，嫁不出去就什麼都不是。嘮嘮叨叨，嘰嘰喳喳，我真的沒法忍了。」

「所以妳現在跑到外頭清靜清靜嗎？」

「是啊，我告訴他們好煩啊，我要出去抽根菸。」

仇正卿笑了笑，這毛慧珠還挺叛逆的。

「那妳回去他們更會嘮叨了。妳也不必多想，有些是真心為妳著急，有些不過是酸葡萄心理，覺得妳混得好，就想挑妳的毛病。無論如何總能找到挑剌的話題，妳太在意，他們就得意了。」

「我知道啊，所以我真的有給白眼，不過我爸媽就沒辦法了。他們挺為我驕傲的，又覺得閒言碎語太多，面子掛不住。我剛才說出來抽菸，我爸那臉色……」

仇正卿不知道要怎麼安慰，這種情況真的沒辦法解決。有時候人就是這樣，你混得不好，別人同情又看不起，你混得太好，別人仰望又譏諷。就算你把成績甩到他們臉上，他們也會背過身去猜說不定你用了什麼不入流的手段。

或者是另一種極端，覺得你混得好就欠了他們，必須把好處拿出來跟他們分享，不然你就是小家子氣，不念舊又沒良心。仇正卿很能理解毛慧珠，也明白她說的這社會對女生包容力差的意思，但他幫不了她，於是只能勸幾句：「算了，妳就撐兩天，很快就回來了，不用在意他們。」

「話是這樣說，但心裡還是會不舒服的。跟你聊一聊，好多了。」

「不過抽菸對身體還真是沒好處。」仇正卿是個很自律的人，從不抽菸。商業場上確實不少人遞菸，而他會拒絕。也許是他那張嚴肅的臉，倒是沒人非要硬塞給他逼他抽。

「你介意？」毛慧珠在電話那邊笑了笑，「我倒是沒什麼菸癮，煩的時候才抽一抽。等你確認了我們交往的可能性，成為我的生活伴侶後，我會戒掉。現在八字沒一撇，我為你戒菸太吃虧了。」

仇正卿笑出聲來，這觀念與他一樣，條款可以先訂下，簽約後再執行。

毛慧珠又說道：「你考慮得怎樣了？中秋後找個時間再見面吧。」

「好。」仇正卿沒理由拒絕，他也覺得見面挺好，多接觸多了解能幫助他做決定。

「我後天才回去，那我們到時候再約吧。」毛慧珠說完，緊接著又說：「我得進去了，我媽叫我。謝謝你，我心情好多了，中秋快樂。」

「中秋快樂。」仇正卿應著，眼角餘光忽然發現車窗邊有人站著，一轉頭，嚇了一跳。尹婷抱著一顆大柚子在他車窗邊咧著嘴笑。

仇正卿趕緊把車窗搖下來，還沒開口，尹婷就歡快地問：「是Zoe嗎？」

仇正卿挑了挑眉，她會讀心術還是怎樣？

尹婷笑道：「我看到你笑得挺開心，猜的。」但她也沒糾結在跟誰通電話這個問題上，不等仇正卿回答，便把手上那顆大柚子遞了進來，「我爸的朋友送我家的，非常甜。正好車子上放著，送你一顆，中秋快樂喔！」

仇正卿有些意外，伸手接過，道了謝。

尹婷沒跟他客套，爽快地揮手道：「再見。」然後轉身跑了。

仇正卿看到尹家的車子就在不遠處的停車場出口處停著，尹婷跑過去，開門上車。駕駛座上的尹實也朝他揮了揮手，然後車子啟動，開走了。

這天晚上，家家都在吃團圓飯。仇正卿買了便當，對著電視默默地把飯菜吃完，他覺得情緒有些低落，不知道該做什麼好。不想開電腦，也不想看財經新聞，中秋特別節目也沒什麼意思。

坐了好一會兒，他想起那顆超大的柚子，於是他拿了水果刀剝柚子。從前他是不愛吃柚子的，因為剝起來很麻煩，而且他從沒吃到過甜的。既麻煩又酸，他對這種水果真的沒好感。

今天算例外吧，他無聊又空虛，剝柚子讓他有事做。他很認真地把外皮切掉，一點一點地撕白色的皮膜。花了不少時間，但他竟然覺得挺過癮，吃起來更是……甜！非常甜！

仇正卿頓時對柚子改觀，可以打發時間又很好吃，這水果真是不錯。他一邊看電視一邊吃，不知不覺吃掉了大半顆，很快就只剩下三片。想了想，剩下三片算什麼，乾脆全吃了。

最後，仇正卿吃撐了，倒在沙發上。

他捂著脹得難受的胃，一動也不動地躺著，忍不住自嘲地想他不會成為第一個被柚子撐死的人吧？他又想到尹婷送他這顆柚子時那甜美的笑容。要是他真被這顆柚子撐死了，不知她會有什麼反應？是內疚？還是會說「哎呀，早知道給你一顆小點的」，又或者是說「活該，你自己吃的，關我什麼事」？

仇正卿承認他無聊，他發了條簡訊給尹婷，以「中秋快樂」為開頭，然後寫「多謝妳的柚子，太大顆，我快被撐死了，這是真實發生的事」，接著等著看尹婷的反應會不會跟他猜的一樣。

等到差一點睡著時，終於收到回覆。點開簡訊一看，簡訊內容是「哈哈哈哈哈哈哈哈」。

仇正卿一臉黑線，這是得有多開心，才會笑得那麼奔放。

再然後沒有了。她「哈哈」完，什麼都沒說。這反應跟他猜想的完全不一樣，他更覺得自己無聊了，只好從沙發上爬起來，去洗澡，準備睡覺。

洗完澡出來，胃還是撐得慌。他爬到床上，打開手機，確認鬧鐘設定沒問題，又檢查了一遍郵箱看看有沒有漏掉的工作郵件。明天就要上班了，這讓他開心。從郵箱退出來時，他發現有條新的簡訊，點開一看，是尹婷的。看看發件的時間，應該是網路延遲了，現在才發過來。

簡訊寫著：「求你正經點，紅線一定是發揮作用了，你被幽默感大神擁抱了一下。請繼續保持下去，這樣談起戀愛來肯定會比嚴肅刻板來得順利，祝你如意。」

仇正卿再次一臉黑線。他不覺得他發的簡訊幽默，他明明是認真說的，所以才強調這是真實發生的事。尹婷的腦袋瓜兒到晚在想什麼，而且他也不是要談戀愛，他打算訂好條款，確定好可執行性就直奔婚姻。

不過，被幽默感大神擁抱了一下，這話說得還挺有趣的，他猜尹婷是被沒心沒肺大神一直緊抱著不放吧。

假期結束，仇正卿回歸工作，覺得舒服了。

毛慧珠也回來了，在網路上與仇正卿聊了幾句。但是他們還沒有見面，因為毛慧珠出差去了。仇正卿不在意，他倒是不急，目標期限兩年，他覺得很足夠。

沒見到毛慧珠，仇正卿卻又見到了尹婷。

那天是週五，華富集團新公司開幕設宴，仇正卿代表永凱前往。與以往每一次一樣，進門簽到，送賀禮、聽演講、鼓掌、吃東西、喝酒，與相熟的商業夥伴寒暄，互相介紹朋友，交換名片、聊業務、聊經濟、聊管理。

一成不變，應付自如。

但這次的商宴有一點點不同，華富的代表忽然過來，為他引見華富的副總，一個年輕的女人，笑起來很甜。

「你好，我是沈佳琪。」那女人大方爽朗。

華富代表小心翼翼，恭恭敬敬。仇正卿明白這人是誰了，華富的當家人沈富華有位千金，聽說風華正茂，二十六七歲的年紀。

「妳好。」仇正卿禮貌回應：「永凱，仇正卿。」

「我知道。」沈佳琪笑著道：「久仰大名。」

兩個人互換了名片，仇正卿回她一笑，「沈總太客氣了。」

「我說的是實話。」沈佳琪客套地說了幾句。

仇正卿禮貌地聽著，隨手從走過來的侍應生托盤上為她拿了一杯酒。

沈佳琪接過，道謝。她看了華富的代表一眼，那代表忙向仇正卿道，他去招呼別人，請仇正卿隨意。那代表退下去，沈佳琪開始與仇正卿聊天。她對永凱剛剛拿下的幾個大專案表示了欣賞和羨幕，又評點了仇正卿在裡面的重要作用。

仇正卿笑了笑，「沈總過獎了。沈總對永凱倒是挺了解的。」

「是的，我們對永凱認真研究過。我爸常說，秦叔叔這幾年做的最聰明的一件事，就是把你招到永凱。啊，快四年了吧？」

「對。」仇正卿不動聲色，「沈總的消息真是靈通。」

沈佳琪笑，「確實挺靈通的，我還知道勝旗和英利想挖你過去都沒有成功。」她看著仇正卿的眼睛，微笑著，問他：「不知道仇總是怎麼考慮的？」

「沒什麼特別的考慮，只是沒有理由離開永凱。」

沈佳琪歪了歪頭，有些俏皮，「高薪、高位和成就感？」

「各方面都不錯，我覺得滿意。」仇正卿淡淡地道。

沈佳琪又笑了，直截了當地說：「看來仇總是個直爽的人，那我也不拐彎抹角了。你知道，華富並不比永凱差，永凱能給你的，華富也可以，條件可以比永凱更高。剛才我爸的演講你也聽到了，我們華富的眼光不短，目標很大，有的是仇總施展的空間。我們華富求才若渴，條件都好談。」

仇正卿也笑了，「多謝對我的肯定。」

「仇總對讚美之詞肯定也免疫了，我知道很多公司都對仇總這塊肥肉流口水。我們華富就是表個態度，若是仇總有想法了，隨時歡迎。」

「多謝。」仇正卿很直接地拒絕了：「但我短期內還沒任何離開永凱的想法。」

「可以理解。」沈佳琪大度地回應，然後又笑了，「好了，我爸交給我的任務完成了。挖腳這種事呢，如果你沒意願，他老人家出面會沒面子，所以小輩先來探探意思，交個朋友，來日方長。」

還真是直爽，仇正卿只得道：「非常感謝。」

「那接下來，是我自己的意思了。」沈佳琪大大方方做了個邀請的手勢，「不知道仇總能不能賞臉一起跳支舞？」

仇正卿把手裡的杯子往旁邊一放，「請沈總別介意我的舞姿比較笨拙。」

沈佳琪大笑，也把杯子放一邊，將手交到仇正卿手裡，一起走向了舞池。

仇正卿說自己舞姿笨拙並不是自謙，他跳舞確實不是一把好手。進了職場後，為了應付這樣的狀況，他特意花錢報了社交舞班學習過，但他沒有跳舞的天賦，加上他個性使然，不愛玩又少練習，所以只是會跳而已。

此刻，他扶著沈佳琪的腰，挽著她的手，端正認真地挪著步子。

沈佳琪看著他一直忍不住笑，「仇總是我見過的舞伴裡最認真的一個。」

「舞技不行，只能用認真表個態度。在舞伴嫌棄的時候，好歹有個『我很認真，已經盡力』的辯解理由。」

沈佳琪又笑，「仇總真是幽默。」

仇正卿忍住沒蹙眉頭。幽默嗎？他是說真的，哪有幽默？腦子裡忽然閃過尹婷那條簡訊裡的話……嗯，那剛才，大概他又被幽默大神擁抱了一下吧？

正這麼想，眼角餘光忽然看到一個熟悉的身影。

尹婷！

仇正卿嚇了一跳，以為自己出現幻覺，要不，怎麼才想到就看見她了？

這一嚇，讓仇正卿腳下亂了一拍，踩了沈佳琪一腳。

仇正卿趕緊停下道歉，沈佳琪眨眨眼睛，「好吧，我再不誇你了還不行嗎？不要踩我。」

仇正卿被她逗笑，再次道歉，說自己確實跳得不好。兩個人又繼續跳了一段，一曲終了，這才離開舞池。有個仇正卿相識的商場友人叫他，仇正卿對沈佳琪打了招呼，告辭轉向那邊。

友人叫仇正卿過去是幫朋友問一個專案的管道問題，仇正卿為對方解釋了一番，又推薦了兩個朋友。那人大喜，道了謝，又與去找別人說話去了。仇正卿閒了下來，看了看周圍，沒看到尹婷。他不禁懷疑自己是不是真的出現幻覺了，這種商務場合，尹婷是不會來的吧？

仇正卿走到餐臺邊，拿些餐點吃。剛叉了一小塊牛排放進嘴裡，身後忽然有個聲音道：「我就說那紅線很靈吧？」

仇正卿嚇得差點一口吐出牛排，手上的盤子險些沒拿住。回頭一看，還真是尹婷。

仇正卿使勁嚼，好不容易把那塊牛排嚥了下去。尹婷很貼心地遞了杯水給他，仇正卿喝了一大口，終於緩了口氣，問她：「妳怎麼會在這？」

「你吃牛排喔？這個不好吃。我都嘗過了，筋多，難嚥。香烤魷魚卷不錯，炸豬排也還好。蒜香羊腿也不好吃。沙拉醬一級棒，你可以試試看。」尹婷沒注意他的問題，反倒熱心介紹起吃的來。

仇正卿蹙眉頭，「好吧，妳一定是混進來吃東西的。」

「對呀！」尹婷大方承認。

仇正卿想笑又覺得其實不好笑，可是看到尹婷理直氣壯的表情，他還是笑了。

「May吹牛說她家請了超級棒的大廚做料理，我當然得驗證一下有多超級。」

「May？」

「就是剛才跟你跳舞的那個。」尹婷轉頭到處看看，沒看到沈佳琪。

「哦。」仇正卿明白了。從商業宴會的角度來說，尹婷是不會出現的，但是從姊妹朋友家開的宴會來說，尹婷會出現也不奇怪了。

「你跳舞一看就知道缺乏練習。」尹婷的點評從食物轉到仇正卿的舞姿上。仇正卿無語，因為人家沒說他跳得難看，而是委婉地說缺乏練習。他能說不對嗎？確實是，所以難看。

「謝謝妳的評價。」仇正卿沒好氣。

「不過紅線很靈吧？快謝我。」

「哪裡靈？」剛才是有人想挖角，還大方地說條件好談，勉強能算是財神擁抱了他一下，關月老的紅線什麼事？

「May對你有意思。」尹婷宣告。

仇正卿失笑，「只是社交上的禮儀，與我跳了一支舞而已。」

「不止喔……」尹婷搖了搖手指，「依我女性的直覺，以及善於發現愛情的眼睛來看，我跟你說，她肯定是喜歡你。就算稱不上一見鍾情，那也一定是一見好感。你是不是挺有名氣的？要是她聽多了你怎麼怎麼能幹，然後今天一見面，嘿，這人長得不錯啊，一表人才，自然心裡就會有想法了。剛才你們跳舞說了什麼？你把她逗得好開心，她肯定更喜歡你了。你有沒有注意到她看你的表情，那分明是見獵心喜。」

還見獵心喜！這詞用得……仇正卿一臉黑線，這女孩是神婆附身嗎？

他揶揄道：「妳善於發現愛情的眼睛有沒有幫妳找到中意的男生？」

「有啊，我還勇往直前，放下矜持表達了我的仰慕之意，可是呢，顯然他們的心沒有感受美好的人和事的靈氣。」尹婷說得煞有介事，讓仇正卿又想笑了。

「不過呢，我是不會沮喪洩氣的，我會繼續努力！」她一邊說著，一邊往周圍看了看。

仇正卿忽然反應過來，原來尹婷來這兒參加宴會，是想要美食與男人兩手抓。

「有物色到合適的嗎？」

「沒有，而且只是看看，哪知道合適不合適，這最開始只是看眼緣。一看過去覺得真好看啊，很舒服，然後再去多了解了解。」

仇正卿本不想多事，但想到尹婷那追求男生總失敗的悲慘歷史，還是忍不住指點她：「要想達成合作，利益平衡是很重要的。眼緣是一回事，但雙方的實力和需求對等也很重要。互有利益，才可能合作發展下去，妳明白嗎？」

尹婷有些犯傻，她要是說不明白，求你正經點先生會不會繼續跟她說下去？她完全沒興趣聽。可她要是說明白了，又太違心，良心會疼痛。互有利益，合作發展？他確定是在跟她說戀愛這個話題？

尹婷眨巴著眼睛，看著仇正卿正經的表情，忽然道：「我們來打賭，May一定會再約你！」

仇正卿沒好氣，跟她說東，她扯西，果然沒心沒肺大神緊緊擁抱著她。

「不跟妳賭。」

尹婷卻好奇了，「那……你覺得May和Zoe，哪個好？」

哪個好？這兩人沒有可比性。

尹婷又說：「對了，還沒問你，Zoe是你女朋友了嗎？如果你已經跟她談戀愛了，可不能腳踏兩條船。」

「妳想太多了。」仇正卿很想像尹實一樣敲尹婷的腦袋，「Zoe還不是我的女朋友，而沈小姐也沒打算追求我。」

「我就說紅線很靈的吧，你看，你現在桃花朵朵開。」尹婷不理他的話，一臉熱切，可惜仇正卿沒反應。

「好吧。」尹婷決定換一種說法：「現在你這個訂單還挺多人覬覦的。」

仇正卿這次終於有反應了，他挑挑眉毛，回道：「我會好好評估對方的條件，多謝妳。」說完忍不住笑了，訂單這個詞被她這麼說出來還挺搞笑的。

尹婷皺著臉，哪裡好笑？看起來也不像是很多人追所以得意地笑。話說回來，怎麼紅線到了別人手裡效果都挺大的，她的卻不怎麼靈？沒關係，有波折就表示日後有大幸福，別洩氣！

第二章

仇總大人，求你正經點

幾日後，沈佳琪的行動證實了尹婷的直覺，善於發現愛情的眼睛還真是有幾分敏銳的。

首先是晚宴之後的第二天，那天是週六，仇正卿如以往一樣，在自家書房裡辦公看卷宗，電腦裡的郵件提示音忽然響了，他把手上的文件看完，然後點開收件匣，新郵件的寄件者顯示May Shen。

沈佳琪？

仇正卿看郵件，果然是沈佳琪。她在郵件裡感謝仇正卿賞臉參加宴會，又說與仇正卿聊得很愉快，希望能做個朋友。郵件裡寫上了她的社交網路帳號，希望仇正卿加她。

仇正卿馬上加了。這倒不是因為他急切，而是他習慣看到事就馬上處理，不然事情太多，放一放拖一拖就容易漏掉。加完了帳號，他接著繼續看卷宗，結果那帳號馬上響了。

仇正卿再看完一段資料，抬頭看電腦，沈佳琪在那邊說：「你居然在？」

「是啊。」仇正卿回覆。

「工作？」

「是啊。」

「真敬業呢。」

「是啊。」仇正卿認真答。

接著沈佳琪發過來一長串「哈哈哈哈哈哈」，緊接著又一句：「你真幽默。」

仇正卿一臉黑線，他又不懂了，哪裡幽默？他確實是在工作，他確實是敬業，這些話不是她說的嗎？她說了，於是他回答，幽默在哪裡？仇正卿不知道該怎麼回覆，暫時不理了。

沈佳琪又發過來一句：「別人誇你的時候，你應該謙虛一下。」

仇正卿覺得這句話可以回，他想說「可妳誇的又沒錯」，但一想，這樣說是不是又不謙虛了？

只好改口說：「好的。」

沈佳琪又發過來一長串「哈哈哈哈哈」。

仇正卿皺眉頭，到底在哈什麼？這對話要怎麼進行？

「好吧。」沈佳琪敲過來兩個字。

仇正卿還是不懂她在「好吧」什麼？他等著，果然沈佳琪後面又來了一句話：「跟你聊天真的非常愉快。」

仇正卿心道：好吧，起碼他們當中還有一個是愉快的。他回道：「謝謝。」

人家既然誇他有幽默感，他就道謝好了。

結果這次沈佳琪沒有發文字「哈哈哈」了，她發過來一個大笑的表情。仇正卿有些不想搭理了，他還有資料要看，而他不知道這個女人到底想說什麼。

所幸沈佳琪也是個懂得分寸的，她問：「你是不是在忙？」

「在看文件。」仇正卿發出這句話後停了停，打算下一句就跟她說「改天有空聊」。

不過沈佳琪打字速度比他快，她說：「秦叔真是有福氣，能夠請到像你這樣能幹又賣力的人才。那我不打擾了，回頭有空聊。」

仇正卿把他敲的那五個字刪掉了，重新寫「好的，再見。」

訊息發出去後，馬上就收到沈佳琪發過來一個笑臉的表情符號，加上「再見」兩個字。

仇正卿鬆了一口氣，終於可以安心繼續辦公了。他集中精神繼續把文件批示完，忽然想到尹婷也是喜歡發「哈哈哈哈」，真搞不懂女人，有什麼好「哈」的？

這一天接下來也沒什麼事，仇正卿晚上去了一趟健身房，回來早早就睡了。他的生活非常規律，一週兩次健身，一次採買，七天工作。這麼多年，天天如此。

第二天週日，是仇正卿去超市採買的日子。

推著購物車在超市裡逛，仇正卿買東西的效率很高，需要什麼他列好了單子，直奔貨架。菜市場離超市比較遠，而且他很少在家做，一個人做飯也不好弄，所以他很少去菜市場，都在超市解決。最後要買的是水果，他轉了轉，挑了蘋果、梨子和葡萄，正準備要走，看到了柚子。他猶豫又猶豫，但記憶中的好味道讓他還是忍不住買了一顆。

回到家，煮了餃子當晚飯，然後盯著柚子看，吃柚子看電視似乎是個很好的選擇。

他這麼幹了，一邊看電視一邊慢條斯理地剝柚子，把白色皮膜一點一點摳乾淨，雖然很費時間，但真是舒服啊，現在才發現原來剝柚子是這麼解壓的運動。剝好後，他有點開心，剝下幾片擺整齊，覺得很有成就感。這顆柚子沒有尹婷給的那顆大，但他吸取經驗，不能吃撐著了，於是鄭重其事地剝下半顆，留了半顆放冰箱。

一切準備妥當，回到桌前，看著那幾片整齊的柚子瓣，很是期待。剝開一片，咬了一大口。

……

他的臉僵住，牙齒吶喊著為什麼要這樣對它。

那味道只有一個字──酸。

非常酸。

仇正卿還是嚥下去了。

媽的！他心裡罵髒話，一邊罵一邊嚥。同樣都是柚子，怎麼會差這麼多？

好不容易把第一片吃完，他瞪著剩下的幾片，完全失去了啃它們的興趣，擺得這麼整齊也真是挺煩人的，更煩人的是，他是窮苦人家的孩子，絕不浪費糧食是他的人生信念之一。

雖然這頑劣可惡的柚子算不上糧食，他也不能浪費。

仇正卿心一橫，又吃下一片。這一片吃完，心都酸了起來。他忍無可忍，把剩下的都丟進冰箱。關上冰箱門，眼不見心還在煩，真想打電話給尹婷，叫她過來吃柚子。要不是她用了一顆好柚子拐他，他也不會上了壞柚子的當。本來是這輩子都不會買柚子吃的，全是因為她。

但這麼幼稚的事，仇正卿只是在心裡想一想，不可能去做。

晚上睡覺的時候，他覺得他簡直就是捧著心酸倒在床上，而且腦海裡還在算著，一天勉強吃兩片，得吃幾天才吃得完啊！吃幾天就是受幾天的罪。家裡只有他一個人真是不好，缺個愛吃柚子的人。

週一上班，通常這是仇正卿很愉快的日子，但今天不是。

有同事拿了三顆柚子來公司，說是老家帶來的，請大家嘗嘗。在茶水間切好後，那同事興高采烈地每個同事分兩片。這一層樓有很多人，當然不會全都分到，可仇正卿就這麼倒楣是這層樓裡職位最高的，所以，他分到了三片。

仇正卿禮貌地謝過後，在辦公室裡瞪著那三片柚子，還不好意思跟同事說他不吃。他此刻心裡只有一個念頭，為什麼他會覺得把剝得清潔溜溜的柚子拿來給同事吃丟臉？早知道他就把臉丟一邊，帶上那些柚子來上班，現在還能把它們偷偷混在柚子堆裡分給別人。

神不知鬼不覺，令人滿懷喜悅。

可惜，它們還躺在他家的冰箱裡，而他現在還得想辦法解決這三片。

仇正卿解決的辦法就是，去茶水間倒水的途中，趁沒人注意，把柚子放在一個同事桌上，那同事正好不在，沒人知道是誰放的。

從茶水間回來時，他看到那同事拿著柚子正在啃，他鬆了一口氣，可一想到晚上回家還有兩片柚子的任務待完成，他又心酸了。

週二，仇正卿覺得自己全身都是柚子酸酸的味道，一直到下午都有些沒精神，心裡在猶豫要不要就浪費一回？可這樣太不應該了。他譴責自己。正這麼想，祕書撥了個電話進來，說前臺那邊有位叫沈佳琪的小姐來訪，沒有預約，是否要見？

沈佳琪？居然不是尹婷？仇正卿沒由來有些失望。如果是尹婷就好了，他就可以趁機請她去消滅那些柚子，為她的誘導後果負責。

「請她到會客室稍坐，泡杯咖啡。」仇正卿吩咐，腦子裡還在想尹婷，她當時說「可甜了」，那表情他到現在還記得。當然，要不是吃到一顆這麼酸的，他怕是早忘了。

他收拾收拾情緒，去會客室見沈佳琪。沈佳琪看到他便笑，「沒打擾吧？」

「沒有，沈總大駕光臨，哪說得上打擾。」仇正卿客客氣氣，扯著客套話。

「我正好路過，就上來看看。公司的新產品，送來給仇總嘗嘗。」沈佳琪從椅子邊拿起一個紙袋，遞給仇正卿。華富有食品類的產品線，不但占著國內市場的大頭，也遠銷海外。

「多謝。」仇正卿繼續客套著，心裡想著只要不是柚子就行。

「還有些商業問題想跟仇總請教，不過現在不太好聊，我一會兒就走了，改天約仇總，行嗎？」沈佳琪淺笑嫣然，仇正卿自然不好說不行。他正要答「好」時，秦雨飛忽然走過。

「喲，這誰啊！」秦雨飛靠在門邊很有些撒氣的意味。

仇正卿不動聲色，秦雨飛大小姐今天不知吃了什麼炸藥，火氣特別大。

「妳好呀，雨飛，我來找仇總聊聊。」沈佳琪落落大方，但語氣也有些微妙。

「挖角啊？」論直截了當嗆人，秦雨飛不會輸任何人。

「想來著，還沒成功。」沈佳琪的表情語氣讓仇正卿確定她是故意給秦雨飛難看。

「臉皮厚也是門技術，妳修得很不錯。」秦雨飛說得很挑釁。

仇正卿暗自皺眉頭，兩位大小姐要是當著他的臉吵起來那多難看。

結果沈佳琪大笑，「小婷當時說等她想好了怎麼回嗆我再告訴我，結果她一直沒找我耶！」

仇正卿眉頭真皺起來，關尹婷什麼事？

秦雨飛沒好氣，「妳很煩耶！」

沈佳琪繼續笑，「誰讓她這麼搞笑，她反應真的很慢，噎得說不出話，不想忍但又想不到怎麼回話的樣子好好笑。」

「妳差不多一點。」

「好了，好了，下回不欺負她了。」沈佳琪還在笑。

仇正卿的眉頭放鬆不下來，等等，他有些糊塗了，現在這種好姊妹我們是朋友的語氣又是怎麼回事？前面不是在互相諷刺嗎？

「快滾，不許挖我們永凱的牆角，不然我去挖妳家的地。」秦雨飛凶巴巴的。

沈佳琪完全沒在意，裝模作樣道：「我好怕啊。」然後她又笑，笑了一會兒道：「好了，不跟妳玩了，我還有事要先走。」她轉向仇正卿，「仇總拜拜，我們再約。」然後又對秦雨飛揮揮手，「走了啊，再見。」

然後她真的走了。

秦雨飛瞪著她的背影，轉過頭來又瞪仇正卿。

仇正卿問：「妳們不和？」

「是朋友。」秦雨飛答。

「哦。」女人表現友誼的方式還真特別的。仇正卿沒興趣八卦太多，回辦公室，想起她們說到尹婷，說什麼小婷想到怎麼回嗆再找她，所以尹婷是被言語攻擊了？

算了算了，他不想問，他不愛八卦。

結果晚上的時候，仇正卿接到了尹婷的電話，八卦自己送上門來。

「我就說嘛，她肯定對你有意思。」尹婷的開場白是這樣的。

仇正卿無語，但他承認確實感受到了那點「意思」。也許是男性虛榮心作祟，也許是受尹婷那些話的影響，反正他也敏感起來，只是不知道沈佳琪是為挖角還是為遊戲。仇正卿下班回家前，還收到她發過來的可愛鬼臉圖片。

有點太自來熟，熟得太親近的感覺。

「我跟你說啊，如果她展開猛烈的攻勢，你一定要矜持。」尹婷居然指點他：「她都去公司找你了，下一步肯定是約你吃飯，你要找個藉口拖著她，不能痛快答應。」

「妳怎麼知道她來公司找我。」

「雨飛告訴我的。」

果然，女人真是太八卦了！

「她約我吃飯為什麼不能痛快答應？」

「因為她之前笑話我追男生總追不上啊！她說：『臉皮厚也是門技術，妳修得很不錯。』」尹婷模仿著沈佳琪的語氣。

原來這句話是沈佳琪笑話尹婷的，仇正卿懂了。

「所以你不要這麼痛快答應她，不然我會心酸。」

心酸這個詞讓仇正卿想起了什麼，但又一時想不起來，他腦子裡反應的是另一件事，他對尹婷說：「有些人天生臉皮厚，完全不用修。」

「什麼？」尹婷茫然。

「妳不是要想一句回敬的話。」

「咦！對！對！」尹婷頓時興奮了，「你再說一遍！」

仇正卿心裡嘆氣，又說了一遍。尹婷哈哈大笑，「很好，我馬上打電話給她。那你不用裝矜持了，痛快答應她吧。拜拜，多謝。」沒等仇正卿說話，尹婷把電話掛了。

仇正卿沒好氣地瞪著手機，什麼叫裝矜持？他沒這種喜好和打算，而且人家也沒約他。還有，答應不答應是他的事，用不著她來指揮。

啊，對了！

仇正卿想到了，柚子！難怪聽到心酸時，他想起什麼來。

把剩下的柚子快遞給尹婷不過分吧？他還幫她想了一句回敬對手的話呢！

仇正卿很無奈地又啃了兩片酸柚子，一邊啃一邊心酸。

睡前，仇正卿收到了尹婷的一條簡訊，上面說：「對了，忘了跟你說了，雖然說人往高處爬，可是我覺得永凱已經挺高了，你要慎重考慮被挖角的事喔。當然，各人有各人的想法，我也不干涉，只是想說我是站在雨飛這邊的。」

仇正卿無語，所以尹婷小姐妳到底想表達什麼呢？

仇正卿其實對現狀是滿意的，秦文易待他不薄，給了他很多支持以及發揮的空間，薪資上更是沒有虧待他，雖然他也覺得自己值這個價，但也知道秦文易對他是大方和信任的，這些他記在心裡。數次接到別家遞來的橄欖枝，他都完全沒有考慮。

當初秦文易找上他時，也不是一談就成功。他們見過幾次面，聊過許多。秦文易沒有跟仇正卿說會給他多好的條件，而是跟仇正卿說他們永凱——永凱的業務、永凱的強項和永凱的弱點。然後他分析仇正卿，仇正卿的學業成績、職業經歷、做過的事、工作上的口碑、優勢等等。他把仇正卿和永凱擺在一起談，永凱能給仇正卿什麼，仇正卿能給永凱什麼。他告訴仇正卿，永凱需要他。

仇正卿被打動了，永凱需要他。

他知道自己的能力，許多企業都需要他這樣的人，但他需要一個像秦文易這樣的老闆和永凱這樣的職場平臺。他沒問薪資是多少就答應了，然後秦文易問他，你覺得自己值多少？仇正卿報了一個很高的數，一點都沒謙虛。

秦文易笑了，說：「你對自己的認識是正確的。不過在我心裡，你值更多。我也希望你能明白，你要得到比自己想要的更多，這才叫野心。年輕人必須有野心，不然永凱上上下下這麼多員工、資深幹部，你怎麼鎮得住？」最後，秦文易給了他自己報價的一點五倍。

而後事實也證明了，年輕是仇正卿最大的劣勢。他初到永凱，因為年輕而承受了許多質疑和挑釁，經歷了不少人為的阻礙和不合作，但他都擺平了。這樣的挑戰讓他興奮，秦文易放手不管讓他滿意。他給他這麼高的報酬，不是讓他來公司後向他求助的。仇正卿明白，所以仇正卿很拚，然後，他做到了。

作為一個無權無勢，空降過來的主管，他最終讓所有人服氣，集團裡的董事現在都對他相當尊重。秦文易更不用說，他對仇正卿的欣賞和信任，人人都知道，甚至秦文易還有意讓秦雨飛與仇正卿交往，反正這個女兒無心事業，他的永凱後繼無人，而仇正卿再合適不過。

只不過秦雨飛對仇正卿完全不來電，而仇正卿對秦雨飛的工作散漫也完全沒法忍耐。

所以雖然一開始的時候，仇正卿有考慮過秦文易的想法，但後來這可能性被他拋到了腦後。而跳槽到別的公司這種事，只要永凱還是那個永凱，秦文易還是那個秦文易，他就不可能離開。沒理由為了近利而放棄長期的發展，這點他權衡得很明白。

只是第二天上班時，秦雨飛找他，說要請他吃飯。

當然不可能是她與他之間有什麼事，也不可能會擔心他被挖走，於是仇正卿的第一反應是：「妳幹什麼壞事了？」

「我雖然是膚淺的白富美，但是我是不幹壞事的。」

「好吧，那請問有什麼事情是需要我幫忙的嗎？」

秦雨飛一副漫不經心的樣子，「你想太多了，有什麼事情是我辦不到的，哪裡需要你幫忙？就是大家同事一場，我偶爾也得拍拍你的馬屁，大家聊聊天，增進增進感情，這樣我們工作配合上也會更有默契。」

仇正卿皺了眉頭，「這麼聽起來，我覺得事情真的不太妙。」話是這麼說，不過最後仇正卿還是跟秦雨飛去吃午飯了。

秦雨飛東扯西拉，居然跟他聊了幾句工作，仇正卿滿腹疑慮。飯吃到一半的時候，秦雨飛終於問：「仇總，你覺得顧英傑這人怎麼樣？」

「很好啊，年輕有為，做事踏實，工作能力不錯。」

秦雨飛磨蹭了一會兒，道：「嗯，其實我是想說，我在跟他談戀愛。」

「哦。」仇正卿心想原來這才是重點。尹婷給他的那根紅線到底是施過什麼法，不但招桃花，還招別人的桃花八卦。大小姐的戀情告訴他做什麼呢？

秦雨飛接著又問：「我還不敢告訴我爸我媽呢，也不知道我爸對他是怎麼想的，要是他知道了，不會反對我們吧？」

仇正卿心想，他又不是她爸媽，怎麼會知道？不過正常的安慰是要給的，便說：「秦總對顧三少評價挺高的，在我面前誇了好幾次，我想妳應該不必擔心這個。」他頓了頓，「妳請我吃飯，就是想打聽秦總對顧三少的看法？」

「當然不是。」秦雨飛道：「其實，是想跟你聊聊小婷的事。」

尹婷？仇正卿對尹婷的事，比對秦雨飛顧英傑的事感興趣，他挑高眉頭，「她有什麼事？」

「是這樣的，我聽說上次小婷來公司找我，路過會議室的時候，看到你和顧英傑在裡頭，她就順勢請你們去吃飯。顧英傑覺得她對你很熱情，先邀了你，他誤會小婷對你有意思。我知道你跟小婷那時候還不認識，她這麼請你吃飯會讓你很意外，我怕你也對她有什麼誤會，所以請你吃個飯解釋一下。」

「……」仇正卿一臉黑線。他誤會誰對他有意思，也不會誤會尹婷對他有意思，那是個被沒心沒肺大神緊緊擁抱的女孩。其實他當時是以為尹婷對顧英傑有意思，不過現在人家大小姐說了正跟顧英傑談戀愛，他還是別解釋了，別給尹婷那傻女孩添麻煩。

「其實就是想請你別誤會她對你有什麼非分之想。那次是因為我跟顧英傑鬧彆扭，不想見他，所以讓小婷過來幫忙把你們支走。」仇正卿不想解釋，秦雨飛卻解釋個沒完。

仇正卿一下子抓到重點，「妳是說，妳那次明明在公司，但就罔顧我的指示，不肯過來開會，還找外人來打斷我和客戶的談話？秦雨飛，妳的工作態度呢？妳就不能認真負責一點，把私人感情帶到工作中來是非常不專業的表現。」

「停！停！」秦雨飛大叫。

仇正卿沒理她，他訓起人來，哪是隨隨便便能中斷的？他繼續訓，什麼「上次幸好不是什麼太重要的會議，但這樣行事也太不應該」等等說了一堆。秦雨飛沒好氣，垮臉給他看。

垮臉他也不怕，仇正卿抓住機會，把秦雨飛的工作態度清算了一遍。回公司的時候，秦雨飛那臉色，他想她一定很後悔請他吃這頓飯。

不過為了幫尹婷解釋可能存在的誤會而特意請他吃飯，有點奇怪。尹婷跟他溝通的時候，好像沒什麼顧忌啊，要是怕他誤會，幹麼一副自來熟的表現？還送他紅線，送他柚子。

仇正卿想半天沒想明白，最後的結論是，女人心不要猜，浪費時間，反正跟他沒關係。

這天，仇正卿上樓與秦文易開了個會，回來後看秦雨飛一臉古怪，欲言又止。仇正卿還是決定不要猜，有事秦雨飛就會說，他不必浪費時間，還有很多工作要做。

沒想到第二天下午快下班時，秦雨飛忽然怒氣沖沖地跑來質問他，有沒有將她與顧英傑談戀愛的事告訴她爸爸。

仇正卿很驚訝，「秦總知道了？那不是我說的。」

秦雨飛也很驚訝，「你是說，你跟我爸開會開半天，一點都沒提我跟顧英傑的事嗎？」

「對。」仇正卿很莫名其妙，「那是你們的私事，如果需要讓秦總知道，那也應該是你們兩個自己跟他說，我一個外人，幹麼要提這事？你們的家事怎麼處理，我又不知道，碎嘴八卦這些做什麼？」這不是很應該嗎？不用謝。

可是秦雨飛沒半點要謝他的意思，反而看起來更生氣了。

他反應過來了，「妳不會是故意告訴我這事，就想讓我跟妳爸說吧？」

「當然不是！」秦雨飛黑著臉，轉身走了。

仇正卿想了半天，沒想明白。秦大小姐不是一向以直率坦白為個人風格的嗎？什麼時候變得這麼拐彎抹角又假裝矜持了？

想到矜持這個詞，他忽然想起尹婷。秦雨飛的這個八卦很勁爆，不知道尹婷知不知道。應該知道吧，秦雨飛跟她一向互通消息的。對了，秦雨飛會不會抱怨說他不幫忙啊？

他不是故意不幫，他是真不知道她需要幫忙。仇正卿想了想，嘆口氣，女人真麻煩。他撥了內線電話給秦雨飛，「秦經理，如果妳需要我幫妳向秦總轉達這件事，我還是可以幫忙的。」

「不需要！」秦雨飛怒氣沖沖掛了電話。

仇正卿看看話筒，冷靜地把它放回原位。太好了，這樣他還省事呢，是她自己說不需要的。

這天就這樣順利過去，第二天，週五，毛慧珠出差歸來。

她打電話給仇正卿，約他週日一起吃飯。仇正卿答應了，還是跟上次一樣，他選地方他請客。毛慧珠當然沒意見，不過這回她也體貼地說不需要他來接了，定好地方她自己開車過去。

仇正卿腦子裡閃過好幾個吃飯的地方，轉念一想，想起某人批評說什麼又貴又不好吃，氣氛靜寂不適合約會等等。於是他決定抽空上網看看，找找適合約會的餐廳。

但認真嚴肅如仇正卿，當然不會利用上班時間做這事。晚上，他啃完便當，坐在自家書房上網找餐廳。

在一家很有名的餐廳點評網站裡，他翻了幾次，無意中看到一個ID：婷婷玉立413。他下意識認真看了幾眼，點評寫了很長。他乾脆點進這個ID看她的主頁。她的主頁內容很豐富，有很多餐廳的評價，簡直是可以不看別人的，看她一個就能挑到地方了。

仇正卿看了幾篇，覺得這人很有意思，別人評論都是兩三句，她卻是洋洋灑灑一大篇。從裝潢、菜品、價格到服務全都寫了，還記上第一次去怎樣，第二次去怎樣，當然有些餐廳她寫的是不想再來第二次。讓仇正卿感到有些親切的是，這個ID每一篇點評的最後，都會寫上一句話。

適合約會。

適合商務會談。

適合拍馬屁。

適合裝逼。

適合家庭聚餐。

適合朋友聚會。

適合當冤大頭。

適合分手。

一大堆適合什麼什麼，看得仇正卿哈哈大笑。

他有個直覺，他覺得這個婷婷玉立413是尹婷。

他覺得他有必要向這位點評達人請教他週日約會去哪裡好，於是，他撥通了尹婷的電話。

「求你正經點！」尹婷在電話裡的聲音很響亮，還明目張膽叫著她幫他取的外號，一個字一頓，特別有精神，這讓仇正卿覺得這女生是不是吃了一種叫做「我每天都很有精神」的藥。

「你好呀，有什麼事需要我幫忙嗎？」尹婷叫完了外號就直接問。

仇正卿失笑，「為什麼會覺得我是找妳幫忙的？」

「因為我沒有讓你幫忙啊，所以你打過來一定不是回覆我的。然後你也一定不會是找我談工作的，主動打電話貢獻八卦應該也不太可能，所以應該就是找我幫忙嘍！」尹婷一口氣說完。

仇正卿笑了笑，「除了工作那一項，其他的是妳跟妳朋友們通電話的內容嗎？」

「是啊，但還多一項，就是我們會聊吃喝玩樂的事，這個話題你也沒興趣吧？」

聽起來還真是沒什麼共同語言，仇正卿清咳兩聲，說道：「是這樣的，上次妳不是說，我跟毛慧珠一起吃飯的那家餐廳不合適嗎……」他話還沒有說完，尹婷打斷他問：「毛慧珠是誰？」

「就是Zoe。」

「哦哦，她中文名字叫毛慧珠啊！」尹婷叫道：「她爸爸媽媽一定很愛她，智慧的珍珠，看看人家多會取名字，所以Zoe現在又能幹又漂亮，取個好名字真的太重要了。」說到這裡，她突然咯咯地笑了起來。

仇正卿本能地猜到了她在想什麼，他道：「所以我就是很正經，是吧？」仇正卿，這三個字明明很好聽，到她那裡變成歪句。他活了三十三個年頭，第一次知道他的名字是這個意思。

尹婷哈哈大笑，「你真幽默！」

幽默在哪裡？仇正卿很無語，他決定要把話題轉回來：「就是上次妳說我訂的餐廳不合適，我剛才在網路上看了看，看到一個挺紅的點評達人，她推薦了不少，所以我想乾脆直接問一問，選哪家餐廳好。」

「誰呀？是那個叫紅姐的嗎？」尹婷還沒有搞清楚狀況，她說道：「她是挺紅的，在美食雜誌上還有專欄，不過她的贊助也多。有很多商家試吃的活動會找她宣傳，這些商業操作的事情你肯定也比較清楚，有贊助當然就得誇。人氣高也不一定說的都是真心話，不過，選餐廳這種事情，喜好都是比較主觀的，每個人感受不一樣，你也不用全信。」

仇正卿沉默兩秒，他才說了一句，尹婷小姐妳就發表一長篇，這樣合適嗎？現在才發現原來她也很有嘮叨的潛質。

「婷婷玉立413。」仇正卿說，正想問這個id是不是妳，結果尹婷自己就叫了起來：「咦，那個是我呀！你真有眼光，我的點評確實也很紅的！」

仇正卿又無語了，謙虛呢？小姐！

尹婷在那頭還在興奮中：「哇，哇，我們真是有緣！你看，你看，紅線真的很神吧？都指引你找到我的戀愛餐廳選擇指南了。我推薦的都很好，你可以試一試，而且我絕對沒有拿廣告費和贊助，全是自己花錢去體驗去吃的。」

仇正卿的手指默默敲著桌沿，還戀愛餐廳選擇指南呢，他注意到明明還有很多適合分手、適合裝逼、適合當冤大頭什麼的。不過說話噎女生不是他的風格，所以他也沒說什麼，只問她：「那妳首推哪家呢？」

「你跟誰去啊？」尹婷問他。

「那個不重要。」仇正卿不想告訴她，省得她問東問西。

「哦。」尹婷不失望，繼續問：「那你是在泡妞階段，還是在維持穩定感情階段呢？」

這樣在選餐廳上還有區別嗎？仇正卿一臉黑線。而且，聽聽她用的詞，還泡妞，他沒有那個時間和興趣。

聽不到他回答，尹婷又道：「好吧，你還挺害羞的，那我推一家叫『當幸福遇上美食』。這個綜合性比較強，東西也好吃，環境氛圍都不錯，泡妞和維持穩定感情都適合去，你這麼正經嚴肅地坐在那也不會太突兀。那家老闆也姓尹喔，他還有另一家叫『食』的餐廳，那家走高端個性路線，適合裝格調裝品味用的，平常就算了。」

聽尹婷的架勢似乎還要往下說，仇正卿趕緊打斷：「好了，好了，別的不用介紹了，我知道店名就行了。」他一邊說一邊在鍵盤上敲了敲，搜索到這家餐廳。「婷婷玉立413」也確實點評推薦過這家店，甚至還點評了好幾道菜。

仇正卿一邊看網路上的評論，一邊聽到尹婷滔滔不絕說什麼光知道店名哪夠，她得告訴他哪些菜好，適合兩個人吃。他沒阻止她，而她真的開始說了，跟她點評裡寫的差不多。

仇正卿忽然覺得挺好笑的，她家裡一定不會悶吧？她爸和她哥聽她說話就夠熱鬧了。熱鬧其實挺好的，尹婷一定是吃了「我每天都很熱鬧」的藥。仇正卿越想越好笑，也真的笑了。

週日，中午。

仇正卿原本與毛慧珠約的是晚餐，但她週六臨時接到通知，週日傍晚公司總部主管會到，週一要對這邊的業務進行視察，所以晚餐改成了中餐，兩人約好一起簡單吃個中飯就好。

仇正卿先抵達餐廳，停好車子朝大門去，眼角餘光看到餐廳外頭不遠有個小攤子，一個熟悉的身影帶著三個孩子在那裡。仇正卿有些愣，仔細看了幾眼，發現還真是尹婷。

她穿著簡單的長袖T恤和牛仔褲，跟她腳踏車壞掉的那天一樣樸素。她捧著一個大盒子，盒子邊緣印著花花綠綠的字，他看不清楚，卻能看清她身邊那三個孩子。三個孩子，一男兩女，都是約七八歲的年紀，一個拿著像明信片一樣的東西，另一個稍大的也捧著盒子。

仇正卿正想過去看他們在幹什麼，尹婷已經看到他了，她歡呼著向仇正卿跑了過來，後面跟著幾個小孩。

仇正卿有點僵，這時候要是迎上去，他一定是得了奔放的病。

不過不用他迎，距離不遠，他站著不動，尹婷很快就跑到了，「仇總大人。」

「大人！」三個孩子有樣學樣地喊。

很好，仇正卿感到有些欣慰，起碼尹婷同學當著小孩子的面沒有亂喊他的外號。

「你們好。」他客氣禮貌地對孩子們打招呼。

「我們在做公益活動，義賣明信片。」不待他問，尹婷主動解釋。

仇正卿這時候看清楚了，她抱著的那個大盒子的邊緣寫著「義賣風景明信片，一張十元，十張八十元」。

年紀最小的小女孩對仇正卿歡快地點頭，「是做好事喔！」

尹婷對那孩子笑，然後轉向仇正卿，「他們是育幼院的孩子。」

仇正卿點點頭，猜想他們是為育幼院募款，於是想說那他買幾張吧，還沒開口，卻聽見身後有人喚：「正卿。」

仇正卿回頭，是毛慧珠到了。他對她招招手，毛慧珠這時候看到尹婷，驚訝地揚了揚眉，這時候手機響了，她皺起眉頭接。這兩天電話都沒停過，為了週一的會議，大家一團忙亂，誰也摸不清上頭是什麼意思，今天一大早突然要這個報告要那個報告，很多都不是現成的，還得整理資料。她被這些事弄得煩不勝煩，但跟仇正卿約好了，她不想失約，只是公事上的麻煩有些超乎她的意料，她有些暴躁了。

匆匆跟下屬聊了幾句，指點他們怎麼做之後，毛慧珠走到仇正卿身邊，正好聽到尹婷對仇正卿說：「支持一下，買兩套明信片吧。」

毛慧珠眉頭皺更緊，而仇正卿很爽快地說：「好。」

仇正卿掏錢包，尹婷對著毛慧珠笑著打招呼：「Zoe小姐。」

三個孩子也跟著喊：「小姐。」

毛慧珠板著臉，沒應沒理。仇正卿掏了錢給尹婷，尹婷找他四十元，遞給他兩套明信片。毛慧珠看了看餐廳，小聲道：「我先進去了。」然後走了。

尹婷看著她的背影，悄聲跟仇正卿道：「她好像心情不好，可能工作有點累，但是這麼累都趕來赴約，很不錯呢，你要耐心一點喔。」

毛慧珠剛才的電話他們兩人都有聽到，仇正卿點點頭，表示理解。他揚了揚明信片，示意感謝，又摸摸旁邊小男孩的頭，「大家辛苦了，加油喔。要好好念書，只要肯努力，長大了就能過自己想要的生活。」

三個孩子齊聲喊：「謝謝叔叔！」

仇正卿對他們笑笑，進餐廳去了。他進去後找到了毛慧珠，餐廳裡人不少，他們的座位排在靠窗的第二排，轉頭還能夠看到窗外，仇正卿覺得挺好的。他看到尹婷在跟孩子們說笑，拉著他們退到餐廳邊的路口。這時一位中年婦女走過，最小的小女孩勇敢地過去舉起明信片向那婦女說著什麼，婦女搖頭，沒有買，走了。

小女孩垮了小臉，有些沮喪地看著尹婷，尹婷對她豎起大拇指，仇正卿猜她大概是誇小朋友勇敢吧，因為小女孩笑了，其他兩個孩子拍了拍她的肩膀，又拉著她向另一位路人舉起了明信片。

「你們怎麼遇到的，這麼巧？」毛慧珠剛回完一條簡訊，抬眼看到外頭的情形，心裡還是有些不高興。尹婷上次留給她的印象就不好，這次也很不好，感覺像是殺熟強賣似的。公益捐款的事，自有各慈善基金會在操作，他們這樣向熟人募款，不買還不好，買了又不知他們把錢弄哪去。毛慧珠自己也經歷過幾次這種事，加上今天心情不佳，實在擺不出好臉色。

「是挺巧的。」仇正卿沒多說尹婷，關心地問毛慧珠：「工作還好嗎？」

毛慧珠揉揉額角，「不太好也得做，一陣一陣的吧。不知道這次怎麼來突襲，我老闆又發神經，什麼都要準備，過幾天就好了，點些上菜快的吧，吃完我要回公司去。」

「好。」仇正卿招來服務生，兩人都點了最簡單的，一個炒飯，一個義大利麵。仇正卿點完餐，想到小時候自己沒錢上館子，眼巴巴看著別人吃而流口水的情形，於是發了條簡訊給尹婷，問她要不要給孩子們點些東西吃。

尹婷很快回覆：「不用，我們吃過了。如果需要帶他們吃好吃的，我會帶的。但小零食還好，大餐還是不要了，不然他們回去一說，其他小朋友會覺得不公平。」

仇正卿看了，回了一個字：「好。」他能理解。在這種環境生活的孩子，原本就有許多事是他們覺得不公平的，沒必要再加一件。他看了毛慧珠一眼，她正在手機上快速輸入，似乎是在回郵件。仇正卿乾脆也刷了一下郵箱，看看有沒有新郵件。

這時候手機簡訊聲忽然響了，仇正卿一看，是尹婷發來的：有情況！May來了，在對街，正往這邊走，你不會一次約了兩個吧？

仇正卿一臉黑線，腦子裡已經浮現尹婷的鄙夷表情，他趕緊回她：沒有，我不知道她來。尹婷火速回他：那我幫你攔她去。

仇正卿腦袋差點要磕上桌子，這女生不會今天吃了「我每天都很神勇」的藥吧？不用攔啊，他又沒做什麼虧心事。

仇正卿趕緊回了一條簡訊：不用攔！

但是簡訊發出去之後，尹婷完全沒有回音，這讓仇正卿有些忐忑了。這女生不會弄巧成拙，讓他丟臉吧？

毛慧珠已經發完郵件，抬頭看了看仇正卿，見他也在低頭看手機，於是道：「真抱歉，我今天的事情確實有些亂，你也很忙吧？」

「還好。」仇正卿一邊答一邊猜測尹婷會怎麼攔，不會是說前面修路中，請改道吧？

仇正卿答得心不在焉，毛慧珠有些敏感起來。她反省了一下自己，是不是之前態度太不好，讓仇正卿反感？她只好道歉：「對不起，今天一亂，我就有些煩，剛才好像是有些不禮貌，希望你和你同事的朋友別介意。」

仇正卿抬頭看了她一眼，「沒關係，誰都有壓力大的時候，能理解。剛才尹婷還說妳可能工作太累了，這麼累還來赴約真的很不錯，所以妳別往心裡去，大家都能理解的。」

毛慧珠愣了一愣，尹婷居然這樣說？她心裡更煩亂起來，覺得內疚。剛才給人臉色看真是不應該，這麼一想，下意識地望向窗外，看到尹婷正拉著那三個孩子往別處走，而另一個一身光鮮亮麗，手上提著好幾個名牌紙袋的年輕女人吸引了她的注意。

會注意到她不是因為她的打扮，是因為那女人走進店門時看到了仇正卿，那明顯眼睛一亮，喜出望外的表情，讓毛慧珠有些警覺起來。

同一時間，仇正卿收到一條簡訊，尹婷寫著：「抱歉啊，攔不住，她說她要去你那家餐廳吃午飯。我盡力了，但不能露餡兒，只好讓她去了，我帶孩子們先走了。」

仇正卿簡直哭笑不得，沈佳琪來這餐廳吃飯，她幹麼要弄得像逃跑似的？他想如果換了別人，大概會以為她心裡有鬼吧？但他不這麼想，只是他會很好奇尹婷那顆與眾不同的腦袋裡到底在想什麼。

於是仇正卿回了條簡訊給尹婷，問她：大家正常吃飯怎麼了？妳帶孩子們跑什麼？

剛把簡訊發出去，他就聽到一個熟悉的聲音：「仇總，真是巧。」

不用抬頭也知道，肯定是沈佳琪了。

仇正卿把手機放下，抬頭看，好像剛知道沈佳琪來了一樣，「沈總？還真是巧。」

沈佳琪看了毛慧珠一眼，微笑著。毛慧珠看著沈佳琪，不動聲色。仇正卿一本正經，為她們介紹。兩個女人相視一笑，互相握了握手。

仇正卿面對這情景，忽然覺得自己被尹婷感染了，好像真有點心虛起來。可是，不對啊，他真沒做錯什麼。

沈佳琪很自來熟地說：「我剛去購物，想著來這裡吃午餐，沒想到這麼巧遇見兩位，介不介意我併個桌？」

仇正卿不好說不，他看向毛慧珠。毛慧珠也不好說不，這個什麼沈總有可能是仇正卿的商業夥伴或朋友，她不能不顧及仇正卿的顏面，只能微笑點頭，「沒關係，一起吧。」

沈佳琪坐下，把手上的雜物放到一邊。毛慧珠看到她放在桌上的六套明信片，跟仇正卿買的一樣。沈佳琪看她在看明信片，便遞了兩套過去，「喜歡明信片？送你吧。我朋友賣的，印的品質很好。我有很多，每次遇到她都會被押著買幾盒。」

毛慧珠愣了愣，朋友？所以這女人也認得尹婷？

仇正卿聽沈佳琪說被押著買明信片，有些想笑，也不知道尹婷怎麼跟人家說的。沈佳琪卻是很熟地跟服務生點了菜，菜單都沒看，看來不是第一次來這裡。

仇正卿的手機簡訊聲響了，他拿起一看，是尹婷回覆他那條簡訊：「你們上演三角關係，讓小朋友看到不好，所以我帶他們先走了。」

仇正卿一臉黑線，誰三角關係啊？正想著要寫簡訊反駁，卻聽到沈佳琪問毛慧珠：「妳跟仇總是哪一類的朋友？」

仇正卿手上一頓，下意識抬頭看了毛慧珠一眼，毛慧珠也正看向他，她眨了眨眼睛，道：「我們是大學同學。」隱去了她曾建議過交往而仇正卿還在考慮的事。畢竟跟沈佳琪不熟，也不確定她的意思，還是保守些好。

「只是大學同學嗎？」沈佳琪喝了一口水，放下杯子，笑道：「那太好了。我問這個是因為，我正打算追求仇總，所以問清楚關係比較好，不然搞不清楚狀況，就尷尬了。」

仇正卿與毛慧珠均是一愣，又互相看了一眼。毛慧珠不止尷尬了，還很氣。今天真是諸事不順，為了見面勉強擠出時間，結果還遇到這種事。她當下也不裝客氣了，笑著回應：「是嗎？沈小姐有這樣的想法啊，那我們也算目標一致。」

「這樣啊……」沈佳琪看了仇正卿一眼，又轉頭對毛慧珠笑，「那我明白了。」

仇正卿看著兩個女人對視著假笑，覺得非常尷尬。明白什麼了？這簡直是挑事！遇到對這欣賞的人管這叫直率，可惜這類秦雨飛大小姐似的直率他不太欣賞。

想他長到三十三歲，之前雖然也曾有女生對他示好，但他醉心工作，沒心思考慮。如今尹婷送了紅線，難道他的桃花真的一朵一朵開起來了？開太多就成災了！這狀況有些刺激，他享受不來，他退回紅線行嗎？

這時候，服務生把仇正卿和毛慧珠點的餐點送上來，仇正卿清清喉嚨道：「多謝兩位厚愛，實在是太給我面子，簡直受寵若驚。不過咱們先吃飯吧，妳們都這麼坦率，尷尬的是我。」

毛慧珠拿起餐具，很配合地道：「那我先用了，不好意思。」

「請。」沈佳琪大方道。

仇正卿也開始吃。沈佳琪看看他們的餐點，挑眉頭：「吃這麼簡單，趕時間？」

「還有工作。」毛慧珠答。她很慶幸今天沒時間，不用浪費時間跟這女人周旋，這兩天她太累，真的完全沒心情。

「哦。」沈佳琪轉向仇正卿，「那仇總呢？」

「我也有事。」仇正卿的回答讓毛慧珠彎了彎嘴角，她維護他的臉面，他也維護她的，這樣的紳士風度她很喜歡。

「那你們快吃吧，吃完先走好了，我來買單。」沈佳琪大方道。

「沈小姐太客氣了。」毛慧珠覺得沈佳琪有心炫耀，很是不爽。她很快吃完飯，看仇正卿也吃完了，用眼神詢問他。仇正卿點點頭，今天出門不宜，還是快撤。

這時沈佳琪點的菜也上來了，仇正卿便讓她慢用，說他們有事，就先走了。

「好啊，那改天再聯絡。」沈佳琪也不跟他們客套。仇正卿與毛慧珠一起離開，毛慧珠到櫃檯打算買單，卻被仇正卿搶先了。「別賭氣。」他輕聲道。

毛慧珠揚揚眉，「這樣你也算請她請了飯，感覺不爽。」

仇正卿也揚眉，「那也是打成個平手，妳也沒吃虧。」

毛慧珠忍不住笑了，確實是啊，反正她還沒輸。

兩個人走到停車場，毛慧珠揮手道別，開車離去。

仇正卿上了車，鬆了一口氣。現在這情形有些不妙了，他一點都不享受被兩個女人追求的過程，他的計畫裡沒有這個。如果兩邊周旋，意味著他得浪費些時間和精力，如果不想周旋，又意味著他得馬上與毛慧珠確定交往或是拒絕。可這婚姻之事頗為重要，他不想草率簽約。

一時沒想到什麼辦法，仇正卿開了車朝超市方向走。沒辦法就先不管，敵不動我不動。對了，還沒糾正尹婷的錯誤觀念，他對男女交往的事是秉持嚴肅認真的態度，什麼三角關係？他是不會亂來的，她可別亂想亂猜。

想什麼來什麼，前面街頭轉角那個，可不正是尹婷。

她還帶著那三個孩子，每個人嘴裡都含著支棒棒糖，尹婷和兩個小女孩手裡還各自抱著兩大盒棒棒糖，小男孩則抱著裝明信片的盒子。四個人臉上都露出滿意又幸福的表情，而且神氣活現，好像他們不是在吃棒棒糖，而是頭戴金冠。

仇正卿忍不住笑了，剛才那餐廳裝潢得很好，可跟這四個人站著的街角相比，卻莫名遜色。

仇正卿把車子開了過去，按了按喇叭。尹婷轉頭看過來，看到他，小臉明顯一亮，仇正卿的嘴咧得更大了。她的表情，真的很好笑。

「仇總大人！」尹婷跑過來了，後面跟著三個孩子。

仇正卿把車門開開，尹婷探進腦袋來，「這麼快就吃完了嗎？」

「是啊。」他問：「你們賣完了嗎？要不要回去了？我可以送你們一程。」

「好呀！」尹婷歡快地答應，一點都沒客氣。她回身招呼孩子們上車，盯著他們在後座坐穩，然後關好車門，自己坐到了前座。

「叔叔要送我們回家，大家要謝謝叔叔。」

「謝謝叔叔！」三個孩子齊聲道。最小的小女孩停了停，又補了一句：「謝謝車子。」

「不客氣。」仇正卿答，想了想，也補一句：「車子也說不客氣。」說完，發現孩子們全都瞪著他看。尹婷碰了碰他的手臂，「你這麼正經地說車子也說不客氣，他們會以為你的車真有什麼特殊本領，或者你有什麼特殊本領。」

什麼特殊本領？仇正卿皺眉頭。尹婷解釋：「比如你能跟車子對話，心意相通之類的。」

「真的嗎？」小女孩問。

「當然不是。剛才叔叔只是在說客氣話，跟小石頭向車子道謝一樣，是客氣話。」

「哦。」三個孩子放心了，又覺得有些惋惜。

「繫好安全帶。」仇正卿決定不跟孩子溝通了，還是跟大人溝通簡單一些，他有些不明白小孩子腦子裡都在想什麼。

尹婷繫好安全帶，仇正卿發動車子上路。小石頭這時候又說話了：「婷婷姊姊，可不可以送叔叔一顆糖吃，叔叔幫了我們。」

「好啊，不過叔叔現在在開車，不能吃糖，等叔叔不開車的時候再吃。」尹婷幫仇正卿答應，又幫他婉拒，仇正卿給了她感激的一眼。

小石頭又問：「叔叔，你知道糖為什麼是甜的嗎？」

仇正卿下意識在腦子裡組織糖的化學成分和人舌頭辨識味覺的知識，可小石頭沒等他答話，自己接著說了：「因為它想讓你開心。」

另一個稍大的小女孩也接話：「所以吃的時候要開心。」

仇正卿又看了尹婷一眼，這是誰哄孩子的？

小石頭又問：「叔叔，你知道為什麼太陽這麼高這麼遠又這麼亮嗎？」

這回仇正卿不想梳理關於天文學的知識了，他想反問小石頭為什麼有顆糖塞妳嘴裡都堵不住妳的嘴？當然，他是有紳士風度的叔叔，這種問題他是不會問的。

小石頭又自己回答了：「太陽會這樣，是因為我們要有目標。」

遠大又充滿光明的目標嗎？仇正卿再看了尹婷一眼。

尹婷正抿著嘴笑，誇小石頭記性好，全記住了。

「我也全記住了。」稍大的小女孩不甘示弱，也問仇正卿：「叔叔，你知道為什麼月亮有圓缺，一會兒彎彎一會兒圓嗎？」

仇正卿好想說：叔叔只是想送你們一程，叔叔什麼都不知道。當然，這話他沒說，他也長了經驗，小孩子問他問題，其實是想告訴他答案。小石頭搶著宣布：「因為變化也會很美麗，所以我們不要害怕變化。」

仇正卿不知道自己是該給孩子們反應好，還是不給好。這時後座的三個孩子已經顧不上找這位叔叔玩問答遊戲了，因為他們三個自己玩了起來。嘰嘰喳喳，嘰嘰喳喳。

好吵啊！仇正卿從後視鏡看了孩子們一眼，他們笑得很開心，聲音很響亮。他看到尹婷在看他，眼睛明亮，目光清澈，他不由心裡一跳，連忙解釋自己偷窺孩子們的意思：「沒關係，挺熱鬧。」

「謝謝。」尹婷對他甜甜一笑，「如果你覺得吵，我會叫他們安靜，他們很乖的。」

「不用，挺好的。」仇正卿忽然覺得有些緊張，比在餐廳裡面對兩個女人宣告都要追他來得緊張。不對，那時候他只是尷尬，但不緊張。現在是因為孩子們太吵，他又不好不客氣。

嗯，因為這樣，怕小孩子麻煩，所以緊張。

接下來仇正卿沉默了兩條街，然後尹婷打開了話匣子，她問他：「剛才怎麼樣？」

仇正卿知道她問的是餐廳裡的事，「沒什麼，沈小姐過來看到我們，就一起坐下吃飯。」

「哦。」尹婷看了看後面的三個孩子，說道：「那回頭再說吧。」

回頭再說？仇正卿又緊張了，要說什麼？研究他的「三角關係」？好吧。他定了定神，那他正好藉此機會跟她好好糾正她的錯誤觀念。嗯，如果她堅持要跟他討論這件事的話。

他是說，其實不討論就更好。跟一個小女生談論什麼婚姻價值觀，他還是不自在，尤其是尹婷這種擁有一顆與眾不同腦袋的女生。

「妳多大了？」仇正卿想到就問了，問完又覺得這樣好像很唐突。

「二十四歲。」尹婷沒介意，笑咪咪地答了。

嗯，確實是小女生，也就剛大學畢業沒多久的小女生。仇正卿挪了挪坐姿，在想要不要解釋他問這個其實沒別的意思，就是感覺她挺年輕的，似乎比秦雨飛小，所以證實一下。

沒等他考慮完，尹婷反問：「你三十三了？」

仇正卿點點頭，感覺有點怪，但是哪裡怪他又說不上來。

「我前一段時間正好在網路上看過你的報導，所以知道。」尹婷笑嘻嘻的。

仇正卿有些不好意思，那家財經雜誌的報導把他寫得很誇張的優秀，他看到時還覺得挺滿意的，但現在尹婷說她看了，他卻有些尷尬。

「六六大順喔！」尹婷忽然說。

「什麼？」仇正卿一時反應不過來。

「我說你的年紀啊！三加三是六，所以會順順利利。」

這都什麼跟什麼？仇正卿問：「那我三十四歲的時候呢？」

「充滿期待的一年，會有奇思妙想，會其樂融融。」

仇正卿笑了，諧音大拼盤嗎？

「三十五呢？」問完又覺得這個沒難度，八這個數字太吉利了。

果然尹婷想都不用想，「發大財啊，事業更進步！啊，那時候你該可以做爸爸了吧！」

仇正卿失笑，他的計畫是兩年內搞定結婚，如果順利，當爸爸也不是不可能，這個太容易了。下一個數是九，長長久久，那也很容易湊吉利，於是他跳過，直接問最不吉利的那個數。

「那等我四十了呢？」

「你想等到那時候？那算老年得子？」

「……」仇正卿完全無法形容內心的感受，他猜想他臉上的表情一定很精彩，只可惜他正看著路況，尹婷就算看著他，也只能欣賞到他半張臉的表情，她一定感受不到那震撼程度。

老、年、得、子！

這是個什麼鬼？

仇正卿不說話，尹婷卻勸他：「你還是重視這事吧，男人四十還不算老，但是女人就不一樣了，你得多為妻子考慮，到時候生孩子很辛苦的。」

仇正卿終於忍不住看了尹婷一眼，尹婷頓時醒悟過來，「哎呀，不好意思，是我不對，不該說這些！就是聊著聊著，太親切，就把你當我哥那樣的了！」

仇正卿無語，他覺得她那位酒吧老闆哥哥要是聽到這話，也會跳出來喊「老年得子是個什麼鬼」。

親切啊，做人果然不能太親切，不然會心酸又心碎。

老年……

不能想！仇正卿轉而對後座的孩子們發話：「小朋友，你們今天明信片賣得怎麼樣？」

「賣得好！」小石頭重重點頭。

小男孩也很興奮，「婷婷姊姊算過了，可以讓五個小朋友吃一個星期的飯。」

「不止，不止！」稍大的小女孩說：「這只是我們賣的，我們還有別的同學今天也有上街賣，肯定都能賣掉不少。」

「太好了！」小石頭高興地發表結論。

仇正卿皺皺眉頭，有些心疼，轉向尹婷問：「育幼院經費這麼緊張？」

「不是我們！」小男孩說：「我們不缺錢！」口氣很是驕傲。

「我們不缺錢。」小石頭也跟著說。

「我們每天都吃飽飽，有衣服穿，能上學。」

「我們的作業都做完了才出來的。」

「還有糖吃。」小石頭亮出她的棒棒糖盒子，「每個小朋友都有喔，婷婷姊姊說要公平，人人都有。」

尹婷道：「我們是幫山區的小朋友募集餐費。有個公益活動，育幼院的孩子們也想為其他小朋友盡一分力，對吧？」她問幾個小傢伙。

「對，對！」孩子們點頭。

「別人幫助我們，我們幫助別人。」小男孩道。

「小韓說的對！」尹婷誇他。

小韓有些不好意思，大聲保證：「我會好好念書，考上大學，以後有本事，再幫更多人！」

仇正卿握緊方向盤，想到了自己。他沒有這些孩子這麼慘，他有自己的家，有親人。他也得到過許多人的鼓勵和幫助，雖然他也有向永凱慈善基金會定期捐款，但需要幫助的人離得他這麼近，還是第一次，於是他說：「小韓，你好好努力，如果你能考上大學，叔叔資助你學雜費，供你念完四年。」

小韓有些激動，「我、我一定會努力的！等我會賺錢了，我會還的！」

仇正卿笑了，他看了尹婷一眼，她也正在笑。笑得眼睛彎彎的，很甜。她正在看他，目光一碰，仇正卿又覺得緊張起來，他小聲對尹婷說：「不是隨口說說，我認真的。」

「謝謝你。」尹婷的表情讓仇正卿覺得她根本沒懷疑他隨口哄人，他那樣解釋太傻了。

車後座的孩子們互相鼓勵打氣起來，仇正卿覺得他們吵鬧得也挺可愛的。車子開了一段路，紅燈的時候他下意識又轉頭看了尹婷一眼，對上了她的目光，她還在笑。

仇正卿覺得不好意思，清了清喉嚨，若無其事把頭轉了回去。後面的路程，他一直刻意看著前方，沒再側頭。

育幼院到了，離上次遇到尹婷腳踏車壞掉而與他和毛慧珠一起吃飯的那家餐廳不遠。仇正卿想起那次她說她先去育幼院玩一會兒等她爸回家，看起來她跟這裡挺熟的。

尹婷確實很熟，她為仇正卿指路停車，車子停好，孩子們剛下去，就有其他孩子看到了，紛紛大叫著跑過來。有喊我們比你們早回來，有喊我今天賣了多少，還有喊哇有糖吃，音量和嘰喳程度絕對超過剛才在車上的十倍。

仇正卿站在那裡看著他們，再一次覺得其實自己很幸運。他叫住尹婷，掏了錢包出來看了看，留下一百元，其餘的全掏出來，「那個什麼山區孩子的吃飯錢，算上我一份吧。」

尹婷眨眨眼睛，「你捐過了，你買了兩套明信片。」

仇正卿點頭，「再捐一點也還捐得起的。」

尹婷看著他的眼睛，笑了。忽然上前一步，給了他一個大大的擁抱，「你真是太好了！」擁抱只維持了兩秒，或者更短？仇正卿不確定，只知道很快她就放開了他，但他身上似乎還留著她擁抱時的溫暖。她看著他，笑容甜美，「那我拿了喔？」

「好。」他把錢遞過去，尹婷接過，跟他說謝謝，接著說要去找院長把今天義賣的錢交接。她轉身要去，又回頭問他：「你還有時間嗎？」

「我等妳好了。」他有時間，順路送她一程沒問題。

尹婷又笑了，對他揮揮手，小跑步朝旁邊的小樓裡跑。

仇正卿看著她的背影，想起來了，那什麼……其實，他和她好像不順路。

不過，又有什麼關係，他確實有時間。

這時候感覺衣襬被拉了一下，仇正卿轉頭，看到那個叫小石頭的小女孩站在他身邊，她對他笑，遞了支棒棒糖給他，「叔叔，現在不開車了，可以吃了。」

她居然還記得，仇正卿有些感動。他接過糖，拆了包裝，放進嘴裡。小石頭甜甜笑著，仇正卿覺得這糖還真是好吃，能讓人開心。

為什麼糖是甜的？因為它想讓你開心。

仇正卿摸摸小石頭的腦袋，「小石頭，妳叫什麼名字？」

「我叫石亮。他們說我的名字像男生，笑話我。後來婷婷姊姊說，閃亮的石頭是寶石，大家就叫我小石頭了。」

「很好的名字。」仇正卿學著尹婷的語氣誇她，然後他又想到他的名字，明明他的名字也很好，可以說出很多美好的意思來。他努力想，最後竟然只能想到「求你正經點」，他一定是被洗腦了。真是不服氣，不行，他一定要想出一個威風八面的意思來。

小石頭又扯了扯他的衣襬，仇正卿蹲下來，聽她說話。小石頭看了看周圍，悄聲告訴他：「小韓哥讀書可認真了，成績好，他一定會考上大學的。」其實在小石頭心裡，並不知道大學是什麼，就是覺得很神聖，很了不起。

仇正卿點點頭，「那叔叔一定會幫助他，讓他能念書。」

小石頭滿意地點頭，「叔叔真好！」她上前給了仇正卿一個擁抱，又悄聲道：「我比較笨，讀書不好，我想，我肯定是考不上大學的，可是，我也會努力。婷婷姊姊說，不是考上大學才會有好日子，做其他的也可以。」

「那妳想做什麼呢？」仇正卿問她。

小石頭臉紅了，有些害羞。她看看周圍，小聲說：「我喜歡小韓哥，等我長大了，就當他的新娘子。」

仇正卿愣了愣，他還以為會是創業開店做點小生意什麼的。

小石頭的臉繼續紅著，但是語氣堅定，「婷婷姊姊說這個目標很好，但就是得小韓哥同意才行。我長大了，再問小韓哥。」

為什麼太陽這麼高這麼遠又這麼亮？因為我們要有目標！

仇正卿忍不住，哈哈大笑。他回抱小石頭一下，說：「這個目標不錯。」哄孩子他也會啊，可是，等一下，他其實更應該鼓勵她走上創業的道路，女生也該獨立自強才對。不過管他的，小石頭現在只是小孩子而已。

這個目標不錯，仇正卿笑著，看到尹婷從小樓裡出來，正朝他這邊跑過來。

她的馬尾辮在身後甩啊甩，她的臉上掛著甜甜的笑，身上滿是陽光。

仇正卿送尹婷回家，這是他第二次送她回家。第一次送她，是他們剛認識的時候，也就是秦雨飛說的她找尹婷來幫忙支開顧英傑的那次。那次仇正卿與顧英傑在會議室聊天，正式會議已經開完，而他們覺得還有許多話題可以討論，於是留在會議室裡聊，尹婷像是偶然路過一樣的出現了。

那一次，她的出場和對他們吃飯的邀約都一如她的風格，嗯……就是一直被沒心沒肺大神緊緊擁抱著的那種風格。

無厘頭卻又似乎有點合理。

想到這事，仇正卿又想起了秦雨飛對他說的話。她說希望他不要誤會尹婷對他有什麼意思。其實他當時是覺得尹婷對顧英傑有意思，可是現在秦雨飛在和顧英傑談戀愛。

仇正卿斟酌了一會兒，有些小心地試探，他問尹婷：「對了，妳覺得顧英傑怎麼樣？」

「他很好啊！」尹婷一點都沒害羞，「我心目中的白馬王子就是他那樣的！」

「……」仇正卿沒說話，情況好像有點糟糕。尹婷的意思是她喜歡顧英傑嗎？可是顧英傑心有所屬了。如果尹婷知道了，會傷心嗎？她跟秦雨飛之間，不會鬧彆扭吧？

仇正卿正猶豫，尹婷卻主動說：「我曾經想追顧英傑呢，不過沒追上，他對我沒那意思，但他還是很有紳士風度。不過雨飛為了幫我，跟顧英傑鬧脾氣，弄得兩個人有些彆扭，我也很不好意思。」

這笨蛋！人家甜甜蜜蜜的，妳不好意思個什麼勁兒？

仇正卿忍無可忍，腦子一熱，說了：「秦雨飛告訴我，她在跟顧英傑談戀愛。」

「什麼？」尹婷瞪大了眼睛。

仇正卿有些後悔，說出的話收不回來，現在裝成「必須專心開車，不能聊天，不然會出車禍」

還來得及嗎？

「雨飛和顧少在戀愛？」尹婷向他確認，語調揚得高高的，很驚訝。

「嗯。」仇正卿應的聲音有點小，目光筆直瞪著前路。看，他認真在開車，不好聊天！

「他們居然在談戀愛？」

仇正卿只聽聲音，不太確定尹婷是在跟他說話，還是在自言自語。

「哈哈，太好了！」

完了，仇正卿心想真糟糕，這是受到刺激了？

「他們是誰拿下誰的？」

問這問題的聲音語氣雖然頗是甜美，但仇正卿腦海裡已經自行浮現尹婷委屈咬牙的表情。他嘆氣，不得不轉頭看了尹婷一眼，以免真把想像的畫面當真了。

還好，她並沒有委屈咬牙，她眼睛圓圓的，一臉好奇。啊，之前沒注意到，原來她的眼睛很大很好看！打住，現在不是注意長相的時候！

「什麼？」他不是裝傻，他是真忘了她剛才問什麼來著？

「他們倆是誰追誰的？拿下的意思就是追上的意思。」尹婷以為他不知道她們這種通俗亂用的動詞。

「哦，我不知道。」仇正卿鬆了一口氣，幸好他不知道。

「你居然真的不知道？」尹婷很驚訝。

「是啊。」仇正卿正經嚴肅，他沒打聽過，是秦雨飛隨口一說，所以他真的不知道。

「拿下就是追求的意思，很好理解啊！」

「……」

他差點甩開方向盤，他們兩個人在說兩件事嗎？沒心沒肺大神，麻煩你先放開尹婷小姐一會兒，真的，一會兒就好。讓我們理智順暢地溝通幾句，然後你隨便抱她到天昏地暗都沒關係。

仇正卿深呼吸一口氣，耐心地道：「我是說，我不知道他們倆誰『拿下』誰的。」

「哦，我猜是雨飛。」尹婷笑咪咪的。

仇正卿看了她一眼，然後正視前方，認真開車。這應該不是怒極反笑的表情，他覺得他這點判斷力還是有的。他眼角餘光看到尹婷拿出手機想撥，最後又放回去了。

「怎麼了？」他不想八卦，但最終還是沒忍住。

「想問問雨飛，不過今天是週末，他們一定在約會，我還是不要打擾了，等明天再說。」看起來真不像是生氣的樣子，仇正卿沒忍住，又問：「妳還好吧？」

「怎麼這麼問？」尹婷不解，她很好啊，哪裡不好？

「我是說，妳剛才不是說妳喜歡顧英傑。」

「是啊，那是過去的事了。他不喜歡我，我就放棄了。」

「哦。」仇正卿無語，不知道該說什麼，這樣顯得他又多事又傻。他果然不適合跟別人談論感情問題，還是討論工作的事更得心應手。

「你知道車子為什麼會轉彎？」

仇正卿在走神，聽到這話，以為她說要轉彎，剛巧遇路口，於是下意識打了方向盤，轉過去之後才反應過來，她剛才肯定是在問「正能量問題」。他看了尹婷一眼，尹婷一臉無辜，顯然對他突然轉彎有些驚訝。

仇正卿嘆氣，很無奈地問：「為什麼？」

尹婷想了想，決定不提醒他他繞了遠路，然後她答：「因為換個方向總有路走，沒必要跟末路死磕。」

好吧，仇正卿明白了，其實她就是想說顧英傑不喜歡她，所以她沒打算綁死在這棵樹上，於是歡快地丟下顧英傑，去尋找下一棵大樹了。這麼淺顯的事，要不要用轉彎啊末路啊這種話來渲染氣氛呢？仇正卿又想嘆氣了。

「你覺得Zoe好，還是May好呢？」尹婷又問。

仇正卿這次是真的把氣嘆了出來。

「幹麼？」尹婷瞪他。

「妳說話都沒有承上啟下，太跳。」

「我有啊！」尹婷理直氣壯，「我說顧少不喜歡我，我就轉個彎找新出路，然後你現在面前有兩條出路，我好奇你打算走哪條，不但承上啟下，扣緊話題，還一點都沒打岔。」

仇正卿張了張嘴，竟然無法反駁。

過了一會兒，尹婷再問：「你到底選哪條路？」

仇正卿不想跟她聊這個，但是他想如果他敷衍不答，她會不會以為他不想結婚，會不會又好心勸他時光飛逝，勿等老年得子呢？「妳幹麼打聽？」最後他問，問完覺得自己頗機智。這問題無論她怎麼答，他都有辦法擋回去。

「我是覺得，咱們聊一聊，說不定我能提供意見給你作參考。畢竟你太正經嚴肅，這種經驗應該不多。我就不一樣了，我戀愛經驗比較多。」

「單戀，然後追求不成功的經驗嗎？」話一說完，仇正卿就後悔了，這麼沒風度的話，實在不是他的風格。

尹婷沒在意，她答：「失戀越多次，越能總結出經驗來，每一次失敗都是有意義的。」說完，她還很有精神地再接再厲，「所以你現在就讓這些意義發揮它的積極作用吧。」

「我這人穩重，不想太積極。」

這話邏輯不太對，算了，她肯定察覺不到，仇正卿這樣想。

尹婷果然沒察覺，她只顧著吐槽：「你不要看不起失戀，你換個角度想，我這不叫失戀，我這是沒得戀，跟你的情況是一樣的。只不過我遊走在前線，而你原地留守。啊，真的是這樣，原來我們都是『沒得戀陣線盟友』，難怪會覺得跟你很投緣，特別親切。」

「……」她遊走在前線，而他原地留守，他們全都是沒得戀——真是無厘頭又有些合理。仇正卿抿抿嘴，他竟然又無法反駁，還是換個話題吧。

仇正卿清清喉嚨，「妳打算跟秦雨飛怎麼說？」

「什麼怎麼說？」

「她不是知道妳曾經喜歡過顧英傑嗎？」

「對呀，但是她也知道我早就轉彎了。」

「哦。」

「而且她太棒了，她跟顧少戀愛真是太好了呢！」

「為什麼？」仇正卿是真不懂，按理說，自己喜歡過的男生跟別的女生戀愛了，不是應該酸溜溜的嗎？

「肥水不流外人田啊！顧少這麼優秀的男人，最後落在雨飛的手裡，我也覺得揚眉吐氣，May再也不能笑話我了。」

仇正卿還是不懂。秦雨飛跟顧英傑談戀愛，尹婷揚眉吐氣什麼？又不是她追到顧英傑，或者應該說至今為止她也沒追到誰，為什麼沈佳琪再也不能笑話她了？

邏輯在哪裡？但仇正卿不打算再問了，他怕他越問越不懂。尹婷的世界自有一套她的理論，跟他的世界不一樣。

這時尹婷的手機接到簡訊，她開始忙著回覆起來。仇正卿默默開車，一邊開一邊也不知道自己在想什麼。沒多久，尹婷住的社區到了。仇正卿把車子緩緩停靠到路邊，尹婷看看車窗外，轉頭對他一笑，正想道別，仇正卿忽然想到他想什麼了。

他問她：「小婷，妳曾經有難過的時候嗎？」

車子壞了不難過、回不了家不難過、失戀不難過……她似乎，什麼都不難過，大概每天都會吃上幾顆「我每天都很高興」的藥吧。

「有啊。」尹婷答，想了想，才道：「我媽媽走的時候，我很難過。」

仇正卿一愣，「對不起。」他無意戳她的傷口。

尹婷搖搖頭，「我媽知道自己快不行了，把我叫到床邊。我拚命地哭，一直哭。我媽就說，傻孩子，有些要發生的事，哭是不能阻止的。不能阻止，就面對它。媽媽只是換了一個地方住，就像出差一樣。這是妳學習獨立，表現勇敢的好機會，妳要是能做到，媽媽就開心了。」她頓了一頓，又說：「我那時候不太懂，後來我長大了，慢慢就懂了，我想讓媽媽開心。」

她轉頭看了看仇正卿，仇正卿看到她眼眶竟然紅了，眼睛濕潤潤的，他心裡一噎，真的很後悔問這個傻問題。

尹婷對他說：「媽媽只是換了個地方住，只是不方便見面，只是不能再跟我說故事了。我小時候，她每天都說故事的。她一定很心疼我難過，所以，我就不應該難過，對吧？」

仇正卿剛想說「對」，尹婷卻吸了吸鼻子，搶先說了：「我要走了，謝謝你送我回來。」

是該走了，都到地方了。仇正卿不知道要說什麼，他看著尹婷推開車門下車，聽到她說「再見」，他也回了一句「再見」，然後，她走了。

仇正卿吐了一口氣，坐在車裡發呆。她剛才是要哭了嗎？他很後悔，為什麼要扯這種話題，她想哭的樣子，讓人不好受。

突然一個黑影撲到車窗邊，仇正卿嚇了一大跳。轉頭一看，竟是尹婷。

「我會發郵件給你的！」她大聲宣告，臉上又有了笑容，然後活力十足地跑掉了。

仇正卿愣愣地瞪著車窗，發郵件是要幹麼？他又不懂了。他瞪著車窗，不知道她會不會突然又蹦出來，等了好一會兒，她沒回來。他說不上是失望，還是鬆了口氣，最後決定還是鬆一口氣。突然蹦出來怪嚇人的，實在不值得期待。

仇正卿開車回家。四房一廳的房子空空蕩蕩的，他倒在沙發上，尋思著是不是家具不夠多，所以才會有這種感覺。他掏出手機刷了下郵箱，沒有新郵件。

他把手機丟到一邊。要不，抽個時間買些新家具好了？哎呀，他忘了去超市！

第三章

讓人臉紅心跳的腦筋急轉彎

毛慧珠離開餐廳回到公司的時候，心情還算不錯，儘管她知道踏入這個門就有忙不完的事等著她。不過說實話，她這些年忙慣了，不踏進來事情同樣還在，坐在辦公室裡反而會更安心。

她心情不錯是因為仇正卿，雖然今天突然冒出來一個光鮮亮眼的女人對她宣戰，但仇正卿的態度她是滿意的，就算最後他沒有選擇她，但他現在對她的尊重讓她覺得她沒做錯決定。

剛進辦公室，吳飛便迎了過來，「Zoe姊，妳來了。」

「事情怎麼樣了？」

吳飛是總經理崔應偉的助理，工作上與毛慧珠有許多交集，平常得到毛慧珠的很多指點，所以雖不是毛慧珠的直接下屬，卻是有什麼事都喜歡找毛慧珠請示。聽到毛慧珠問，趕緊把手上的整理情況跟毛慧珠說了說，然後說老總崔應偉稍晚一些到，在去機場接人之前，要先看一遍報告。

「他到底在急什麼？」毛慧珠非常不滿，就算是總部突襲檢查，也不用這麼誇張地小心應付，平常工作都妥妥當當，又沒做什麼虧心事，怕什麼。

「要不，Zoe姊，妳有沒有空先看一看？」

「好。」毛慧珠走進她的辦公室，吳飛趕緊回座位把電子檔發到毛慧珠的郵箱，又把那一落紙質的報表抱上，急匆匆送到毛慧珠桌上。

「這幾個是Peter要求先做出來的，還有別的我還在做。」

「好。」毛慧珠收下，吳飛接著去忙。毛慧珠先打電話跟自己那邊的下屬把他們需要負責的報告情況都確認好，才開始看吳飛這邊的。

吳飛整理的這幾個項目她大多知道，但也有幾個不太熟。不太熟的意思是知道內容，卻不清楚細節。那些都是崔應偉直接負責的項目，他們分工很清楚。

那幾份報告毛慧珠很快看完，覺得沒什麼問題，但最後一份她猶豫了一下，資料有些問題。倒不是帳面上的資料有問題，而是與她所知道的同類項目不太一樣。但這麼看問題也不大，她把幾份報告又重看了一遍，這才發現其中三份相關聯的都有問題。她叫來吳飛，細細問了一遍，又讓吳飛把所有資料搬過來。

吳飛搬過來後，她讓吳飛繼續去忙，她自己核對了一遍，才再次把吳飛叫了進來。

「這三份為什麼代表人都是你？Peter的簽字呢？」

吳飛仔細回想，「他那時好像很忙，就讓我跑一趟簽了。」

「Molly呢？」毛慧珠問。Molly是崔應偉的另一個助理，比吳飛資深，這種簽約的事怎麼也該Molly去辦。

吳飛不解，又想為自己說話：「Peter也是想多給我一些磨練的機會，所以他鋪好了路，讓我把事情辦下來，簽下合約。我完成了，沒弄砸。」

毛慧珠看了看他，點點頭。吳飛走到門口，忽然問她：「Zoe姊，這裡有什麼問題嗎？」

毛慧珠想了想，搖頭，讓他出去了。

毛慧珠把所有的資料又細看了一遍，確定後，忍不住掏了支菸出來，用力吸了一口。煙霧往上飄，迷擋住她的雙眼，她揮揮手，把煙揮掉了。

在她吸完這支菸時，崔應偉走進了公司。毛慧珠聽到崔應偉大聲喊吳飛把文件拿給他看，便把菸頭按滅在菸灰缸裡，對走進來拿文件的吳飛揮了揮手，「我拿給他吧，你忙你的。」

吳飛道謝。他好像察覺了哪裡不對勁，一邊走一邊回頭看了毛慧珠好幾眼。

毛慧珠拿了那疊文件，走進崔應偉的辦公室，默默把文件放在他的辦公桌上。崔應偉看見是她過來，有些驚訝。毛慧珠不等他說話，在他前面的椅子上坐下。

崔應偉看了看文件，再看看毛慧珠，問她：「Zoe，妳那邊要報告的資料準備好了嗎？」

「差不多吧。」

「那就好，一會兒去機場的時候我叫妳，我們一起去。」

毛慧珠不跟他拐彎抹角，直接問他：「你打算怎麼辦？這個一審查一定會查出來的。」她用下巴指了指那些文件。

崔應偉臉上閃過一些詫異和慌張，很快恢復若無其事，再然後顯示出刻意的驚訝來，「什麼？妳說查出什麼？」

毛慧珠直直看著他，看了好一會兒，笑了笑，「文件做得挺好。」

崔應偉也笑，「Zoe，妳一向很聰明，所以妳說妳想回國發展，我就想辦法給了妳一個位置。現在證明，我的眼光不錯，妳的選擇也沒有錯，我們一定會合作得更好的。」

毛慧珠點點頭，「那我先回辦公室，出發的時候你叫我。」

崔應偉應了，毛慧珠走出去。他站起來，走到辦公室門口，看著毛慧珠走進自己的辦公室。

毛慧珠在辦公室裡坐了一會兒，用手機發了簡訊給吳飛。她告訴他，編號是多少的那三個專案有問題，涉嫌貪污。所有合約和申請文件的簽字都是他，所以這個黑鍋他背定了。又讓他不要聲張，把當初所有涉及的相關電子郵件、簡訊和其他一切可能有保留的資料都整理出來。

吳飛看到簡訊嚇了一跳，他不敢回頭看崔應偉的辦公室，也不敢看毛慧珠的辦公室。他瞪著手機，想起剛才毛慧珠的反應，又細想了一遍那幾個項目，冷汗冒了下來。他回覆簡訊給毛慧珠：「好像，大多數都是口頭指示的，我找一找好了。」

毛慧珠看了簡訊，又點了一根菸。猜也猜到了，如果他是有預謀的，當然不會留下把柄。上面肯定也是察覺到了什麼，才會突然殺過來突擊檢查。她若是裝作不知道，這事裡她絕不會有半點麻煩，可她真要裝作不知道？

她抽著菸，看了看外頭。吳飛的座位在她與崔應偉的辦公室中間，從她玻璃牆能看到他。他才二十六歲，很有幹勁，努力認真，謙虛有禮貌，是她很欣賞的年輕人。現在這麼踏實努力的男生不多，起碼她接觸到的，名校畢業，家境良好，還肯這麼低頭做事的真不多。

她再發一條簡訊給吳飛：「能整理多少就多少，包括這些項目裡涉及的兩家企業給你的資料、郵件等等，若是可以，搜一搜他們的背景。」這個她曾經教過吳飛，一家公司可不可靠，不是看名片和網站的介紹，可以查一查背景和聲譽。怎麼查，她教過他。那次是他接觸到一家公司想談合作，但他不了解對方，不敢輕易給資料進一步商談。毛慧珠猜現在這兩家因為是崔應偉安排的，所以吳飛根本沒查過。

吳飛很快回覆了一條：「好的。」

之後毛慧珠沒再管吳飛，而是跟崔應偉去機場接人之前，趁崔應偉先出門沒看到，跟吳飛說了句：「有什麼情況，你晚上給我電話。」然後就走了。

接機的過程很順利，崔應偉像是什麼事都沒發生一樣，與總部代表談笑風生，毛慧珠配合得很好。若是崔應偉不知情，那她更不知情，可從代表的表現上來看，他們確實是認為公司裡出現了問題。關切了很多句，並要求明天一早九點就開會，又讓崔應偉晚上就把報告資料發過去。

崔應偉一口答應，毛慧珠不動聲色。

對方這麼迫切，想來已是心裡有數，不想給太多時間讓人在檔案裡動手腳。她也知道，明天的會議是關鍵。

安頓好代表們吃完飯住進飯店，崔應偉與毛慧珠一起回公司時說：「Zoe，我在這公司二十年了，從中階做到國內最高職位，公司對我非常信任。我對下屬向來是提攜愛護，對公司忠心的，與我配合得好的，在這公司裡自然前途無量。總部那邊也很看重妳的能力，我年紀也大了，以後這位置說不定就是妳的。」
毛慧珠笑了笑，嘴裡稱謝。兩個人扯了扯別的話，回到了公司。
毛慧珠沒有上樓，她直接開車回家去了。路上她接到吳飛的電話：「Zoe姊，Peter回來了。他把我叫過去問了幾句公事，又讓我通知其他人明早九點開會，然後就走了。」
「嗯。」毛慧珠猶豫了十秒，然後說：「你帶著所有能找到的資料到我家來，我們把所有事情過濾一遍，明天的會議很重要。」
毛慧珠回到家，倒了杯酒喝，看看時間，她打了電話給在美國的前主管。
「怎麼會想起打電話給我？」
毛慧珠又喝了一口酒，把她遇到的事說了。
對方很驚訝，問她：「那妳打算怎麼辦？」
「Ten，如果我失去了現在擁有的一切該怎麼辦？」毛慧珠反問。
Ten久久不語，而後道：「妳知道，妳做的決定我會支持的。當初妳說想回國，雖然我捨不得，但還是讓妳走了，妳一向知道自己想要什麼。回去後的環境當然沒有這邊好，但妳不是說從來不後悔嗎？」
「是的。」
「所以妳打算怎麼辦？這件事與妳無關，妳完全可以不用失去任何東西。」
這回輪到毛慧珠久久不語，隔了很久她才道：「Ten，你知道我有多努力，而我這麼努力，不是為了為虎作倀。我當然也會失去東西，那東西叫做良知。」
「可妳回不來了，Zoe。」Ten善意提醒，她是沒有退路的。
「嗯，我知道。」這次Zoe很快答了。

「祝妳好運。」

這晚，毛慧珠與吳飛開了很久的會，她跟吳飛分析了這事情裡很多的門道。總部那邊會怎麼查，崔應偉會怎麼反應，而吳飛要怎麼應對等等，兩人討論了許久。

「你經驗少，資歷淺，沒戒心，他看中這一點。你手上的資料都證明不了你沒有從裡面拿好處，也證明不了是他一手安排的。他最大的藉口就是他對你太信任，所以沒有留意，給了你可乘之機，但他最大的把柄就是他是你的主管，你犯的任何錯他都必須背負責任，因此他也會祈禱最好不被發現。就算被發現，他也會盡力幫你減輕罪責，比如不會報警，藉口怕有關人士藉機清查公司，找公司麻煩，再有，公司聲譽對近期的兩個政府招標專案會有影響。」

吳飛很緊張，點頭，默默記在心裡。

「他的個人帳目肯定也已經提前處理了。最壞的結果，我猜是你會被開除。」

吳飛抿緊唇，非常生氣。這工作很好，他當然不想背這黑鍋被人踢走，而且圈子很小，他背個罪名，以後怎麼再找好工作？

「但是還有一點，他同樣也證明不了他對這事完全不知情。」毛慧珠說著。如果有人強烈質疑，那麼崔應偉也很難把責任全賴到屬下身上，「我聯絡了一個律師朋友。」毛慧珠把朋友的名片遞給吳飛，「你一會兒回去後打電話給他，可以委託他處理這件事。然後明天一大早你去找Peter，告訴他你已經察覺，告訴他你找了律師。」

吳飛滿懷感激地接過名片，「可是，他會知道公司有人在背後幫我。」

「他一定知道是我。一旦這事曝光，我不會任由他睜眼說瞎話，向別人潑汙水。」

吳飛抿緊唇，最後也只能說一句「謝謝」。

吳飛走了，毛慧珠沒辦法睡，她不知道會不會後悔，她也希望事情不要那麼糟糕。她拿起手機，想打電話給仇正卿，一看時間，太晚了，就算了。

仇正卿這時候還沒有睡，他洗完澡出來，再刷了一下郵箱，沒有新郵件。

週一這天，對許多人來說都很煎熬。

仇正卿照例早早到公司，結果看到秦雨飛居然準時來上班，這簡直是太陽從西邊出來，可是她化了個大濃妝，而這麼豔的妝都擋不住她黑著的臉色。仇正卿決定，只要她沒影響工作，就不理她。可沒想到，秦雨飛吃錯藥一樣地認真工作，仇正卿相當困惑。

後來顧英傑打電話給仇正卿，問他秦雨飛的狀況。原來是這兩個人吵架冷戰了，顧英傑苦求和好未果，於是轉而向仇正卿求助。

仇正卿頭疼，他完全沒興趣處理這樣的事，也壓根兒不擅長這類婆婆媽媽的感情問題，所以他才覺得沒必要談戀愛，只要結婚就好，可也不能跟顧英傑說他不想管。仇正卿靈機一動，「你可以問問小婷，她跟秦雨飛要好，也許她知道該怎麼哄她。」

「啊，對，我找小婷，小婷是天使，會有辦法！」顧英傑謝過，掛了電話。

小婷是天使？這話說得……仇正卿慢吞吞掛掉電話，忽然想起尹婷誇顧英傑是白馬王子。這兩個人彼此這麼欣賞合適嗎？真是太不應該了！

接著整個上午他都在留意郵件。工作日他的郵件很多，可是沒有一封是來自尹婷的。他真的非常好奇，她說要發郵件給他，到底要發什麼呢？

中午吃過飯，快一點時，仇正卿接到毛慧珠的電話，她的聲音很疲憊。

她開了一上午的會，會議上還沒有牽扯到那幾個項目，但崔應偉已經開始處處針對她。也許他會走運到把那些項目的事壓下去，也許不會，但毛慧珠知道無論結果如何，從此她的日子不會好過。可她不怕，她很強勢，會議上他刺過來的每一刀她都回敬了一劍。

只是會議後她覺得很累，她抽了一支菸，一會兒還得繼續開會，她覺得她必須找人說說話，她需要力量撐下去，她不能失態，她得穩住，於是她打電話給仇正卿。

毛慧珠的時間不多，說的不多，但仇正卿聽明白也許她的工作會有變動，而她雖然嘴硬，但其實緊張忐忑。

仇正卿一邊聽她說話，一邊看著電腦。這時候電腦提示有新郵件進來，寄件者是婷婷玉立413。仇正卿心裡一跳，還無法看郵件內容，因為毛慧珠在等他回話。

仇正卿也不知怎麼了，他問毛慧珠：「妳知道為什麼月有陰晴圓缺嗎？」

「因為人有聚散離合？」毛慧珠反問。

仇正卿失笑，想到原來這個答案也可以呀，回頭可以跟尹婷說。

「還是我應該答科學一點，公轉、自轉以及太陽、月亮和地球的關係？」

仇正卿繼續笑。

毛慧珠也笑了，仇正卿的話讓她感覺輕鬆起來。

「因為變化也會是美麗的，所以別害怕有變化。」仇正卿說：「這是一位小朋友告訴我的。」

毛慧珠沉默幾秒，大笑起來，「謝謝你。」

變化也會是美麗的。

毛慧珠掛了電話，仇正卿點開郵件內容。

婷婷玉立413的郵件裡有很多附加檔案，多得讓仇正卿傻眼。他工作多年，收到過許多工作報告，還沒有哪一份有這麼多附加檔案。

尹婷在郵件中寫道：「求你正經點大人，這裡全是我多年精心收集的戀愛祕笈。有情書大全，有令人感動的愛情小故事，有最佳約會地點，有情侶旅遊聖地介紹，有浪漫招數等等。不用謝，別客氣，誰讓我們是盟友呢，Good Luck！」

誰是她的什麼「沒得戀陣線」盟友啊！

仇正卿沒好氣。他好奇了這麼久，以為她會發來什麼重要的內容，結果居然是這個。當下真想轉寄給顧英傑，告訴他「兄弟，別客氣，你現在需要的全在這裡」。

好吧，他只是吐槽一下，不會真的轉寄。不過，顧英傑說他會找小婷幫忙，找了沒有？那女生不會就把這現成整理好的郵件直接轉寄一份給他吧？

要是這樣……仇正卿覺得不舒服，但又覺得沒什麼立場不讓人這麼做。對了，他想起來了，覺得不舒服肯定是因為如果尹婷這樣就太沒誠意了，還盟友呢。

他把郵件裡的話又看一遍，沒去看附加檔案，最後把郵件關了。她還真像小孩子，追求這麼多男生都沒成功，那是因為別人覺得她幼稚吧？對，下次再見到她，他可以告訴她這一點。成熟、理性、嫵媚，這才是女人的魅力，她收集的戀愛祕笈搞錯方向了，所以一直沒能簽出訂單。

仇正卿自覺分析很正確，作為盟友，他其實應該提醒她，不過作為有風度的男士，他決定還是不要打擊對方。仇正卿察覺到自己走神了，明明還有這麼多工作等著他，實在是不應該。

正打算集中精神好好工作，祕書來敲門，送來一封寄給他的信。

仇正卿不知道這年頭誰還會寄信，不會又是尹婷調皮了吧？

接過信，信封上是稚嫩又端正的鋼筆字，地址是「童心育幼院」。

仇正卿把信打開，原來這是一封感謝信。

「親愛的仇正卿叔叔」，信的開頭這樣稱呼。仇正卿的嘴角彎了起來，想像著小石頭的聲音和語氣。信裡感謝他的捐款，也感謝他送他們回育幼院，又說他們會把叔叔的愛心捐款轉到山區孩子那邊，請叔叔放心。

下面的署名是：石亮、韓小東、劉琴。

三個名字三種筆跡，顯然是他們三人各自親手簽的名。

這麼簡單的信，仇正卿認認真真看了三遍。看完了，有點捨不得放下。他不是第一次被人感謝，也不是第一次幫助別人，卻是覺得……該怎麼說，無法形容的開心。直到祕書打內線電話進來，他才發現他又發了會兒呆。祕書通知他開會的時間到了。他把信收起來，看了看電腦，嘆氣。他的計畫裡，在會議前要把兩份文件處理掉，現在進度落後了。

他覺得這個責任應該歸在尹婷身上，無奈拿著筆記型電腦去了會議室。

※　※　※

毛慧珠進會議室之前遇到崔應偉，今天早上她特意晚一點來，省得與崔應偉照面。而吳飛發了簡訊給她，告訴她，他一早已經跟崔應偉談過，按律師教他的，說明如果這些項目中有任何問題，對他有任何莫須有的指控，他會走相關的法律程序，絕不會任人汙衊。

毛慧珠覺得吳飛做得很不錯，這年輕人遇到事了，比她想像的還鎮定。她並不後悔幫他，雖然她明知這會是個引火焚身的結果。

上午的會議證明了她的猜想，吳飛突然這麼精明強勢，崔應偉已經知道是誰在後面指點，所以他在會議上處處針對毛慧珠。毛慧珠知道他的用意，吳飛的那些項目無論如何他是一定要在代表面前圓過去的，表現得再蠢也好，也要說成是吳飛不懂行和他自己疏忽，又或許再拉毛慧珠下水，畢竟很多工作確實是毛慧珠指點吳飛去做的。但他怎麼圓都得圓過去，保住自己，還不能推到吳飛那裡，不然按吳飛的說法鬧大了，他就沒辦法跟公司交代。眼下兩個大專案還在投標階段，他背不起這個責任，而一旦鬧到報警，那最後倒楣的一定是他。

崔應偉一開始的打算是沒人知道這事最好，如果真有人追查起來，那所有面上的文件都是吳飛簽的，責任讓吳飛來背。吳飛資淺，個性又軟，平常很聽話，是個軟柿子。到時他哄一下嚇一下，說他是站在他那邊，是相信他的，他會力勸公司不報警，讓他辭職了事。這樣趕走了吳飛，真相也沒人知道。日後他小心低調一點，事情就過去了。

怎麼會想到突然殺出個毛慧珠多管閒事。

總之，現在必須說成是因為無能和疏忽簽下的合約給公司造成損失，而不是違法受賄。疏忽這個責任崔應偉推脫不掉，那無能這頂帽子總得有人背，自然就是毛慧珠了。

崔應偉與毛慧珠擦身而過，對她冷笑一聲：「妳好樣的，Zoe！」

「謝謝。」毛慧珠也冷笑回去。

下午的會議只開了一半，崔應偉與幾個總部代表嘀嘀咕咕了一番，宣布散會，他們單獨開小會去了，沒有叫上毛慧珠。

毛慧珠有心理準備，當下也裝得若無其事。公司裡的氣氛很不好，吳飛在會議上都是低調再低調，能不說話就不說話。當然崔應偉也一樣，能不讓他說話就不讓他說話。

毛慧珠回到辦公室，點了一根菸。不知道後面的情況會怎樣，她樹敵了，那敵人還是她的頂頭上司，是對她的工作有生殺大權的頂頭上司。她吐了個煙圈，想起崔應偉對她的冷笑。

崔應偉一定會擺平那些代表的，她猜。吳飛拿著他的把柄，他不敢動吳飛，會繼續把吳飛拉攏到身邊。就像今天開會時保他一樣，他打算將吳飛變成真正的自己人。

這種事情太多了，不過最起碼吳飛不用背著黑鍋接受調查，也不用頂著這罪名被開除，履歷表上沒汙點。

毛慧珠想打電話給仇正卿聊一聊，雖然不久前才通過話，不過她想再聽聽他的意見。雖然她不後悔，可她需要有個人對她說「妳做得很對」。

電話撥過去，被掐斷了，然後她收到簡訊：開會中，稍後回妳電話。

毛慧珠吐出一口氣，忙碌的男人這一點真是不好，需要他的時候他在忙。她忽然自嘲地想，她是女人啊，女人還有一條退路，工作沒了，還可以嫁人。想到這個，她就更想冷笑了。她這麼辛苦拚命到現在，可不是為了沒了工作好嫁人。

直到快六點的時候，仇正卿才回電話，問她有什麼事。毛慧珠說沒事，她忘了那時候想問他什麼了，現在一忙又忘掉了，應該不是什麼重要的事。

「哦，好的，那妳有事再找我吧，我先去忙了。」仇正卿很客氣地說，然後掛了電話。

毛慧珠看著手機，其實她沒事幹，她一直在辦公室裡發呆，但她忽然想，她跟仇正卿真的合適嗎？以後會不會在她需要他的時候，他在開會，在她故作堅強的時候，他說他在忙。

毛慧珠難過起來。

崔應偉帶著祕書陪著總部代表從毛慧珠辦公室門前走過，他們準備去吃飯。沒有叫毛慧珠，毛慧珠也完全不在乎。老闆走了，同事們也紛紛準備下班。毛慧珠就坐著，還沒打算動。吳飛走到她辦公室門口，問她：「Zoe姊，能不能請妳吃個飯？」

毛慧珠轉頭看他，搖搖頭，「我今晚有約了。」然後她收拾東西，拿起包包走了。

這邊仇正卿在加班，他讓祕書幫他訂便當。辦公室裡的人都走光了，仇正卿這才把堆積如山的文件消滅一半。他有個習慣，當天定好的計畫必須完成，雖然留到第二天不會怎麼樣，但他會非常難受。

現在他的計畫完成，他開始安心吃飯。便當已經冷掉了，可他不介意。

一邊吃便當一邊順手刷了一下網站，微博上他關注的人裡有人轉了一條熱門消息，那消息轉發太多，上面有一大串轉發的ID，其中一個叫「婷婷玉立413」。

這ID對仇正卿來說實在太醒目，他嚥下那口飯，點了點那ID。

居然真的是尹婷。

她最新發的微博，是她跟她哥哥尹實頭挨在一起的自拍照，兩人手裡各捧著一盤菜在笑。配的文字是：「今天我哥下廚，很難得喔。這是他做的菜，所以我們要一起顯擺一下。好吃到讓我哭暈在廁所，因為吃完我就拉肚子了。」這話的後面配了一張吐舌頭扮鬼臉的表情符號。

仇正卿覺得好笑。他翻了幾頁尹婷的微博內容，忍不住發了條私信給她：不要常在網路上發自己的照片，要有安全意識。還有，妳發的微博裡總標示妳身處的位置，很容易成為有心人下手的目標。妳的其他社交平臺裡是不是也是這樣的設定？趕緊把它們取消掉。

他留完話，覺得完成了一件任務，於是繼續吃飯。

過了一會兒，私信的聲音響了，仇正卿點開一看，是「婷婷玉立413」的回覆：求你正經點？

仇正卿一口飯差點噎著。他的ID是一串數字，他母親的生日，他剛才留言的時候忘了說他是誰，可這樣都被尹婷認出來了。

這時候微博顯示他有了新粉絲，他不用點都知道，肯定是「婷婷玉立413」，但他還是點進去確認了一下，確實是她。出於禮貌，他也加了她粉絲，然後回她私信：是我。

接著沒過一分鐘，他的手機響了，拿起來一看是尹婷。仇正卿接了，猜不到剛才在茫茫微博中相遇後，她有什麼事找他。

「對不起，對不起，不過這件事一定要在電話裡說，不然太沒禮貌了。」尹婷說。

「怎麼了？」

「我翻了翻你的微博，全是經濟評論、職場心得、工作要點、行業分析、職場訊息什麼的，這個對我來說真的太高深了，好悶，看不懂。我關注你實在是手太快太衝動了，要是取消關注你，你不會介意吧？」

「介意。」原本不介意的他，也要介意一下。小姐，妳有沒有搞錯，這樣真的很沒禮貌！

「可是我們平常也沒什麼交集，我寫的你肯定也不愛看。」

沒交集還經常遇到？而且他剛才看她的微博有被娛樂到。但仇正卿沒說話，聽她繼續說。

「真的很對不起，要不，你也寫點你的生活八卦什麼的，比如你的擇偶心得、愛情觀、約會裡讓你感動的事、感情有什麼新進展，或是今天吃了什麼，做了什麼……」

仇正卿打斷她：「妳還是取消關注我吧。」

「哦。」尹婷答。

「哦」是指要刪，還是不要刪？仇正卿皺眉。

「啊！」尹婷忽然又叫。

這「啊」又是什麼意思？仇正卿不懂。

「我想起來了，微博好像有遮罩功能，不過我沒用過。」

仇正卿一臉黑線，把他遮罩掉跟取消關注他有什麼區別嗎？好吧，如果她悶不吭聲刪掉他，他確實會覺得彆扭，但是她特意打電話過來問能不能刪他，他覺得更彆扭。

「不過其實也不用，你更新得好少，幾天才發一條，那我應該會不怎麼看到，應該沒關係。」

尹婷在電話那頭也不知是自言自語還是說給他聽，仇正卿無言以對。

天使啊，妳思維太跳脫，凡人跟不上！

「那我先掛了，拜拜。」天使掛電話了，凡人仇正卿瞪著手機半天才回過神來。他默默把冷掉的便當吃完，忽然反應過來，那拜拜的意思，是她取消關注他了，還是把他遮罩了？

仇正卿關電腦回家前看了一眼「婷婷玉立413」的微博，還是與他相互關注的狀態，於是他想，尹婷大概是把他遮罩了吧。

接下來幾天，仇正卿忙得腳不沾地，完全沒想這事。毛慧珠一直沒聯絡他，也不知道她情況怎麼樣。他那天想著打電話給她問一下，結果有個電話進來，於是他轉頭就把這事忘了。

顧英傑每天打電話給他，問他關於秦雨飛的事，而秦雨飛每天都要來他辦公室敲一下門，警告他不要理顧英傑。

真是夠了，小倆口鬧脾氣不要打擾到別人！這麼淺顯的道理，你們兩個成年人懂嗎？

週四這天，仇正卿從繁重中的資料中脫出身來，喘了一口氣，刷了一下網路，看到微博裡一位經濟分析師的評論很有見地，於是他轉發並點評了幾句，圈了幾位同事讓他們看一下。

發出去後，他去茶水間倒了一杯茶，回辦公室後看到他的微博有條新評論。他點開一看，留評的人居然是「婷婷玉立413」。她只寫了兩個字：沙發！

後面跟了五個驚嘆號。五個！另外還有一個跳舞得意的表情符號。

仇正卿手一抖，差點翻倒茶杯。

他的微博裡，第一次碰到搶沙發的。

好吧，起碼證明她沒把他遮罩掉。

仇正卿不理她，但他有些想笑，因為他想像著她高舉雙手蹦跳著喊「沙發」的樣子。小女生就是小女生。他拿過一邊的文件，快速審核完，在上面簽下自己的名字。

一抬頭，看到微博又有留言，他手癢又點開了。

仍舊是「婷婷玉立413」，這次她寫的是：「咦，沒人嗎？那板凳也是我的！」後面依舊帶著一個跳舞得意的表情符號。

仇正卿完全無語，覺得其實他才應該打電話問這位天使姑娘：我封鎖妳，妳介意嗎？

他當然沒有這麼做，他把微博關了，專心處理公文。一直忙到下午，他接到顧英傑的電話，他約他明天晚上見面：「雨飛一直不理我，我真的很需要你們的說明。」

仇正卿皺眉頭，感情的事他真的幫不了忙，而且跟他們也算不上多熟，插手管人家的感情事，合適嗎？他怎麼覺得並不合適。

「小婷已經答應幫忙了，你們兩個是離雨飛最近的，我想聽聽你們兩個人的意見，拜託拜託！」顧英傑的姿態放得很低，仇正卿心軟了，他確實應該幫忙，因為秦雨飛這個女人現在像遊魂一樣的狀態，嚴重影響公司的工作氣氛，她還不如不來上班呢。

「好吧。」答應完後，想起尹婷在他微博上的留言，他又點開來看。尹婷倒是沒在他微博下面繼續占地板、天花板、下水道什麼的，但是她在他微博下面被人勾搭了。

「嘿，妳很有趣啊，我加妳粉絲了，互粉一下吧。」那個男的是這麼說的。

仇正卿皺眉頭，尹婷有趣關他屁事，這人是誰啊？點進去看了看，不認識。

「婷婷玉立413」回覆的是：「不粉，謝謝。」

這個態度不錯，女孩子不要隨便跟不認識的人粉來粉去，誰知道對方有什麼居心。

結果這個男的居然不死心，還寫：「看了妳的微博挺有趣的，我也喜歡旅遊和美食，互粉一下吧。」

仇正卿不高興了，你幹麼在我的微博說別人的微博有趣？再一次點進去看那男生的微博，確實不認識，沒印象。

而「婷婷玉立413」的回覆是：「已拉黑，別客氣。」

仇正卿頓時失笑，真的加入黑名單了嗎？這麼爽快果斷，弄得他的手也好癢。

然後，他也把那人拉黑了。

第二天，仇正卿如以往一般早早到公司。許多同事還沒有來，他還沒有去泡今天的第一杯咖啡，但他打開電腦後忽然很想發一條微博，只是一時不知道寫什麼好。他想了想，把昨晚看的文件裡一些政策的情況寫了幾句發了出去。

他在電腦前等了一會兒，沒人留言，沒人轉發，於是去茶水間泡咖啡。

端著咖啡回來，看到居然已經有三條留言，一大早的，不該回應這麼快啊！他點開了。

第一條留言。

婷婷玉立413：沙發！

仇正卿笑了。

第二條留言。

婷婷玉立413：板凳也是我的！

仇正卿繼續笑。

第三條留言。

婷婷玉立413：你快看窗外！

仇正卿不解，窗外怎麼了？難道會有天使在飛？他看了，窗外空空如也，什麼都沒有。於是他忍不住問：「窗外怎麼了？」

過了好半天，對方都沒回覆。仇正卿很好奇，差點想打電話問她。

還沒動手，回覆來了。尹婷說的是：天空很藍，雲彩很大一朵！有好幾朵很大的，漂亮！

仇正卿臉垮下來，妳是在逗我嗎？雲彩很大朵是個什麼鬼，還五個驚嘆號要他看窗外。

這時尹婷又發來一條留言：你知道為什麼雲朵有各種形狀和顏色嗎？

仇正卿正看著，祕書過來敲門，「仇總，九點開會，人已經到齊了。」

仇正卿想起來了，每週五早上九點是各部門主管的例行會議。

他飛快在微博上回覆：「因為雲是由水滴和冰晶組成的，形狀受大氣中的溫度、濕度以及風的結構影響。需要了解具體情況，請參考專業書籍。」

發出去後，他再看一眼時間，還沒過一分鐘，他去會議室不算太遲。

等了好幾秒，等到了「婷婷玉立413」的回覆：錯了！因為希望有很多種，夢想也都不一樣，而天空全部都能裝得下！

他就知道！仇正卿大笑，就知道會是這種亂七八糟的答案。

滿足了好奇心，他趕緊拿著筆記型電腦去會議室。

眾人都在等他，仇正卿有些心虛，因為他從來不遲到。

仇正卿整了整臉色，一邊把筆記型電腦翻開，一邊說：「開始吧。」

業務部的經理清了清喉嚨，率先開始報告。仇正卿的螢幕上還是微博的畫面，而他又有了一條新留言。「婷婷玉立413」說：你知不知道為什麼天空是藍色的？

這機智問答還沒完了？

仇正卿抬眼看了看與會的同事，似乎沒人注意到他的螢幕，他伸手回覆：開會了。

「婷婷玉立413」很快回了：哦。

然後沒了，她沒有再說話。

仇正卿聽一會兒報告看一眼螢幕，「婷婷玉立413」確實沒再說話了。

仇正卿把微博關掉，調出報告，專心開會。

今天仇正卿心情很不錯，好幾個專案沒達到業績目標，他都沒狠批，大家喜出望外。會議結束後，眾人說說笑笑地散會，有人指著窗外說：「你看那朵雲，長得真奇怪！」另一人答：「今天的天空真的很藍呢！」

正走出會議室的仇正卿腳下一頓，裝作沒聽見，快步往外走。他的臉有些發熱，心有點虛，忽然想起他跟尹婷廢話那一堆全是在他的微博上，而他許多同事都有關注他的微博。

不過這話題應該只是巧合，他這樣想。勉強安慰自己，他的副總威嚴一定還在。

回到辦公室，祕書遞了一份文件給他，要馬上簽好送出去。他花了幾分鐘看完簽名，又接了一通電話，才有空打開微博。

看完之後，臉綠了，他的微博從來沒有這麼熱鬧過。

一堆人在他今天早上發的那條嚴肅正經內容下面聊天。

最顯眼的ID就是那個「婷婷玉立413」，當然其他ID也很刺眼，因為他全都認識，百分之九十九是他同事。

那些人有問「婷婷玉立413」是誰的，有要求互粉的，還有問她「天空為什麼是藍的」，顯然是看到了尹婷前面問他的話了。

而尹婷還答覆：「因為天空的心情很好啊！」

呵呵呵，這笑話一點都不好笑！仇正卿想。但一堆人在那裡哈哈哈哈，不知道哈個什麼勁兒，甚至有一堆人回覆：今天的天空真的很藍呢！

媽的，聽著怎麼這麼耳熟！

仇正卿覺得，看來必須得拉黑尹婷小姐了。

仇正卿當然沒拉黑尹婷，起碼沒有馬上拉黑，這樣太沒風度太沒禮貌了。他把微博關掉，眼不見心不煩。

今天一天公司裡的氣氛都不錯，不過是週五了，而且過幾天是國慶假期，氣氛不錯是應該的，只是仇正卿有些敏感，不知道是不是天空太藍的緣故，這一整天他格外嚴肅。但來跟他報告事情的同事居然沒受影響，好像看不到，就連祕書來向他請示事情時都是笑咪咪的。

到了下午四點多，仇正卿手頭的工作做得差不多，真的可以鬆口氣了，他一邊喝咖啡一邊有點忍不住要翻微博了。

不會是那位「婷婷玉立413」又在他那裡八卦什麼了吧？如果她敢在他的微博裡搗亂，他一定會拉黑她。

點開微博一看，他早上發的微博下面，除了多了幾條同業的討論留言之外，沒別的了。「婷婷玉立413」很安分，沒再跟別人聊天。

仇正卿想了想，點進「婷婷玉立413」的微博。結果這一看，差點被咖啡噎著。她的微博下面怎麼這麼多眼熟的ID，大家組團投奔到她那邊去了嗎？

「婷婷玉立413」最新的微博是中午十二點五十三分發的，有一張自拍照，似乎是在一家餐廳外，她嘴角彎著，閉著一隻眼睛，另一隻還睜得大大的，表情很是俏皮可愛。她寫著：現在問題來了，閉著一隻眼睛看世界，和用兩隻眼睛看世界，有什麼不同？答案明天揭曉。

這條微博下面非常熱鬧，評論和轉發都不少。仇正卿這才注意到，尹婷的粉絲真不少，居然有兩萬多人。評論裡有人問左眼還是右眼，還有許多人說他試了，沒看出有什麼不同。有人說這是為了裝可愛，還有人說尹婷的耳環很漂亮，問她在哪裡買的。

仇正卿不自覺試圖單閉一隻眼，然後他發現面部肌肉不聽使喚，居然不能閉單眼而另一眼睜大。這隻閉上了，另一隻也差不多閉了。之後他索性用手捂住一隻眼看，然後把手拿開，再捂住再拿開，沒看出有什麼不同。他想不到答案會是什麼，乾脆不管了，反正明天就有答案。他把尹婷的微博關了，一抬眼，卻看到尹婷在他辦公室門口探腦袋。

仇正卿嚇了一跳，下意識看了電腦螢幕一眼，還好，已經把她的微博關掉了。又一想，不對，在辦公室門口是看不到他螢幕的，只是不知道她什麼時候到的，有沒有看到他閉單隻眼睛的傻樣。

尹婷似乎什麼都沒看到，她笑盈盈地對他說：「晚上跟顧少一起吃飯，你知道吧？」

「嗯。」仇正卿一本正經地答。顧英傑約了今晚請他和尹婷吃飯，要他們幫忙支招和討論如何與秦雨飛重歸於好的事。

尹婷繼續笑咪咪的，「那我去找雨飛了，一會兒再過來。」然後也不等他回覆就跑了。

再過來要幹麼？仇正卿還沒反應過來，電腦裡忽然彈出對話視窗，是一位男同事，發過來一個笑臉，問他：「仇總，剛才在你辦公室門口晃過去的女生，是那位婷婷玉立嗎？」

仇正卿愣了愣，就說要她少在社交平臺上發照片或發目前所在地，看看，現在招狼了吧。

仇正卿回了三個笑臉符號，反問：「今天開會說的那個企畫案，你們下週能完成嗎？你們部門國慶假期休假輪值安排，我到現在還沒收到。聖誕節的通路行銷方案，什麼時候改完？」

對方馬上安靜了，非常好，仇正卿覺得滿意。

目光轉回電腦上，看到他的微博首頁，然後臉綠了。

這是什麼鬼？為什麼一個兩個三個四個都發閉單眼自拍照？還寫著同樣的問題：「有人問閉單隻眼看世界和睜開雙眼看世界有什麼不同？我試了一下。」

下面有人問答案呢？有人說我也試了一下，沒覺得有什麼不同啊。還有人跟尹婷那邊的留言一樣，說除了感覺自己有點萌，沒別的。

真是夠了！仇正卿覺得尹婷風格正以病毒傳播方式擴散著。

眼不見心不煩，他把微博又關了。

繼續工作！週一要開董事會，他必須做年度報告，並就年底和明年第一季的旺季銷售提交計畫和業績目標。雖然他早已準備好，還是有許多細節要完善。馬上就是國慶假期，國慶完了是聖誕節，聖誕節完了是元旦，元旦接著情人節，情人節後馬上是春節。這段時間是他們一年中衝業績的時候。換言之，是最忙的時候。

讓你們覺得天空很藍是吧？讓你們覺得自拍很萌是吧？

仇正卿一頭扎進文件堆裡，該簽的全部簽好，郵件也全都回覆完畢，然後他讓助理催各部門的進度。

剛才被仇正卿噎回去的業務部杜經理苦著臉問那助理：「仇總這麼快就空虛了，你弄點別的文件滿足他啊！」

助理搖頭，「沒了，都簽完了，所以讓我來催你們。」

「他不是有客人嗎？讓客人分散他的注意力。」老闆效率太高，下面做事的人壓力很大。

「他沒客人啊！你是說尹小姐？那是大小姐的客人，她在大小姐辦公室呢，我看到了。」而且從剛才到現在，已經很多人從秦雨飛辦公室門口路過了。

「婷婷玉立413？」杜經理一臉八卦。

「是啊！」助理給他一個「你消息太不靈通」的表情，「尹小姐來過很多次了，她是大小姐的朋友。」不過微博上的名字他也是今天才知道。

「好像挺可愛的。」杜經理瞇著眼睛笑。

「是啊，不過人家是天鵝。」助理也瞇著眼睛笑。

「也是。」杜經理嘆了一口氣，像他們這樣的癩蛤蟆是沒戲了，「得像仇總那樣鍍了金的金癩蛤蟆才配得上。」

「哼！」重重一聲咳，在不遠處響起。杜經理和助理嚇了一跳，轉頭看去，看到那鍍了金的癩蛤蟆，不，是鍍了金的仇總大人拿著茶杯走過。

助理馬上撇清關係：「杜經理，剛才是你說仇總是癩蛤蟆的。」

杜經理苦著一張臉，「那我好歹也說了是金的，金的！仇總應該不會生氣吧？」

「你們快交企畫案，他就不生氣了。」助理安慰。杜經理的臉更苦了，有個效率太高、要求太多的上司，壓力真大啊！

仇正卿並沒有生氣，金癩蛤蟆比過去那些什麼裝逼鳳凰男之類的好聽多了，而且杜經理沒惡意，只是開開玩笑。從前他聽過許多難聽話，惡意的難聽話，他早已免疫。很久之前他就知道，讓那些人閉嘴的方法就是你變強變好。若你變好了還不能讓他們改觀閉嘴，那不是他們嘴賤，是心賤，無藥可醫，更不必理會。

仇正卿拿著杯子去茶水間，路過秦雨飛的辦公室。辦公室門關著，但他知道秦雨飛和尹婷在裡面。他看了看那門，腳下不停，轉過頭來卻發現別人在看他。碰到他的目光，忙對他笑笑，拿著杯子走了。

今天很多人愛喝茶啊！仇正卿揚揚眉，對這麼多人頻頻往茶水間跑，略感驚訝。尹婷來公司很多次了，你們現在才開始好奇？

倒完茶回辦公室，想起剛才杜經理的話，難道他們以為尹婷跟他之間有什麼？他失笑。這緋聞來得莫名其妙。他跟尹婷是不可能的，一來年齡差太多，二來他們是兩個世界的人。他說的東西她不懂，而她的愛好他也沒興趣，總不能每天雞同鴨講。還有，他們之間沒有交集。

想當初秦文易有意讓他與秦雨飛相處看看，他與秦雨飛之間還有永凱這個共同的重心，工作也是同一個環境，但事實證明他與大小姐不來電。而尹婷與秦雨飛除了個性不同，其他都很相似，且他與尹婷還沒有共同的事業，沒有共同的話題。

所以，怎麼可能？

他與尹婷可以排上最不適合的對象排行榜前十名。

他需要的伴侶是獨立、有事業心，又努力上進，與他有共同話題的人。

想到這，眼角餘光看到辦公室門口有顆腦袋探了進來。

笑盈盈的，相當有活力。

仇正卿看看桌面，文件全簽完了，顯得他好像不太忙似的。他只好暗自嘆氣，讓尹婷進來。

尹婷連蹦帶跳地進來，問他：「可以走了嗎？」

仇正卿愣了愣，「走哪？」

「吃飯啊，顧英傑不是約了我們？」

「還沒到下班時間。」

「只差五分鐘。」

「差五分鐘也沒到下班時間。」

「可是，五分鐘你什麼都做不了。」

「如果妳不在這，五分鐘我能做很多事。」

「真的嗎？」尹婷眨眨眼睛，認真道：「那我不打擾你，我在旁邊坐著等。」然後真的一屁股在旁邊的沙發上坐下。仇正卿瞪著她，她擺出這種「五分鐘我看你究竟能做什麼」的架勢來，讓他做什麼都覺得彆扭，而且重點是，他現在真的沒什麼可做的。

尹婷壓根兒沒看他，她掏出手機玩。過了一會兒抬頭，看到仇正卿正瞪著她。她不明所以，小心翼翼，「我坐這裡也打擾你了喔？那我出去等好了。」秦雨飛已經早退，這次不是她拐的，但她也沒地方好待，祕書小姐們很親切，她覺得她在外頭等完全沒問題。

這麼說著，尹婷起身準備往外走，仇正卿道：「妳就坐這裡吧。」沒看外頭那些人虎視眈眈正等搭訕嗎？

「哦。」尹婷沒意見，又坐回沙發上，繼續低頭玩手機。

仇正卿的手指在辦公桌上無聲敲著，看了看電腦螢幕角落顯示的時間，還有兩分鐘。原來兩分鐘這麼難熬，可他是絕對不會早退的。不是能做多少事的問題，是態度的問題。身為主管，必須以身作則。

尹婷不知道在手機裡看到什麼，哈哈大笑，笑完才驚覺自己是在別人的辦公室，趕緊偷偷抬眼看仇正卿。仇正卿火速轉頭，一本正經瞪著螢幕，眼角餘光看到尹婷吐吐舌頭，捂著嘴繼續偷樂。什麼內容這麼好笑，弄得他也有點想看了。仇正卿再轉頭看尹婷，她笑得眼睛都彎了，但是努力沒發出聲音。

敲門聲忽然響起，嚇了仇正卿一跳，是祕書，她來問：「仇總，還有事嗎？沒什麼事的話，我就先下班了。」

兩分鐘過去了？怎麼好像才一眨眼而已？

仇正卿一本正經，「好，辛苦了。」

祕書笑了笑，轉而對尹婷說：「尹小姐，我走了，拜拜。」

「拜拜。」尹婷大方揮手。等祕書走了，她看向仇正卿，「你忙完了嗎？」

「嗯。」仇正卿決定下班，雖然他鮮少有準時下班的時候，不過今天約了人，而且這搗蛋鬼在旁邊守著，不走不行。

仇正卿收拾好東西，帶著尹婷下樓，還沒走到電梯口就後悔了。下班時間，人特別多，大家看到尹婷，紛紛揮手打招呼，還有人直接問「妳是不是婷婷玉立」。尹婷大方答了，仇正卿板著臉全程不說話。早知道就拖點時間裝忙，晚一點再出來。現在不但有人跟尹婷搭訕，一邊搭訕還一邊用很奇怪的眼光看他和尹婷，感覺真的很怪。

坐電梯的時候，一堆人擠進電梯裡，他和尹婷當然是眾人讓著先進去的，於是形成了他們被大家包圍在電梯最裡面的態勢。尹婷站在他身邊，有人偷偷看他們。

尹婷毫不在意地玩手機，只有仇正卿覺得臉有點熱。

這天晚上的「研討會」，尹婷的發言比較多，因為她下午才跟秦雨飛聊過，知道秦雨飛的想法。她向顧英傑報告：「雨飛說了，還沒跟你分手呢！」

顧英傑鬆了一口氣，仇正卿挑眉，談個戀愛這麼累這麼沒尊嚴，所以談戀愛幹麼？而且非常影響工作。「你知道她鬧個失戀多影響工作嗎？」必須提出嚴厲的指正。

顧英傑和尹婷異口同聲：「還沒失戀！」

尹婷煞有介事地道：「這叫戀愛中的小考驗。」

顧英傑一臉感動，「小婷，妳真是天使！」這才叫安慰人啊！

尹婷撇撇嘴，「天使都找不到男朋友，天使不高興這個。」

顧英傑趕緊道：「等這事過去，我一定幫妳介紹男朋友，直到妳找到滿意的。」

「一言為定！」尹婷非常高興，仇正卿皺眉頭，「你們是要解決秦雨飛那女人的情緒問題，還是要解決尹婷的擇偶問題？」

「兩不耽誤嘛！」尹婷繼續報告：「雨飛還說了，那個仇正卿，該八卦的時候不八卦，不該八卦的時候怎麼亂八卦？」

仇正卿挑眉毛，「關我什麼事？」

「她說那時候想讓你把這事告訴她爸的，結果你嘴嚴得跟什麼似的，現在卻八卦給我聽，她就抱怨你了。」尹婷據實以告。八卦的那個人被抱怨了，她這個聽八卦滿足好奇心的卻一點也沒有不好意思。

「那妳怎麼跟她說的？」仇正卿不知怎地有些心虛，他確實不是八卦的人，這麼做太不應該了。他努力回想他當初是怎麼跟尹婷說起這事的，秦雨飛可別以為是尹婷在中間挑事什麼的。畢竟，她喜歡過顧英傑。

「我當然回報給她你的八卦嘛。你要跟女朋友去約會，問我餐廳的事，後來又遇到了，我們聊啊聊，你就順口提起這事。多麼合乎情理，多麼自然而然。不過我有幫你隱瞞May追求你的事，還有你們三人一桌嚇跑小朋友的事。不用謝，這是我應該做的。」

仇正卿無語，他沒有要謝她好嗎？什麼三人一桌嚇跑小朋友，明明是她自己八卦帶著小朋友們跑掉了。等等，有哪裡不對？仇正卿看看這個，看看那個，尹婷正在跟顧英傑說：「我們聊八卦，心情就會好很多。」

仇正卿知道「我們」是指她和秦雨飛，但他覺得這句話放在所有女人身上都適用。

他終於想到哪裡不對勁了。好像，他的私人約會裡，每次都是三人一桌啊。

第一次是他、毛慧珠和尹婷，第二次是他、毛慧珠和沈佳琪，現在第三次，他、顧英傑和尹婷。這還真是……古怪啊！

尹婷把秦雨飛的顧慮都說了，其實就是顧英傑的前女友對顧英傑不死心，而顧英傑沒有狂霸跩地一腳把人蹬開，而是好心想幫她解決問題。秦雨飛從前受過情傷，對於男人是否會對愛情忠誠這個問題相當敏感，所以儘管顧英傑一再保證，秦雨飛還是沒有信心。

尹婷跟顧英傑商量了許多，希望仇正卿出點主意，於是仇正卿說：「商譽受損，要重新建立商譽，就得做出一番成績來，並且出讓些利益，願意訂立更嚴苛的合約來約束。」

尹婷和顧英傑瞪著他，仇正卿面不改色。

顧英傑和尹婷不理他，繼續討論。顧英傑覺得道理都懂，但現實情況是完全沒辦法。沒什麼利益能出讓的，送她禮物她不看在眼裡，跟她道歉她沒反應，向她保證她不相信，還能怎樣？

「反正，最壞的情況，我就當重新追求她好了。之前就是不放棄，有耐心，就能追到了。」

「太好了，顧少，你別洩氣，一定會成功的！」尹婷給他打氣。

顧英傑心懷感激，這段時間跟幾個人談過，就是尹婷最貼心了，真的是天使。「小婷，我一定好好幫妳介紹男朋友！」他誠心誠意的。

「好的，顧少，那就拜託你了。」尹婷也是誠心誠意的。

仇正卿看著這兩人，不知道該誇獎好，還是該吐槽好。尹婷能把追求未果的對象培養成友情深厚的戰友，這也是一種本事，她怎麼跟誰都能混得這麼熟呢？

「你想得太美了！」仇正卿忍不住發表意見：「能追求成功不是靠耐心和毅力，要麼是你身上有對方想要的利益，要麼是對方愛你。利益嘛，大小姐不缺，還愛不愛你，現在不好說。要不，這麼久了，怎麼理都沒理你？」

尹婷和顧英傑又都忍不住瞪他了，這人是來幫忙，還是來拆臺的？

「仇總大人。」尹婷非常誠懇，「你的愛情價值觀，絕對有很大的問題。」

「謝謝妳的點評。」仇正卿覺得這就是她跟他的世界的不同。愛情是存在於浪漫的世界中，那是尹婷天使的世界，而他活在現實的世界，他需要的是工作和生活。而婚姻，是生活裡的一部分，屬於待完成項目那一個類別裡的。

這頓飯在顧英傑和尹婷的熱烈討論中結束了，仇正卿很自然地送尹婷回家。

車子開到半路，他才想起顧英傑沒說要送尹婷，而尹婷也沒問他能不能順路送她，反正就是散會了，他們跟顧英傑說「拜拜」，然後他就領著尹婷走，竟然一點都沒覺得哪裡不合適。

看來尹婷真的有把任何人都變成熟人的本事，仇正卿想起那些在微博上跟著尹婷發閉著單眼照片問問題的同事。

「你笑什麼？」尹婷問他。

仇正卿才反應過來原來自己在笑，他反問她：「妳那個單眼雙眼的答案是什麼？」

尹婷抿著嘴笑了，有些拿喬的小得意，還沒開口，仇正卿的手機響，是毛慧珠打來的。

尹婷提醒他：「靠邊停再接。」

仇正卿原想著晚點再回電話，但尹婷這麼說，他就順手把車子停到路邊，按了接聽鍵。

毛慧珠說她剛剛加完班，問仇正卿在哪裡，能不能一起喝杯酒。她的聲音很疲憊，仇正卿覺得她需要的不是喝酒，而是有人陪，看來工作上的事很糟糕。於是他答應了。問好了地點，他讓毛慧珠先去，他晚一點到。

仇正卿掛了電話，尹婷忙道：「是Zoe約你嗎？那你趕緊去吧，我在這裡下就行，我可以搭計程車。」

「不用，我先送妳回去，也沒多遠。她已經在餐廳了，剛下班還沒吃飯，她先吃著，我一會兒過去陪她聊聊就好。她大概比較心煩吧，工作上的事。」

仇正卿說著，發動了車子繼續開。

尹婷嘆氣，「她還真是辛苦呢！」

仇正卿點點頭。他們這種辛苦，是秦雨飛和尹婷這類大小姐能理解卻不能體會的。

「以前我媽媽也是女強人。」尹婷說。

仇正卿有些意外，他以為尹婷的母親會像她一樣，是個快樂單純的家庭主婦，因為他真是沒法想像尹婷變成女強人的樣子。

「我媽跟我爸一起創業，幫他賺了很多錢。我爸總說，沒有我媽，就沒有他。他說他的全部都是我媽給的，包括我和我哥，包括他的錢，還有他的家，全都是我媽給的。」

仇正卿屏息凝氣，尹婷一說到媽媽，周圍的氣氛就有些柔軟又脆弱，弄得他不得不小心。

「後來我媽生病，我爸就很自責，覺得如果不是太辛苦，她也不會病倒。我爸現在守著印刷廠，也是因為我媽。當初他們兩個一起創辦的廠子，從那裡起家的。他說最後什麼生意都不做，也要留下這個廠子。等他老得做不動了，就把廠子轉給吳叔，就是跟了我爸很多年的一個叔叔。」

「不給妳嗎？」仇正卿又意外了。

「我又不會經營，我哥也不要。我爸隨我們，他說沒興趣做的事就不要做好了。」

還真是慣孩子啊！

「他對我也沒什麼要求，就是說不要太辛苦。我媽是累病的，走得太早，他說不值得，早知道會這樣，他寧可不要賺這麼多。還說寧可不要生我了，有我哥就夠。」

這話怎麼聽得這麼不舒服！仇正卿皺眉。

可尹婷不介意，她說：「因為生了我之後，我媽的身體就變差了。懷我的時候是他們最忙碌的時候，我爸根本沒時間和精力照顧我媽，我媽自己也很拚命。生完我之後，我媽身體不好，我小時候身體也很不好，然後就惡性循環，又要照顧我，又要照顧自己的身體，又忙。於是變得身體更差，事情更多，更忙。」

尹婷頓了頓，看了仇正卿一眼，繼續道：「我爸說這都是貪心的結果。他說錢夠用，他說其實一個孩子也不錯，但就是想要更多，想要更成功的事業，想要更多的孩子，覺得什麼都是越多越好。可是，我媽去了之後，那些更多就全都沒有了。」

仇正卿不知道說什麼好。

尹婷又說：「所以，事業是事業，努力歸努力，還是要顧及身體的健康。沒了健康，就什麼都沒有了。我能理解你們的事業心，這就跟人的興趣愛好一樣，有些人打麻將比較快樂，有些人旅行比較快樂，有些人唱歌比較快樂，你們是覺得工作比較快樂。這也沒什麼不好，自己過得舒服就行，但是成功是沒有盡頭的，就跟快樂一樣。覺得快樂就好了，可你非逼著自己說我要更快樂。什麼是更快樂，你找不到的。你找啊找，走很遠，卻發現自己累倒了，那時候你再也爬不起來，不就什麼快樂都沒有了嗎？所以健康真的很重要，別給自己太大的壓力，你和Zoe小姐都一樣喔！」

仇正卿客套地點點頭，可尹婷睜著大眼睛看著他，仇正卿不由自主答應了一聲：「好。」

尹婷笑了，「其實我知道你們不會放在心上的，就像我哥說的，說教的人最討厭了，不過我想說就得說出來，這樣比較開心，你別介意。」

「我不介意，謝謝妳。」仇正卿有一種奇怪的感覺，有一點緊張，又不知道該說什麼好。

尹婷沒有再說話，她在玩手機，嘴裡輕輕哼著歌。仇正卿聽得覺得耳朵有些癢，她的聲音輕輕軟軟的，他得集中精神認真開車。

沒多久尹婷的家到了，她笑著跟他說「拜拜」。她走了之後，周圍的空氣一下輕鬆起來，仇正卿舒了一口氣，又坐了幾秒，緩了緩神，剛把車子發動準備去赴毛慧珠的約，車窗外突1撲過來一個人影。

仇正卿嚇了一跳，急忙踩剎車。定睛一看，居然是尹婷。

仇正卿頓時心頭冒火，搖下車窗，嚴厲地瞪著她，「下次，以後，永遠都不要再這麼做！」

尹婷被嚇到，睜大眼睛，一臉無辜。她還沒來得及開口說話，仇正卿又說：「妳知不知道突然撲到車窗上有多危險？我要是車子開快，撞到妳怎麼辦？」

「對、對不起……」尹婷自知理虧，趕緊認錯。她縮了縮脖子，聲音小小的。

仇正卿瞪了她半天，「好了，妳現在說說，是什麼事要讓妳冒著生命危險撲過來？」

「我突然想起來，怕你走了來不及，我也不是故意的。」

「嗯，然後呢？」仇正卿板著臉，不嚴肅一點，這位天使小姐不知道事情的嚴重性。

天使小姐從包包裡掏出兩顆糖果。

「……」仇正卿的臉差點就要板不住了。

「我是想著，Zoe小姐工作太辛苦，壓力肯定很大，你給她吃顆糖吧。你可以陪她一起吃，兩個人一起吃會更開心，這樣哄女孩子絕對有效！」

仇正卿臉快綠了，這是要哄幾歲的女孩子？而且他也沒有要去哄毛慧珠，而是兩個成熟理性的職場人進行一場職場問題的嚴肅交流罷了。

送一顆糖果？尹婷小姐，妳在逗我嗎？

「還有啊，你們不要坐著喝酒聊天，那個沒用，也不健康。你陪她散散步，一邊散步一邊聊，更能緩解壓力，氣氛更好。你看，今天的星星很亮，散散步很好的。」尹婷一口氣說完，把糖果塞到他手裡，「那我走了，這次絕對不回頭了，你放心吧。路上開車小心點，拜拜。」

尹婷走了，仇正卿有些發愣，星星很亮？散步很好？可他拿著糖果不太好。他沒告訴她嗎？毛慧珠不是他的女朋友，他真不是過去哄她的，而且大家都是成年人，成年很多年了，塞一顆糖果過去難道不奇怪？

送糖果……仇正卿簡直不敢想像那畫面。

這時尹婷忽然跑了起來，歡快的聲音喊著：「大大……」

大大？或者爸爸？

距離有點遠，仇正卿聽不清楚，他從後視鏡裡看，也看不到人。又看了看手裡的糖果，覺得尹婷真是……無法形容！

仇正卿趕到毛慧珠說的餐廳，毛慧珠已經吃完飯，正在發呆。看到他來了，笑了笑。她臉上雖然化著濃妝，但掩飾不住疲憊。

仇正卿走過去，毛慧珠沒說話，又喝了一口飲料。

服務生過來問仇正卿要點些什麼，仇正卿搖頭。毛慧珠這時候說：「想等你來了再點酒，不過這裡氣氛不太好，或者我們換一個地方喝。」

仇正卿沒意見，他覺得不是地方的問題，是人的問題。她情緒不好，到哪裡都覺得不舒服。

仇正卿招來服務生結帳，毛慧珠不要他付，仇正卿也不爭。結完帳，兩個人走出餐廳，秋天的夜晚氣溫有些低，微風吹到臉上有些涼意。毛慧珠吸了一口涼氣，精神倒是好了些，她覺得這是因為仇正卿來陪她的緣故。

「去哪裡？」她問。

仇正卿不知道，他還沒有研究尹婷給的約會攻略資料，他平常也不出去找酒喝，所以他唯一能想到的，是尹婷哥哥尹實開的酒吧，但他並不想去。

「要不，我們先走走吧？」他提議。腦海中跳出尹婷的那句話：今天的星星很亮。

「好。」毛慧珠沒意見。

兩個人順著街一直走，仇正卿問：「工作怎麼了？」

毛慧珠抿抿嘴，開始說了。這段時間她不好過，崔應偉被逼到這分上，使盡了渾身解數，竟然把總部代表擺平了，那幾個項目的事就這樣混了過去。代表們開會的時候對公司這一年的表現給予充分的肯定，又說但是大家還需要再接再厲。毛慧珠覺得這是在指那幾個項目，把事情定位成業務不熟、市場不熟，所以價格上被敵對公司占了便宜。但僅此而已，也就口頭上不痛不癢說了幾句，然後就沒了。

崔應偉天天陪著代表出出入入，聽說晚上也有私人招待。這裡面有些什麼花招，毛慧珠猜得到。自從發現崔應偉這樣做事，不但以權謀私，還下暗套，早早找好替罪羊以防在東窗事發後推卸責任，毛慧珠就覺得她大概在這裡待不久了。崔應偉太陰險，而她在這個位置，要麼同流合汙，要麼裝聾作啞，但她兩樣都做不到。

吳飛偷偷告訴毛慧珠，崔應偉把他單獨叫過去聊了幾次，說他誤會了，公司不會把他的過失往犯罪的方向上想，他年輕沒經驗，有做得不夠的地方可以理解。又對他發現情況後能及時處理應對的機智表示欣賞，希望他以後好好幹，他和公司都會好好栽培他，還帶他出去喝了兩次酒。

吳飛問毛慧珠，他該怎麼辦？

毛慧珠沒指點他，只說：「你想怎麼辦就怎麼辦，這件事已經過去了，你不用背黑鍋，後面的事，你就自己看著辦吧。」

之後，毛慧珠和吳飛再沒有交流過。

馬上就到國慶假期了，毛慧珠今天加班把該做的工作提前做完，明天開始就休年假，連同國慶假期一起，她可以休息半個月。

「休息休息也好。」仇正卿安慰她。

毛慧珠苦笑，「我從來沒有休息過這麼長的時間，只是休完假，還要回去，我覺得很不好受。現在那人處處針對我了，如果我不伏低做小，以後怕是也不會有好日子過。我之前回國進這公司時，簽了競業條款，離職兩年內都不得在這行工作，可我只做過這行，我做十一年了。」

仇正卿點點頭，很能理解。

「如果是因為別的原因離職我也認了，居然是因為這麼噁心的爛人。一想到我就覺得特別噁心，嚥不下這口氣。」毛慧珠走了一路說了一路，怨氣發洩了不少，舒服多了。

「如果妳肯忍耐，在這公司待下去也不是沒機會，但我不了解妳上司，要看他的為人。妳知道有些人心壞，妳自己不走，他就會想辦法找些事出來坑妳，到時妳如果中招，他會藉機破壞妳的名聲，在妳的履歷上抹黑。」

「我知道。」毛慧珠點頭，「這種事情他確實做得出來。從這次他早早就布好局，讓吳飛當替罪羊就知道，他不但心壞，還心思縝密。為了防止以後發生的麻煩，他會提早做好準備。現在我在他眼裡，就是顆不定時炸彈，他一定會想辦法把我除掉。我考慮離職也是因為這個，我現在走，還能全身而退，忍氣吞聲留在那，後患無窮。我不想跟他鬥來鬥去，我只是想好好工作而已，對勾心鬥角一點興趣都沒有。」

仇正卿又點點頭。他知道目前毛慧珠更需要的是傾訴，她主意已定，其實不需要他給什麼建議，但如果這件事發生在他身上，他是不會放過那個崔應偉的。手上沒有強勢的證據，可線索是一定會有，敵對公司也不可能滴水不漏，加上那些總部代表，崔應偉能搞定他們，他自然也可以。所以如果是他，他會把崔應偉踢走，穩住代表，拿下那兩個大單，收集證據，搞定敵對公司，然後報警抓人，召開記者說明會，藉機炒作公司的好聲譽好形象。

當然如果要這麼做，會是一場硬戰。毛慧珠不是他，她不想戰，選擇退路也沒錯。

「我累了，我們坐一會兒吧。」路邊有長椅，毛慧珠提議，仇正卿答應了。

兩人在長椅上坐下，毛慧珠又說：「我想抽根菸。」

仇正卿忽然想起尹婷給他的糖果，便順口說：「抽菸不好，要不，吃糖吧。」說著，從口袋掏出一顆糖果。

毛慧珠瞪大眼，那驚訝的表情讓仇正卿有些不好意思。

「你居然隨身帶糖？在戒菸嗎？」

毛慧珠問得仇正卿更不好意思，就說送糖果太奇怪，尹婷這笨蛋。但毛慧珠一邊說一邊把糖果接過去，拆了包裝放進嘴裡，瞇了瞇眼，露出享受的表情。

「橘子口味的，很好吃。」

仇正卿摸摸鼻子，他根本不知道是什麼口味的，尹婷塞過來，他都沒細看。

「你怎麼會有糖果？」毛慧珠問，心裡隱隱有些期待。

「剛才尹婷給我的。她知道我來見妳，說妳太辛苦，壓力大，吃點糖會好一些。」仇正卿實話實話。不然呢，他當然不可能去買糖果，他一個大男人，又不愛吃糖。

毛慧珠心裡一沉，敏感起來，頓了一頓，小心問：「你跟尹小姐……剛才在約會？」

「沒有。」仇正卿失笑，「我那個同事在鬧失戀，她男朋友請我們吃飯，說想讓我們幫忙他們和好。尹婷是我那同事的朋友，就正好一起吃飯了。」

仇正卿坦坦蕩蕩，毛慧珠放下心來，「那替我謝謝她，糖果很好吃。」

仇正卿笑，要是真謝了她，說毛慧珠喜歡吃，尹婷大概會得意吧？他想像著尹婷得意的小表情，忍不住又笑了。

毛慧珠看著他那樣，放下的心又提了起來，她試探道：「國慶假期我想出去旅遊，到外面走走，散散心，好好考慮一下將來。」

「也好。」點評完畢。

毛慧珠再看他，想了想，再試探：「你國慶假期打算做什麼？」其實是想邀請他一起出去，但之前交往的建議是她提的，他還沒回覆。現在她也不想太主動，這樣顯得很沒有身價。

「休息和工作嘍，還能幹什麼？」仇正卿說得理所當然。

毛慧珠有些失望，含著糖，沉默了。

仇正卿也沉默，他伸長了雙腿，放鬆地靠在長椅上，一抬頭，正好看到滿天的星星。今晚的星星真的很亮，果然走一走路，看一看星星，能讓人減壓。尹婷雖然總被沒心沒肺大神緊緊擁抱，但說的古怪方法確實是有效。

毛慧珠見他久久不說話，於是找話題：「其實我有些後悔回國了。」

仇正卿把視線從天空轉到她臉上，「是嗎？」

毛慧珠點點頭，「我那時候是想著，我該結婚了，都這年紀了，不結就太晚了，可國外沒見著合適的，於是想著回國會有合適的工作，還會有合適的男人。」

這個暗示有點尷尬，仇正卿沒說話。毛慧珠看了看他，又說：「今天下班走出公司的時候，真是有點沮喪，就好像這次走出那個門，以後再也回不去了。兩年呢，兩年不能在同一行業任職，我就等於廢了。當初一心想回來，這邊給的條件很好，我就答應了，實在太衝動了些。」

仇正卿回視她，她沒有因為保護同事為自己招來麻煩而後悔，卻後悔回國進了這公司。仇正卿覺得自己欣賞她，很欣賞。

「或者妳可以考慮一下重新開始。兩年的時間，足夠妳休息、儲備，重新出發。」

「有點……不敢想像。」毛慧珠對未來感到迷茫。

「妳知道為什麼車子會轉彎嗎？」仇正卿沒過腦子就問了。問完之後覺得自己傻氣，尹婷病毒開始發作了？

毛慧珠眨了眨眼睛，「你是說，該換方向走的時候就該換方向了？」

仇正卿點點頭。

毛慧珠笑了，「你這個比喻挺有意思的。」說得很對，該轉彎的時候就得轉彎，難道要一頭往牆上撞去嗎？

仇正卿趕緊解釋：「這種答案很無厘頭，其實是尹婷的風格，是她問我的。」這麼幼稚千萬別套到他頭上。

毛慧珠愣了愣，「那個什麼月亮圓缺，變化很美麗也是她說的？」

「是啊，她很喜歡玩這種腦筋急轉彎。對了，妳知道閉著一隻眼睛看世界和睜著兩隻眼睛看世界有什麼不同嗎？」

「有什麼不同？」毛慧珠反問。

「我還沒想到。」仇正卿說。

毛慧珠閉了單眼看仇正卿，又睜著雙眼看仇正卿，「不是都一樣嗎？有什麼不同？」她想了又想，搖頭，「猜不到。」

「我問一問她好了。」仇正卿順勢說，竟然拿出手機撥起號碼來。

毛慧珠看著他的舉動不說話，她並沒有很想知道到希望他馬上打電話的程度，他卻打了。

電話通了，尹婷的聲音很響亮：「求、你、正、經、點！」

仇正卿很無奈地回：「這句話正是我想對妳說的。」

尹婷哈哈笑，問他：「約會完了嗎？」

仇正卿繼續無奈，「不是妳以為的那種。」

「哦，那你要我幫什麼忙呢？是不是想找地方喝點小酒聽聽音樂不知道去哪裡好？我知道有個地方很不錯……」
仇正卿無奈打斷她：「我們在猜妳的腦袋急轉彎，就是單眼雙眼那個，Zoe想知道答案。」
毛慧珠不動聲色，她有說她想知道答案嗎？
尹婷「哇」的一聲，「那我一定要告訴你們。如果是你問的話，我就請你明天看微博，Zoe小姐想知道的話，我現在就公布。不過你得保證在我自己到網上公布之前，你不會發到網上去。」
「我才沒這麼無聊！」仇正卿沒好氣，又道：「妳等一下，我開擴音，讓Zoe也能聽到。」尹婷自己說的要比他轉述的有趣，所以還是讓毛慧珠聽一聽。
「Zoe小姐！」尹婷那響亮的聲音讓靜寂的街道震了一震。
「妳小聲一點。」仇正卿說。毛慧珠又看他一眼。
尹婷咯咯笑，毛慧珠打招呼：「尹小姐，妳好。」
「妳好。」尹婷道：「我要公布答案了。其實單眼看和雙眼看，世界都一樣，沒區別。」
仇正卿拿著手機，一臉黑線，沒區別？那妳鬧哪樣？
「所以，你幹麼要辛苦閉上一隻眼睛呢？有區別的是你自己而已。倒不如輕鬆一點，用兩隻眼睛看世界。」
什麼亂七八糟？但是好像……有點道理。
仇正卿與毛慧珠對視一眼，覺得對方應該都是這個想法。
「啊，外頭星光璀璨，我突然又想到一個新的了！」
簡直是神棍的口吻。
「不想聽。」仇正卿揶揄。
「別這樣，聽一下嘛！」尹婷很有活力地道：「請問，為什麼天上的星星這麼亮？」

「完全不想知道答案了。」仇正卿繼續保持風格。

「我也不想告訴你。」尹婷嫌棄，又道：「我可以告訴Zoe小姐。」

「她也不想知道。」仇正卿幫毛慧珠回答。

「哦。」尹婷完全掙扎一下。

「我想聽聽看。」毛慧珠卻這樣說，有些出乎仇正卿的意料。

尹婷立刻來了精神，「快，快，把手機調回來，我們自己聊，我偷偷告訴妳！」

毛慧珠還當真拿起手機關掉擴音，單獨跟尹婷聊了起來。不知道尹婷說了什麼答案，毛慧珠若有所思，說知道了，覺得答案很好，接著跟尹婷說再見，掐斷通話。

仇正卿攤了攤手，謝謝女士們把他丟到一邊，他一點都不介意。

毛慧珠被他的表情逗笑，把手機還給他，「好了，我們回去吧。」她說完領頭往回走。

仇正卿走了一段路，沒忍住，問她：「她說了什麼？」

「她說不要告訴你。」

「……」當他很想知道似的，哼！

兩個人沒再聊天，沒一會兒回到餐廳的停車場，各開各的車，準備各回各家。

毛慧珠打開車門，突然喊了一聲：「正卿。」

仇正卿回頭看她，毛慧珠張了張嘴，想問他「你知道你今晚提到過多少次尹婷嗎」，但最後沒說，她決定不要提醒他。她原本約他出來，一是想找人傾訴，二是想約他一起去旅行。沒有工作，沒有朋友，只有他們兩個人。不努力努力她不甘心，她想再多接觸了解他，也希望他能多了解自己，但是他的表現讓她不想約了，可是也不想提醒他。

「再見。」她說。

「好，再見，開車小心點。」

兩個人各自上車走了。

仇正卿在路上一直想為什麼星星這麼亮，應該不是科學的解釋，也應該不是耀眼有目標之類的，因為那個答案太陽已經占了，也不是夢想很多很美麗，那個答案雲彩占了，所以，到底會是什麼？

仇正卿回到家也沒想出來。洗完澡，上床睡覺前，站在落地窗前看了看夜空，忽然一時衝動拿手機拍了一張星空的照片，然後發到微博上，什麼話都沒有寫。

他把手機放在床頭櫃，躺了一會兒，爬起來，打開手機刷微博，看到了四條留言。

第一條。

婷婷玉立413：沙發！

後面是跳舞得意的表情符號。

仇正卿笑了。

第二條。

婷婷玉立413：板凳也是我的！

後面還是跳舞得意的表情符號。

仇正卿繼續笑。

第三條。

不知道是誰，ID不熟，發了三個問號。

這誰啊，拉黑他可以嗎？發問號，還插隊。

第四條。

婷婷玉立413：你終於也發點具有可看性的內容了。

仇正卿還是很想笑，可不知道哪裡好笑。

這笨蛋！一張星空照片就是有可看性的內容了？她真的很無聊呢！

仇正卿把手機放回去，躺下睡了，睡得特別香。

第二天，因為國慶假期調休的緣故，雖是週六也要上班，但長假在即，大家都有些散漫，可仇正卿不這樣，他仍舊早起，開車到公司的路上在腦子裡過濾了一遍今天要完成的工作，然後停好車，買了早餐上樓，坐進自己的辦公室。

很有工作的感覺，非常好。

他很快投入到工作當中，這種情況維持到十點多。

他把一份簽好的文件拿出來交給祕書，順便要去茶水間倒杯茶，卻看到有同事在偷偷看他。他直接問：「怎麼了？」

「沒事，沒事，仇總你去茶水間啊，去吧去吧！」

仇正卿不動聲色，走到茶水間門口，聽到裡面有兩個女同事在說：「昨天晚上星星是很亮啊，想不到仇總還挺浪漫的。」

星星？浪漫？

仇正卿覺得腦袋上面劈了道雷。

仇總是指他吧？他們公司只他一個姓仇，不巧正是個總，可浪漫是指他嗎？他這輩子從來沒聽過有人評價他浪漫，他隱隱察覺到哪裡出問題了。

茶也不倒了，火速撤回辦公室，打開微博。

他傻眼了。

昨晚他隨手拍的那張照片，隨便發了條微博，屁字都沒寫一個，轉發量卻三千多條，還有很多評論，還新加進來很多粉絲。

是他們瘋了？還是他瘋了？

仇正卿點進去看，被轉發的源頭都是尹婷。

很好，就知道她是罪魁禍首！

尹婷小姐轉發了他的星空照片，寫道：「問題來了：為什麼星星這麼亮這麼美？」

很多轉發的和留言的都寫：因為愛情。還有人寫：因為愛情，星星多麼明亮（唱起來）！

唱他的頭！

仇正卿看到尹婷轉發回覆了一些人，不是因為愛情，不是因為寂寞，不是因為它是星星，不是因為天空通了電。

仇正卿一臉黑線，還天空通了電，怎麼想的？

有好多人轉發或是留言誇仇正卿浪漫，還有圈自己男友讓人家學一學，甚至有借這張照片向暗戀的人表白。亂七八糟，完全超出仇正卿的想像。

他之前所有微博的轉發量加起來的總和，都不如這一條多，他差點以為自己是攝影師，以為這張照片拍得有多美，但其實他就是穿著睡褲拿著手機隨便拍了一下。那照片裡的星星看都看不清好嗎？哪來的那麼亮那麼美？

他瞪著微博上的留言，手有點癢。讓你們浪漫，讓妳們讓男友學一學，讓你們表白！

他動了動滑鼠，點了刪除。

星空照片沒了，世界頓時清靜了，心情好爽。

他火速寫了一條職場管理心得丟上去。這才是浪漫！他不介意讓網友的男友學一學，也不介意拿這條去表白，隨便用。

下面很快有人留言了。

第一條，是一個不認識的ID發的，寫的是：沙發！

這誰啊？居然學尹婷搶沙發！

二話不說，直接拉黑，他可不想他這裡成為沙發黨的地盤。

第二條，還是一個不認識的ID，寫的是：居然刪了！

呵呵，當然刪了，不然你們吵死了！

他想了想，點到尹婷的微博看，她那連著好幾條轉發和轉發回覆的下面，本該是他那張星空照片的位置，都顯示該微博已刪除，這讓尹婷的轉發顯得有點淒涼。仇正卿的手指敲了敲桌面，想著如果尹婷跟他抗議，他就指責她，告訴她不可以轉他的微博玩，還引起大家誤會。

等等，他仔細看了一下尹婷這邊的留言，怎麼沒人問她是不是約會的星空，沒人問是不是男朋友，只說因為愛情，而她回答了不是因為愛情，所以這算是解釋清楚了？那他這邊怎麼大家的反應都這麼曖昧？

等了幾分鐘，尹婷既沒有發新微博也沒有找他，而他的微博上，那條正經職場管理心得的內容下面，居然又多了幾條留言，大多是抱怨他刪微博，還有一條寫的是：原來男人害羞起來這麼可愛，然後後面好幾個點讚。還有轉發寫：就是！另一條轉發寫：好萌！

大家的腦袋裡裝的是人類的腦幹吧？

仇正卿也不知道為什麼覺得煩躁起來，關掉微博，看到茶杯，想起自己還沒倒茶，於是拿起茶杯又往茶水間去。這次路上隱隱聽到了「害羞」這個詞，他臉皮抽了抽，覺得有點熱，他覺得這一定是生氣的緣故，他的副總威嚴一定還在！

這一天直到下班，尹婷都沒有找他，她的微博也沒有更新，而仇正卿卻接到了沈佳琪的電話，邀請他國慶假期一起出去玩。她說他們男男女女五六個人一起自駕出遊，都是年輕人，也都是商圈裡的，大家可以互相認識一下，一起爬山釣魚出海。

仇正卿婉拒了，他說他國慶假期要加班。

「這樣啊！」沈佳琪笑道：「永凱還真的是會壓榨勞工的地方，仇總也太辛苦了！」

仇正卿沒接話，沈佳琪繼續說：「那回頭有別的機會再約嘍！」

仇正卿應了好，客套兩句後，掛了電話。仇正卿不討厭沈佳琪，她的個性有些像秦雨飛，接觸到現在，也覺得她坦率，但他並不想接受她的追求，連嘗試著相處的念頭都沒有。對他來說，沈佳琪就像是商場上遇到的甲乙丙丁，人脈關係中歸在相識的那個分類裡。他還記得沈佳琪拿尹婷總追不上男生的事笑話她，尹婷居然也沒生氣，跟她還是朋友？

那他刪了照片，毀了她的微博附圖，她會不會生氣呢？

下班時間到了，仇正卿再刷了一下尹婷的微博，還是沒有動靜。有同事在他的辦公室門口探頭，喊：「仇總拜拜！」

「再見。」仇正卿回應，有些莫名其妙。

接著有別的同事也過來喊：「仇總，那我們先走了，拜拜！」十多分鐘內，竟然好多人來跟他說再見。仇正卿再刷微博，什麼新動靜都沒有，大家幹麼對他這麼親切？

親切？這個詞只有一個人形容過他。好吧，看來尹婷病毒擴散的程度超出他的想像了。

這天，仇正卿沒怎麼加班，七點之前就離開了辦公室。在速食餐廳解決晚飯，然後回家，開電視看了會兒新聞，才回書房開電腦。

生活一成不變，他竟然覺得有些悶了。

天上的星星為什麼這麼閃亮？他很想知道答案。他站在落地窗邊往外看，今晚的星星也很亮，星空真的很美。仇正卿拖來他那把真皮靠背轉椅，拉過桌邊小几，泡了杯茶放著，然後用電腦播放音樂，就這樣坐在窗邊看星星。他想不起從小到大，他曾經有哪一天這樣空閒地看星星，印象中沒有。

其實什麼都不幹，看著星星也挺舒服的。

星星為什麼這麼閃亮？

仇正卿想到微博上那些五花八門的答案，不由笑了。

因為天空通了電？可尹婷說不是。

仇正卿忍不住回身拿手機刷了一下微博，她今天安靜了一天，不會真的生他的氣吧？

更新了！尹婷有發新微博！

那是一張很美的星空圖。漆黑的天空，群星閃耀光芒。

尹婷寫著：今天一天忙，沒上來。白天偷懶想順手用用朋友拍的星空圖作配圖，結果你們太活潑，把人家嚇到了。來來，看我高超的攝影技術，貼一張剛拍的星空。問題依舊，為什麼天上的星星這麼閃亮？不過今天打擾了朋友很不好意思，所以答案過幾天再公布。大家假期愉快，好好玩，多享受星空吧。

仇正卿一怔，直覺這裡說的朋友是指他。

他看到有條私信，點進去看，果然是尹婷發來的：「對不起，就是看到你發圖了，就轉了一下，順便發我的問題，沒想到他們想像力這麼豐富，還鬧到你那邊去。真的很抱歉，我以後再不轉了，也不打擾你了，請別生氣。」後面跟著一串可憐懇求的表情符號。

仇正卿鬆了一口氣，他刪圖她沒生氣就好了。他回覆：我不生氣。
尹婷很快回覆：「太好了！那我們還是盟友吧？」後面又跟著一串可憐懇求的表情符號。
仇正卿問她：哪個盟？
尹婷發過來一串笑臉符號。
仇正卿很無奈，究竟哪裡好笑，尹婷小姐？妳確實組建了很多盟，他都鬧不清楚哪個盟，問一問她就笑。
然後尹婷又發消息過來：作為補償和賠禮道歉，我把為什麼星星這麼亮的答案告訴你吧。
仇正卿笑了，飛速回：不想知道。
尹婷又發：想一下嘛，你肯定猜不到，我告訴你答案。
仇正卿繼續笑，又回：不用，不想知道。
尹婷發過來一個字：哦。
仇正卿怔了怔，「哦」是什麼意思？
再然後尹婷又一條訊息過來：那晚安了，盟友。
仇正卿怔了怔，等了好一會兒才確定尹婷是真的聽話，不告訴他答案了。
妳不是跟秦雨飛是一國的嗎？她的霸道妳學不了十成，來個三成也夠用啊！怎麼不說「不想聽也得聽」，直接把答案發過來呢？
「哦」的意思，原來是「好吧」。
太沒個性了，這在天使界怎麼混？
但現在這情況，他不好問她為什麼星星這麼亮了。
不問就不問，反正她會在微博上公布，他能看到。仇正卿安慰自己，悶悶地去睡了。

第四章

悄然動情，攻略天使大作戰

國慶日很快就到了，仇正卿身邊的人紛紛去旅行。秦雨飛去了，顧英傑去了，這兩人是各走各的，一個說要去思考，一個說要想辦法挽回芳心，反正都走了。仇正卿完全不想過問，你們隨便吧，快點解決問題，回來上班後麻煩妳拿出一點專業精神來，好好工作。

毛慧珠也走了，她去了美國，找她那邊的朋友和前同事散心去了。她走之前在微博上發了機場的照片，還有一張星空圖。不知在預示什麼，仇正卿不懂，因為他錯過了知道星星為什麼閃亮的答案。

尹婷這天使雖然沒個性，但是很沉得住氣，居然這幾天一直沒有公布答案。

對了，還有沈佳琪也去旅遊了，她出發前打電話給仇正卿，祝他假期愉快。仇正卿客氣回應，然後結束通話。

尹婷居然也去旅行了，她在微博上發了照片，他們男男女女六七個人，有大合照，而合照裡沈佳琪赫然在列，所以尹婷竟然是跟沈佳琪他們一起去的？

仇正卿有點被盟友背叛的感覺。

假期對仇正卿來說非常無聊，這麼多天他只發了一條微博，還是轉發一個經濟評論家的文章，可是沒人搶沙發了。沒人留言，只有兩條轉發的。

假期真的很悶，於是仇正卿給自己找事做。他打電話問候姑姑，去花鳥市場買了一堆花回來，又去逛家具行，不過沒看上什麼家具，就是閒逛。悶悶地過了好幾天，他決定去看看父母。

那天，仇正卿帶了花去墓園，走到父母的墓前，卻看到有人擺了花和蛋糕、幾張風景明信片，還有一副撲克牌，牌下面壓了一張紙。

拜錯地方了嗎？

仇正卿拿起那張紙打開一看，上面居然印著撲克牌的「大老二」遊戲玩法。

這行事風格，怎麼有點熟悉？

墓園管理員正好經過，看到仇正卿對著那些東西發愣，忙說：「我剛才看到了，是有位小姐放在這裡的，她大概是想讓他們能在下面打打牌解解悶吧。」

仇正卿覺得臉有些熱，他認識的人裡面，只有一個人會做這種傻事，可她不是旅行去了嗎？

「她剛走，很年輕的女孩，很漂亮。」管理員一邊說一邊有點八卦地看仇正卿。

仇正卿跟他說「謝謝」，嚴肅的樣子終於逼退了管理員。

剛走？那他來的時候怎麼沒看到她？

仇正卿心跳有些快，莫名又有些緊張。他東張西望，確實沒有尹婷的身影，看來是走了。

她母親的位置在哪來著？斜著過去八個是吧？

他走過去，看到那裡有個墓碑前也擺著蛋糕和鮮花、明信片，還有一副撲克牌。

他笑了，真的是她，這丫頭旅行回來了呀！

他看了看墓，想了想，把手上的花放在尹婷母親的墓碑前。

「阿姨，您好，我是尹婷的朋友，我叫仇正卿。」

呃，然後還能說什麼？他詞窮，又不熟。「謝謝。」最後他說。您女兒像天使。

從墓園出來，仇正卿打電話給尹婷。

電話嘟嘟響著，他心跳得有點快。對方接起，他呼吸一頓。

「求你正經點！」電話裡傳出尹婷精神抖擻的聲音。

仇正卿想控制自己的笑意，但沒成功，聽到她的聲音就想笑，她今天一定又吃了「我每天都很有活力」的藥。

仇正卿清了清喉嚨，正經道：「這話正是我想對妳說的。」

尹婷嘻嘻笑，完全不介意他們的開場白這麼沒創意。她問他：「有什麼需要我說明的嗎？」

為什麼她會覺得他打電話給她是想要幫助呢？

仇正卿又清了清喉嚨，道：「是這樣的，我在墓園。」

「哦。」

又「哦」！仇正卿腦子裡浮現她張圓嘴很無辜「哦」的樣子，又想笑了。

他道：「我看到妳送給我爸媽的東西了，謝謝妳。」

「別客氣！」尹婷明白了，很豪爽地道：「大家都是鄰居嘛，不用太見外！」

「嗯。」他不知道接下去要說什麼了，有些著急，腦子裡更空白了。他聽到尹婷那邊有孩子的笑聲，他想問她在哪裡，可是人家在哪裡關他什麼事呢？他有些猶豫，結果聽到尹婷笑了，笑完又哎呀一聲叫，聽見尹婷說：「有孩子摔倒了，我掛了啊！再聯絡，拜拜！」

她語速很快，一口氣說完就掛了。

仇正卿連「拜拜」都沒來得及說，他看了看手機，也不知道自己在想什麼，只好發動車子離開墓園。開出幾條街後，他想起來了。有孩子的笑聲，孩子摔倒了……對了，育幼院的孩子們不知道怎麼樣了，放假他們都在做什麼呢？他應該去看看。

打定主意，仇正卿一轉方向盤，朝著育幼院的方向出發。

路上他停了一下，買了兩箱水果。到了地方一看，果然一大群孩子在院子裡玩。仇正卿下了車，舉目四望，沒有看到熟悉的身影，卻聽見一個脆脆甜甜的聲音喊：「正經叔叔！」

這稱呼！仇正卿轉頭一看，小石頭已經甜笑著撲了過來，「正經叔叔！」

仇正卿怕她摔倒，急忙張開雙臂接住她，把孩子抱個滿懷。

「正經叔叔！」小石頭還在叫，很興奮，聲音響亮。

仇正卿嘆氣，「小石頭，是婷婷姊姊教妳這麼叫的？」

小石頭搖頭，又點頭，「我問婷婷姊姊你叫什麼名字，她說你叫求正經。」

「仇正卿。」仇正卿糾正她。

小石頭點頭，「對，就是叫求正經！我覺得要是叫求叔叔好像是在求著叔叔似的，所以就叫正經叔叔了。」

「正卿叔叔。」仇正卿又糾正她。

小石頭點頭，「正經叔叔。」

仇正卿無奈地摸摸她的頭，沒關係，學說話不是一朝一夕的事，小石頭，妳繼續努力。

「叔叔帶了水果給你們。」仇正卿又說。

這時候小韓也過來了，看到仇正卿，頓時靦腆起來，「正卿叔叔。」

仇正卿跟他打招呼，又說了一遍帶了水果給他們。

小韓忙道：「我去叫老師。」

「好。」仇正卿高興地看著小韓去了。尹婷應該是跟老師在一起吧？孩子摔倒了，所以她帶著孩子在小樓裡？

這時候小石頭說：「正經叔叔，剛才婷婷姊姊也帶吃的給我們，還有新的明信片。」小石頭一邊說一邊從側背的小布袋裡寶貝似的掏出明信片。

仇正卿蹲下來，認真聽小石頭說話。小石頭顯擺地一張一張給仇正卿看，告訴他這是哪裡，這是哪裡，「婷婷姊姊去了新的地方，所以我們有了新的明信片。」

仇正卿愣了愣，「你們賣的明信片是婷婷姊姊給的嗎？」

「是啊！」小石頭點頭，「明信片裡是婷婷姊姊去過的地方，她說我們現在年紀小，去不了，等我們長大了，念好書，有本事了，也可以去。每一個地方都很漂亮，都應該去看看。現在她把那些地方先記錄下來，讓我們不用出門也能看到。是尹伯伯的印刷廠幫我們印的，我們都有去參觀過，原來明信片是這樣印出來的。印出來了，可以賣錢，然後把錢給山裡的小朋友，他們就不用餓肚子，可以念書。然後有一天，我們都長大了，也許會在這明信片裡的某一個地方相遇，雖然我們不認得彼此，可是我們都會很開心。」

聽起來有點傻氣，但是仇正卿卻很感動。

他擁抱了小石頭一下，「會實現的。等妳長大了，妳可以去妳想去的地方。」

小石頭嘻嘻笑，「我也是這麼想的。」

仇正卿忍不住再抱她一下，她的表情語氣，就像小號的尹婷。

「婷婷姊姊呢？」仇正卿問。

「她剛走。」

仇正卿一愣，走了？

「她陪我們跳繩，後來接了個電話，然後小冰摔倒了，婷婷姊姊和老師帶小冰去擦藥，然後婷婷姊姊就走了。」

居然這麼快就走了！仇正卿有些失望，像是猜謎沒猜中似的失望。小韓帶著老師來了，仇正卿把車上的蘋果和葡萄搬下來交給老師，接著告辭。

小石頭和小韓依依不捨地送他，仇正卿跟小韓說：「要努力念書哦，叔叔答應過的事，叔叔沒有忘。你也別忘了，要考上大學。」

小韓很興奮，用力點頭。

小石頭問仇正卿：「正經叔叔，你去過的地方，有沒有也留明信片？」

仇正卿莫名慚愧了，「叔叔去過的地方很少。」出差是經常的事，去過的國家和城市也不少，但從來沒有旅遊。仔細想一想，還真的從來沒有去玩過。除了客戶招待遊覽，但是也很少，因為要談的事很多，公事公辦，速戰速決。就算旅遊，他的腦子裡也全是公事。

「沒關係。」小石頭安慰他：「會有機會的。婷婷姊姊說，總會有機會的，別洩氣。」

仇正卿失笑，還真是小號尹婷呢！

仇正卿回到家，這一天又無所事事，假期快點結束吧，他需要工作，不工作真難受。

無聊之下，又去刷微博，居然看到尹婷的更新。

「星星為什麼這麼亮？你以為它會發光？其實它不會。你以為它不會？其實它會。只要它找對了角度，就會讓你看到閃光。」

亂七八糟，又好像……很有道理。

仇正卿覺得她微博的兩萬多粉絲肯定都是「雞湯亂燉盟」。

接著他看到尹婷微博下面又附著所處的位置了。那條街，那個地方……她哥的酒吧。

這傢伙，明明告訴過她不要這樣沒有戒心，這些訊息放在網路上容易招狼。仇正卿很不高興，他發了一會兒呆，覺得需要喝一杯。大家說的都對，確實應該放鬆一下，不能永遠公司和家裡兩點一線。他從來沒有去酒吧消遣過，他記得剛認識時，尹婷聽到他這樣說，有露出很微妙的表情。像是……該怎麼形容，同情？

總之，現在他決定出去消遣一下。別的地方不認識，就去尹實的酒吧好了，說走就走。

到了酒吧，仇正卿有些意外，沒想到生意如此興隆，黑壓壓的全是人。喝酒的、說笑的，對仇正卿來說，這環境太吵鬧。

這裡地方頗大，他個子高，走進去看了一圈，沒有看到尹婷。實在是太吵了，他不喜歡，正想打退堂鼓，卻聽到有人喊他：「仇總！」

是個男聲。轉頭一看，是尹實。

仇正卿忙笑臉相迎，看看尹實左右，並沒有尹婷。

「仇總來玩嗎？」尹實咧嘴笑著，仇正卿覺得他們兄妹笑起來很像。他有些猶豫該怎麼說，要說是來玩的，尹實肯定就安排他坐了，可是太吵了，他想走。

這時候忽然又有人叫「仇總」。

女聲，可不是尹婷。

仇正卿回頭看，看到以前的同事鍾巧，她對他揮手，很高興的樣子，她那桌還有另一個女生。

尹實笑了笑，「原來是約了朋友，玩得愉快啊！」

仇正卿沒辦法，笑著點頭謝過，朝鍾巧那邊走去。

「真是巧。」鍾巧笑著，臉有些紅，「我正跟朋友提到你呢，居然就碰上了。」

「好久不見。」仇正卿禮貌地打招呼。

「一個人嗎？」鍾巧的朋友很熱情，還笑看了鍾巧一眼，然後道：「快來坐，我們這有位置。」

鍾巧拍了朋友一下，不過也附和著，邀請仇正卿坐。

仇正卿不好調頭就走，只得坐下。只是這兩個女人的笑容讓他感覺到有那麼一點點微妙。尹婷那句話是怎麼說來著？善於發現愛情的眼睛？他如今身揣紅線，也開始敏感起來。

嗯，一定是紅線的邪門力量，讓他感覺怪怪的。

他想起來了，當年他跳槽到永凱之前，鍾巧是剛進那公司不久，業務不熟，總愛跟他請教。一開始他欣賞她的努力勤奮，很認真地指點她，他們一度走得頗近，後來他發現鍾巧對他有些太好，比如帶早餐給他，等他一起吃中餐，下班會看他走不走之類的。當時他根本無心找對象，也不想浪費時間，只想在工作上多些突破，所以對鍾巧的示好視若無睹，保持了些距離。後來他跳槽走了，他們自然而然也就疏遠了。

「我們正說到你。」鍾巧的朋友道：「鍾巧說她當年暗戀你，一直暗示，可你都不接招，後來你跳槽走了，就這樣分開了。她前陣子還看到你在財經雜誌上的專訪，正感嘆緣分不夠，結果你就出現了。」

那朋友正說著，尹實走過來，把三瓶啤酒和一盤炸魷魚圈擺桌上，說道：「老闆招待的。」

鍾巧和她的朋友很意外，尹實對仇正卿笑了笑，示意是因為仇正卿才招待的，弄得仇正卿很不好意思。尹實走了，鍾巧和她朋友說了幾句仇正卿居然跟這家老闆是朋友啊什麼的，話題又扯回當年上。

她朋友大概是喝得有些興奮，加上說到暗戀的男主角那男主角就出現，讓她很高興，所以一直在說仇正卿和鍾巧有緣。鍾巧很尷尬，但也存了一些希望，故意道：「妳別添亂，仇總可能都有女朋友了！」

「是啊。」仇正卿說，這兩個字讓那兩個女人一愣。

仇正卿客套地笑道：「所以真的不好意思，居然錯過了。」這麼委婉夠禮貌吧？

那朋友頓時很尷尬，鍾巧也不知說什麼好，扯了一句：「仇總還在永凱嗎？」

「是啊。」仇正卿繼續客套微笑，然後道：「我來這裡找朋友的，結果她不在。我還有事，先走了，不好意思。」

那兩人也不好意思，訕訕地應了。

仇正卿走之前找尹實打了個招呼，也無心問尹婷在不在了，可他剛轉身要走，就聽到尹實手機響，尹實馬上接了起來，「怎麼了？」

仇正卿腳下一頓，直覺那是尹婷的來電。

「妳鑰匙落這裡了？怎麼可能？妳包包都沒打開過，而且也不會把鑰匙單拿出來啊！」

肯定是尹婷！

「妳一定是換包包的時候忘了把鑰匙放過去了，所以不是落我這裡，是落家裡頭了。粗心大意，活該被鎖在外面。好了，我回去幫妳開門。」

仇正卿繼續往外走，所以尹婷剛才確實是在這裡的。

真奇怪，之前到哪都能遇到她，自從刪了那張糟糕的星空照片後，到哪都遇不到她了。

仇正卿覺得煩躁，他需要工作，他真的不喜歡放假。

一天之後，假期結束。

仇正卿頓覺精神抖擻，回到辦公室時，通體舒暢。

不過秦雨飛還沒回來，也就是說，不會有她的朋友來公司找她。

仇正卿上班那天連發兩條微博，沒有人搶沙發。他的微博粉絲數在往下掉，看來是之前胡亂加他的那些人認清了他的真面目，發現不是亂燉雞湯盟的，於是走了。

仇正卿不在意，他覺得日子又恢復正常了，只是他變得喜歡刷微博了而已。

但是，他再沒有偶遇尹婷。

他的生活依舊是公司和家裡，兩點一線。一週兩次健身，一次採買，七天工作。

不過也是有一點變化的，他發現他對攝影產生了興趣，他想買個單眼相機。他常在尹婷的微博上看到她拍的照片，照片都很漂亮，不時有人在下面問她用什麼拍的，怎麼拍的。她的微博留言很多，她通常只跟固定的幾個人互動。仇正卿也想知道她是怎麼拍的，用什麼相機，但他從不在她的微博上留言，沒私信她，也沒打電話給她。

他不知道為什麼，很簡單的一件事，但就是拖著沒做。

十月很快要過去了，秦雨飛與顧英傑的事似乎解決了，她又正常回來上班，整個人明顯開心多了。仇正卿知道尹婷一直在幫他們調停，那個愛管閒事的天使。

只是她一直沒來辦公室找秦雨飛，而他兩點一線的生活路線裡，沒有與她偶遇的機會。

沈佳琪又來約他，他以工作為由拒絕了。毛慧珠回國，在網上跟他打了聲招呼，說她忙過這陣子再約他，然後就沒音訊了。

所以他一直沒有約會，沒約會，就沒有與尹婷偶遇的機會。

十月二十五日那天，週六。顧英傑和秦雨飛那對高調談戀愛的人要開Party，說是廣邀好友秀恩愛。仇正卿知道這個是因為某日開完會，秦雨飛接到某位友人確認Party時間的電話時，正好走在他前面。

秦雨飛在電話裡嘻嘻哈哈地說著Party的事，掛了電話後，一轉頭看到仇正卿看著她，秦雨飛立刻瞪眼，「幹麼？反正你沒興趣！」

「我幹麼沒興趣？」

「你要去嗎？」

「去。」

秦雨飛見鬼一樣地看著他，然後丟下一句：「記得備份大禮再來。」

然後仇正卿去了，他一進宴會廳，就看到了尹婷，她正在跟顧英傑跳舞。

不是秦雨飛跟顧英傑的秀恩愛Party嗎？尹婷湊什麼熱鬧？快點把人家的男主角還給人家！

尹婷甜甜笑著，一點都沒覺得自己哪裡不對。她跟顧英傑轉了幾個圈，路過仇正卿身邊，但是沒有看到他。仇正卿就這樣默默站著，離得近，能聽到尹婷跟顧英傑說話。

她正在自誇是紅娘，顧英傑和秦雨飛的相識是因為她。

「是啊，妳是天使。」顧英傑誇她。

「天使沒有男朋友。」尹婷說。

顧英傑哈哈大笑，「我要好的朋友今天都來了，妳盡情挑吧，看上哪個告訴我，要是對方還沒有女友，我就幫妳介紹。」

尹婷笑得心滿意足，仇正卿覺得她的表情非常可愛。她跟顧英傑終於跳完舞了，她站在舞池邊到處看，還是沒看到他。此時舞曲輕快，她晃著腦袋哼著調子，腳下還打著拍子，裙襬隨著她的動作輕輕晃，很是俏皮。

仇正卿想起她中氣十足的聲音：「求你正經點！」

他才想求她正經點呢，看看她，站沒站相，搖頭晃腦。

求妳正經點，只要正經一點點就好，這樣他才不會覺得……覺得什麼呢？

「仇總大人！」尹婷看到他了。

她臉上綻開的笑容讓他彷彿看到星空的光芒。

星星為什麼這麼亮？

「你來得正好，幫我挑男人！」尹婷跑過來對他說。

仇正卿盯著她看，「我只有看股票的眼光。」

「這就夠了。」

「最近股市慘跌，不是出手的時機。」

「……」

仇正卿看到尹婷的臉垮下來，他頓時想笑了。

尹婷對他揮揮手，「算了，你還是去研究股票吧，再見。」然後她走了。

仇正卿笑不出來了，不是吧，小姐，妳不是一直很幽默的嗎？

再見？他們好不容易才見面！

仇正卿忽然被自己嚇到，怎麼會覺得好不容易才見面？他們又沒關係，不見都沒關係。

好不容易……這真是個深刻的詞彙。

尹婷走了幾步，忽然回頭，「你不來嗎？我帶你去吃好吃的。」

所以她的「再見」，不是「再見」嗎？

仇正卿怔怔的，她總是這樣亂七八糟，可他竟然覺得沒關係。

當然沒關係，她又不是他的員工。

尹婷對他一笑，「幹麼發呆，來不來？」

仇正卿的腳不由自主地跟著她走。

為什麼星星這麼閃亮？他好像有一點懂了。

尹婷帶著仇正卿去餐桌那邊，告訴他這個好吃，這個一般，這個她不喜歡，不過看他自己的口味。又說他來遲了，肯定肚子餓了。她絮絮叨叨，而他佯裝鎮定地安靜吃東西。

剛才的那個小發現，讓他有些震驚。

他理想的對象絕對不是尹婷這一型的，同事用那種曖昧的反應表現出對他和尹婷關係的猜測，他還覺得荒誕，他甚至想過他和尹婷兩個人絕對是不適合的對象排名前十，可剛才他的心跳和感覺，卻向他透露著另一個訊息。

也許只是錯覺，他找著藉口。

因為他對婚姻有期待了，而連著幾次同事都在起鬨他與尹婷，所以他受了影響。

仇正卿把食物放進嘴裡，心裡在盤算，他跟尹婷不合適，他絕對確定這一點。興趣愛好、行事風格完全全不一樣。現在不常見面，沒什麼接觸，相處還算融洽。若是真像情侶一樣相處，她會嫌他悶，而他會嫌她吵……是這樣吧？

依常理來說，如果她嫌他悶，就會一直說話，一直要求他不要悶，那樣她一定會很吵，矛盾通常都是這樣產生的。

她太熱情，不夠理性，從她跟誰都自來熟就可以看出來。她不理性，那他就會有麻煩。他沒有太多精力和時間去處理另一半的情緒。他工作很忙，她很閒，從她時不時能早退不工作跑來找秦雨飛就知道，如果她談戀愛，一定是很黏人的女朋友，而他沒有時間和精力……

總之，反正，他們不合適。

話說回來，他分析判斷這些都是在浪費時間，其實不用顧慮太多，只需一條就可以解決掉這個訂單意向——尹婷不可能會喜歡他，所以真的不必考慮。

她喜歡的是顧英傑那一型的，溫柔灑脫，憐香惜玉，玩得開，鬧得起來的白馬王子。他們那種類型才是同一國的，所以尹婷對他毫無雜念，從她對他的態度和眼神就可以看出來。

仇正卿朝尹婷看過去，這一看嚇一跳，天使小姐正認真地盯著他。

「你為什麼吃東西是沉思狀？這個好吃還是不好吃，要這麼深刻地品味琢磨？」

仇正卿定了定神，答：「不是，我剛才在想一個專案的可行性。」

尹婷垮臉，「所以這塊炸豬排到底是好吃，還是不好吃呢？」

「好吃。」仇正卿再夾了一塊，以示證明。

尹婷很開心，「那你的味覺系統跟我是同一個型號的。」

是嗎？這有什麼好高興的？很多人都會喜歡吃同一樣東西。仇正卿開始吃盤子裡的煎鱈魚，這也是尹婷大力推薦的，然後他注意到尹婷一直在看著他。

「妳可不可以不要盯著我看？」他禮貌地問。她總看他會讓他想法太多，而他覺得那些想法都是不必要的。

尹婷挑挑眉，眼睛睜得大大的，「我只是想看看你是不是也喜歡吃這個，不看就不看唄！」她真的轉過身去看舞池，嘴裡還自言自語：「原來吃東西也會害羞喔……」

誰害羞！仇正卿把魚肉大口塞進嘴裡，以免忍不住反駁她，那樣太孩子氣了。

「小婷！」有個人花枝招展地走過來，是沈佳琪。

她走近發現仇正卿，開心地打招呼：「仇總，你也在啊！」

仇正卿嘴裡塞得太滿，還沒嚥下去，狼狽得只能點頭回應。

沈佳琪笑了笑，轉向尹婷，「小婷，妳看到Will了嗎？他帶女朋友來了呢！」

「看到了啊，我們還打了招呼。」

「他那時拒絕妳這麼乾脆，可是現在找的女朋友完全是妳這一型的耶！」沈佳琪很故意。

尹婷咧嘴給她一個假笑，轉身去餐桌，「我要吃東西了。」

「幹麼？」沈佳琪繼續逗她，「妳不覺得嗎？別成天吃吃吃，變胖了怎麼追男生？」

「妳太煩了，我吃東西是表示不想理妳，這麼有深度的含義，妳一定要理解。」尹婷說。

「能理解但不接受。」沈佳琪嘻嘻笑，攬著尹婷的肩膀鬧，「還有許少也來了，他沒有帶女朋友，妳要不要再試一次？」

尹婷白她一眼，沈佳琪捏捏她的臉，「妳這表情好好笑。」

「不好笑！」尹婷拍開她的手。

「這裡有好幾個妳追求未遂的暗戀對象，這種情況也好好笑。」

「不好笑！」尹婷又白她一眼。

「我也覺得不好笑。」一個男聲插進來，是仇正卿，他忍不住了，沈佳琪這樣真的煩人。

尹婷和沈佳琪都驚訝地轉頭看他，仇正卿一本正經地放下盤子，拿餐巾紙擦了嘴巴，然後問尹婷：「想跳舞嗎？」

「好，好！」尹婷一邊答應一邊往盤子裡多夾好些食物，把盤子塞進沈佳琪手裡，「不用謝，要吃完啊，浪費食物很丟臉，吃胖一點才好追男生。」她說完對沈佳琪扮了個鬼臉，挽著仇正卿滑進了舞池。

仇正卿趁著起步時轉頭看了看沈佳琪，她似乎沒有生氣，雖然確實有直勾勾盯著他們倆，但卻真的開始吃起了盤子裡的東西。

「妳們是朋友？」他帶著尹婷轉了個圈。

「是啊，你別看她說話夾槍帶棒的，其實人不壞，就是很喜歡戳人家的傷疤取樂，這種時候比較煩人。」

「是嗎？」換了是他，這樣的朋友大概早翻臉絕交了吧？女人的友誼他真的不太懂。

「謝謝你。」

「嗯。」仇正卿點頭接受這謝意。他幫她解圍，確實受得起這謝。

「可是我忘了你跳舞像木頭。」

言下之意是說要是她記得這事，就不會答應跟他跳舞嗎？

天使都是這麼直接戳人短處的嗎？剛批評完別人，她自己也這樣。

仇正卿沒好氣，「多謝妳的點評。」

尹婷嘻嘻笑，小聲道：「我們換個地方跳。」她帶著他轉了幾個圈，滑到了外頭的大露臺，「好了，這裡沒人看，你就不會緊張了。我跟你說，越緊張越跳不好，放輕鬆點。」

他緊張嗎？他剛才也忘了自己跳舞像木頭這件事了，他只想著幫尹婷找個臺階下，也不必讓沈佳琪不好看，所以他並不為跳舞緊張。

「來，我們重新開始，我教你。」尹婷把他的手再次放回她的腰際，另一隻手放到他的掌心，她問他：「你知道跳舞的第一技巧要點是什麼嗎？」

「是什麼？」之前他上舞蹈班時老師說過，他記得挺牢，但現在看著她的眼睛，他忘了。

「就是不要嫌自己跳得不好。你不在意，就不會緊張了。」

「我沒嫌過自己。」他說的是實話。要嫌也是別人嫌，他幹麼嫌自己？一般來說，請他跳過一次舞後，那些舞伴都不會邀請他第二次，這樣很省事，他對自己的舞技滿意。

尹婷彎著嘴角給了他一個「就知道你會嘴硬」的表情。「可是你現在很緊張。」她戳穿他，「你看你的手臂硬邦邦的。」她拍了拍他扶著她腰身的那隻手。「你的手心也很熱。」她捏捏他握著她的那隻手掌。

於是他更緊張了。她的腰很細，手很小，身上還有淡淡的香水味道。他竟然想把她抱得更近一點，大事不妙。

尹婷看著他的表情，「好吧，其實你並不想跳舞，對吧？」

仇正卿點點頭。

「那就不跳了。」尹婷退後一步，離開了他的手掌範圍，「不想做的事就不要做，起碼在跳舞這件事上是可以的。我不知道，還把你拉出來，對不起喔。」

「不是，我只是……」掌下空空，悵然若失，「我在想一個棘手的專案，所以……」

「哦。」尹婷看看仇正卿，又看看花園門口，那她把他丟下讓他獨自思考，這樣算是不禮貌，還是體貼？

「顧英傑說要介紹對象給妳？」仇正卿問。

「是啊，他說他要好的朋友都來了，有合眼緣的就告訴他，他幫我牽線。」

「有嗎？」他又問。

這提醒她了，「我再去觀察一下，你不介意吧？」這樣他思考他的，她物色她的，兩不耽誤。

他點頭，看著她歡快地跑進去了。

她看他的眼神、她坦蕩的態度，她真的對他一點意思都沒有，所以這真的是個不可能成交的訂單，決策上應該果斷放棄，另尋目標。仇正卿深呼吸一口氣，就是這麼簡單，沒什麼好煩惱的。

他定了定神，走進了宴會廳。沒有看到尹婷，不知道她跑去哪裡了。

沈佳琪倒是走了過來，寒暄道：「這種娛樂派對，倒是沒想到仇總會來。」

「大小姐跟顧少的喜事，應該過來祝賀的。」仇正卿應對得體。

沈佳琪哈哈大笑，「你說得好像今天是他們的婚禮似的。」

「婚禮那天再參加一次。」仇正卿繼續淡定。

沈佳琪看著他，「那我要是約仇總私人聚會一次，仇總會不會賞光？」

「這問題有點尷尬了。」仇正卿淡淡地笑，想了想，反問：「妳想跳舞嗎？」

沈佳琪看著他，看了一會兒，又哈哈大笑，「不要！」她可是跟他跳過舞的，知道他的水準，今天全是朋友，她並不想丟臉。

「真坦白。」仇正卿誇她，所以尹婷弄錯了，他真的不嫌自己，他對自己的舞技滿意。

沈佳琪道：「仇總拒絕人的方式還挺有新意的。」

「沈總過獎了。」

沈佳琪又笑，「我要去找小婷，問問她追不到男生後都是怎麼處理的。」說完，還真走了。

仇正卿皺眉頭，她不會又藉機去調侃尹婷吧？她這缺點真夠討厭的。他也去找尹婷，雖然天使跟他沒緣，但他並不樂意別人欺負她。

仇正卿轉了一圈，沒看到尹婷，後來轉回來看到她在舞池裡跟一個男生在跳舞。他們配合得很好，她旋轉，轉身踏步，那舞伴每一個動作都輕鬆跟上，節奏剛剛好。仇正卿看到尹婷臉上的笑容，他喜歡她的笑，但他不高興那男的把她抱得太緊。

他真不喜歡跳舞這項運動。

尹婷在舞池裡轉身，看到了仇正卿，她對他一笑。仇正卿也回她一個笑，他想走了，娛樂活動確實不太適合他。

正打算去找秦雨飛和顧英傑告辭，舞曲結束，尹婷朝他跑過來，「仇總大人！」

她的臉因為跳舞而粉撲撲的，像紅蘋果一樣可愛。她鬢角有些髮絲散落，看起來更活潑。

「嗯。」他應她，心跳又快起來。他控制住了，沒去幫她撥頭髮。

「你打算什麼時候走？」尹婷問他。

「怎麼？」他把現在就要走的念頭丟一邊去。

「我最多只能再玩半小時，我答應我爸早點回去，可是她們還要玩很久，我想問問你什麼時候走？」

「我可以送妳。」仇正卿爽快答應。讓她穿這樣去坐計程車，他也不能放心。

尹婷綻開笑容，「謝謝。」笑得很甜，聲音很甜，甜得仇正卿又對這專案猶豫起來。

「那你要走的時候叫我，我跟你一起走。」尹婷交代。

「我等妳好了。」等她要走的時候再走，這個風度是要有的。

「行。」尹婷說完跑掉了。

幾分鐘後，仇正卿非常後悔，他不該說他等她的，風度是個什麼鬼。他該說他現在就打算走了，所以妳收拾收拾，趕緊跟我上路。

假裝大方的結果，就是他得看著尹婷跟不同的男生跳舞，跳完一支又一支。

總有人邀請她跳舞，仇正卿能理解，因為尹婷很可愛，她跳舞也很好看，她說話的聲音很好聽，說的話又有趣，大家喜歡她，他能理解。

他也喜歡她，所以他現在心裡有點酸，就像吃了那顆酸柚子一樣的酸。

他對這個專案嚴重猶豫起來。

尹婷又跳完一支舞，仇正卿沒忍住，走上前去問她：「要走了嗎？」

「行。」尹婷神采奕奕，很有精神。她揮手跟朋友們道別，又跟仇正卿一起去找秦雨飛和顧英傑道別，臨走前還跟顧英傑在一旁說悄悄話。仇正卿看秦雨飛一眼，大小姐居然不發威，管一管妳家那個啊，跟前暗戀者單獨說話合適嗎？

秦雨飛老神在在，一點都不介意。

尹婷終於說完了，過來跟仇正卿一起出了門。

尹婷的興致還很高，一邊哼著歌一邊連蹦帶跳。她問仇正卿：「你拒絕了May啊？」

「她告訴妳的？」

「是啊。」尹婷點點頭，「我跟她說恭喜，真為她高興。」

仇正卿笑起來。

「她說反正她的下一次戀情肯定比我發生得快。」尹婷晃晃腦袋，「你說，為什麼就是沒有人喜歡我呢？」

仇正卿心裡一跳，怎麼會沒有？

不過尹婷也不是真的在問他，她說完這句，蹦蹦跳跳地先跑到了仇正卿的車子旁邊。

仇正卿覺得自己該說點什麼，一時又想不到。商務談判裡的重要一條，若是不知道自己的籌碼和相對優勢，不要輕易下結論，不開價、不承諾，以免留下後患。所以仇正卿很沉得住氣地沒說話，他開了門，看尹婷高高興興鑽進了他的車子。

「又麻煩你嘍，謝謝。」尹婷很可愛地合掌道謝。

「不客氣。」仇正卿想半天，只想到這三個字。

車子發動，廣播打開，音樂聲輕輕柔柔飄蕩在車裡。車裡的空間真是小，仇正卿能感覺到尹婷的氣息，她的存在感充滿整個空間，包圍著他。仇正卿開車的姿勢有點僵硬，那種緊張的感覺又來了，如同大學時去打工，面試時候的那種緊張。

「你跟Zoe小姐怎麼樣了？」尹婷突然問。

「沒怎麼樣。」仇正卿飛快地說，看到尹婷看了他一眼，他清了清喉嚨，重新說：「她不是我女朋友。」他這才想起毛慧珠對他的交往建議他還沒回覆。剛才評估天使訂單專案時，竟然把毛慧珠的事忘了。

條件最合適的專案他沒意向，而條件最不合適的專案他卻很想簽下，這真是糟糕的情況。

「你現在有新女朋友了，對吧？所以你拒絕了May？」尹婷又問。

「新女友？」

「我哥說你約朋友去他店裡玩，好像是從前暗戀的對象。」

「她暗戀我。」仇正卿火速澄清。

尹婷嬌嗔地白他一眼，「真傲嬌，幹麼要強調是女孩子暗戀你？」

「不是。」仇正卿語塞，他只是不想她誤會他有暗戀別人，「事實就是她暗戀我，我沒暗戀她。」媽的，嘴真笨！這麼說好像更顯傲嬌了，真夠不要臉的！

尹婷被他的表情逗笑了，明明說的是很霸氣的話，表情卻像是被噎著一樣，「那都沒關係啊，最重要是相處得好就行。你是覺得她比Zoe小姐更合適嗎？我是說，你對她更有感覺？真好奇她是什麼樣的。」

仇正卿鎮定了一下，開始解釋：「第一，我沒有約她。我去妳哥的酒吧，正好遇到她了。她朋友說起往事，說她曾經暗戀過我，然後妳哥正好聽到。我幾年前離開了那家公司後就再沒有見過那位同事，那天就是這麼巧遇到。第二，她不是女友，也不是新女友，因為我還沒有舊女友。第三，Zoe很好，但我們並沒有在交往。她是提過，我還沒有考慮好，所以我們就一直是普通朋友。」

哇，一氣呵成啊！尹婷眨眨眼，聊聊天而已，幹麼跟做報告似的，求正經真是太嚴肅了。

「那還有第四呢？」尹婷問。

「什麼第四？」

「還有May約你，你拒絕了，這不是第四嗎？」

仇正卿無語，沈佳琪更是八竿子打不著的關係，不是他感情生活裡的小插曲。

「還有第五呢？」

「哪來的第五？」仇正卿差點跳起來。她要是說「你對我有感覺你都沒有說」這類的話，他一定會拔方向盤的。

「沒有了嗎？只有四個？」尹婷幫他計數。

「哪來的四個？」

「剛才不是數到四個了？」尹婷認真掰指頭，「Zoe小姐、那個暗戀的前同事、May……咦，還有誰來著？」

「沒了！」仇正卿沒好氣。把妳加上才能湊四個，不過我不能告訴妳。不對，那三個是怎麼回事？除了毛慧珠他是真的有認真考慮過，其他的算甲乙丙丁好嗎？

「那剛才怎麼數出來四個？」尹婷問他。

仇正卿都不想說話了，反正不是他數的。

「哦，對，就三個。」尹婷回過神來了，「三個也很多了，很有做花心大蘿蔔的潛力。」

仇正卿不說話，天使下凡來是折磨人的，他悟了。

「你的感情糾葛還挺多的呀！」天使點評。

「謝謝。」仇正卿嚴肅回應，過一會兒沒忍住，說道：「另外，我不花心，謝謝。」

「嗯，我也不花心。雖然我跟好幾個男生告白過，可是我都是認真的。他們不喜歡我，我沒男朋友，尋找下一個目標也很正常，對吧？」尹婷訴苦。

仇正卿心裡又冒酸氣了，這種事不要告訴他。

「我哥居然說我是花心大蘿蔔，簡直是天下第一冤案。」

仇正卿不發表意見，他覺得他更冤。

尹婷又道：「哎，突然想起我們倆又是盟友了。」

受冤盟嗎？

「偽花心蘿蔔盟。」

「……」仇正卿努力控制臉上的表情。

「啊，不對！」

當然不對了，誰跟妳花心蘿蔔盟，還有個這麼不氣派的「偽」字。

「我們應該是白蘿蔔盟的。我們都不花心，所以是白蘿蔔盟的。」

還胡蘿蔔呢，一堆蘿蔔！

「妳考慮過跨出植物界嗎？」仇正卿問。

尹婷愣了一下，哈哈大笑，「你真幽默！」

不，他一點都不幽默，他是認真在問的。

尹婷安靜下來，問他：「求正經，我是不是很無聊啊？」

仇正卿思考，該怎麼定義她？按常理是無聊，但他又覺得無聊之餘還挺可愛。就是左心房吐槽右心房，卻同時冒粉紅泡泡，這種情況該怎麼描述？

「幹麼不說話？就是默認了唄。」尹婷有些洩氣，「你肯定覺得我無聊，男人大概都這麼覺得，所以我總追不上。」

仇正卿清了清喉嚨，一點都不想安慰她是怎麼回事？做人要厚道啊！好吧，還那是安慰一下，

「青菜蘿蔔，各有所愛。不是妳的問題，只是他們有他們喜歡的類型。」

尹婷嘆氣，「也對，也有男生追我，不過我也不喜歡。」

「妳喜歡什麼類型的？」他忍不住問。

尹婷一下子有了精神，「溫柔體貼，大方幽默，爽朗，喜歡美食和旅遊。」

天使下凡就是來折磨人的，這類型他一點都不沾邊。

「長得帥的優先。」尹婷補充。

長得帥這點又是青菜蘿蔔各有所愛了，就如同人人都說秦雨飛多漂亮，但他覺得還好，反而尹婷這樣的他覺得很漂亮。所以，他這樣的在她眼裡能排進優先序列嗎？

「你有合適的對象介紹給我嗎？」尹婷眨著大眼睛問。

「沒有！」回答得相當乾脆。

「唉。」尹婷又嘆氣一聲，「我的紅線一點都不靈，你的紅線怎麼這麼靈呢？」

靈敏度太高也是煩惱，這煩惱天使不懂，仇正卿也想嘆氣了。

這時候尹婷的手機響了，她翻包包找手機，是她爸爸打來的，問她什麼時候回家。尹婷甜甜答在路上呢，有朋友送她，一會兒就到。掛電話後，她突然想起什麼來，繼續翻包包，之後從包包裡掏出一張卡來，放在車子儀表盤平臺上，「我哥店裡的貴賓卡，我跟他要來很久了，一直忘了給你。」

仇正卿不好意思說他對那麼吵的地方沒興趣再去第二次，只得道：「謝了。」

尹婷甜甜地笑，「別客氣，歡迎你去玩。」

仇正卿趕緊正視前方，被她笑得心跳有些快，又緊張起來。好在不一會兒就到她家了，她在社區門口下車，對他說謝謝：「有機會再見嘍！」

「再見。」他答得有些心酸。

有機會再見，是啊，他們要見面真的是要「有機會」才行，下一次不知道會是什麼時候了。

仇正卿沒馬上開車，他從後視鏡裡看著尹婷走向社區大門，他在猜她會不會跟之前兩次一樣突然回頭撲到他窗前，那樣的話，他要對她說：「這麼快又見面了。」

結果她沒有，她沒回頭一直走，還突然跑了起來。仇正卿搖下車窗探頭看她，跑什麼跑，不怕摔了嗎？然後隱隱聽到她喊：「大大！」或者是「爸爸」？

仇正卿覺得應該是「爸爸」，可能她爸在社區門口接她。不過她跑遠了，身形隱在路燈陰影下，看不到，也沒見到有別人。

仇正卿嘆氣，發了會兒呆。真糟糕，就這麼一會兒，竟然覺得開始想她了。

原來，這一個月裡他時不時煩躁，竟然是在想念她。

仇正卿開車回了家，心情很不好。

煩躁，報告看不下去，財經節目也很無聊，他早早洗完澡倒床上去。

躺了半個小時還了無睡意，他想起尹婷說「有機會再見」，想起她跟別的男生跳舞，想起顧英傑拍胸脯保證一定幫她介紹個中意的對象，他的心情真的很不好。

起來又沖了一個冷水澡，幫忙冷靜。重新躺回床上，又想起尹婷。

有機會再見……

他閉上眼睛，突然之間下定了決心，如果，他是說如果，一週之內他們能再遇見，不是刻意地見面，不像這次他為了遇見她特意去湊Party的熱鬧，就是單純的偶遇。如果那樣，那麼，他就正面考慮這個專案的可行性。

這麼一想，他心情好些了，他覺得應該能睡著。

過了一會兒，他想，一星期有點太短了，要不，還是兩星期吧。對了，為了方便計算日期看進度，還是定在十一月十五日好了。

對，就到十一月十五日，這樣好記。

第二天週日，每週一次的補給生活用品採購活動。仇正卿快中午的時候出門，他打算去超市隨便吃個速食，順便買東西。

來到車庫剛要發動車子，卻發現副駕駛座上有個手機。他認得，那是尹婷的手機。

她的手機落在他車裡了？

仇正卿按捺不住喜悅，把那手機拿了過來。打開一看，裡面十多個未接來電，名字只有一個字

「哥」，時間全是今天上午。

仇正卿猜這是尹婷早上才發現手機不見，於是用尹實的手機撥打想找回來。他趕緊回撥過去，心亂七八糟地跳，清了清喉嚨，再清清喉嚨。

電話通了，仇正卿心跳一頓，鎮定地道：「尹實嗎？我是仇正卿，尹婷的手機落在我車裡了。」

尹實沒跟他說話，但是在跟他旁邊的人說話，接著他聽到尹婷興奮的叫聲，然後很明顯手機換人拿了，尹婷的聲音非常響亮且激動：「求正經，你簡直太好了，我們不愧是盟友！我還以為落在外面了，找半天沒找到。」

什麼盟？「沒得戀」盟？「雞湯亂燉」盟？「白蘿蔔」盟？還是……「我想念你」盟？

仇正卿知道自己在笑，他一定是被她的興奮感染了，才會也覺得興奮，可是怎麼會以為掉在外面了呢？她的神經究竟是有多粗？他究竟喜歡她什麼？可是聽到她的聲音卻很高興，他知道「有機會再見」也很高興。

「我怎麼把手機給妳？現在送到妳那邊嗎？」他的聲音很沉穩。

「不，不，我不在家，我和我哥在外面正準備買新手機。你方便出來嗎？我要請你吃飯！」

「好。」他爽快答應，他也想跟她一起吃飯。

仇正卿趕到尹婷說的餐廳，尹婷和尹實已經等在那裡了。

仇正卿走到餐廳時，隔著落地窗看到尹婷靠窗坐著，正拿著相機拍街景。他再走就會擋她的鏡頭，於是他停了下來。尹婷的相機轉了個角度，對上了他的方向。

她看到他了，仇正卿知道，因為她的嘴角彎了起來，露出一個很可愛的笑容。

一瞬間，他覺得心都快化開了，這種感覺於他實在是陌生。

他站著不動，她按下了快門，然後對他歡快地揮了揮手。那笑容太燦爛，讓仇正卿不由自主也回了個笑，大步邁了進去。

他要為這專案可行性加分。什麼理由？因為她笑得真好看。

私人約會，又是三個人。

尹婷接過了仇正卿遞來的手機，連聲道謝。她讓仇正卿盡情點餐，一定要吃好吃飽吃高興了，這樣才能表達她的謝意。

尹實數落妹妹的粗心大意：「包包也不拉好，回來了又不馬上上樓，在樓下玩，結果包裡的東西滾了一地，摸黑在那撿，早上起床才發現手機沒了，又跑下去找，折騰人呢！」

尹婷皺皺鼻子對他扮鬼臉，「這不是回來了嗎？這叫生活裡的小插曲，調劑調劑。」

尹實吐槽：「妳每天的插曲還真多。」

尹婷拍他一下，「再囉嗦就不請你吃飯了！」

仇正卿看著他們兄妹倆拌嘴，自覺插不上話，他不太會開玩笑，也不太會融入這種嘻鬧的氛圍，心裡默默洩了點氣，還是看菜單吧。

三個人開始點菜，服務生記完走了，過了一會兒，一直研究菜單的尹婷又說話了：「哥，我還想吃這個。」

「妳剛才已經點很多了。」

「我知道，所以我想跟你說，我再點這個，肯定吃不完，你幫我吃。」

「不要。」尹實看了一眼，「我不喜歡吃這個。」

「可是我吃不完。」

「那就不要點。」

「但是很想嚐嚐。」

「那就吃完它。」

「你幫我。」

「我拒絕。」

仇正卿實在忍不住了，「點吧，我也嚐嚐看。」他都不知道是什麼，但尹婷皺著小臉說想吃，他當然得義無反顧地幫忙。

尹婷眉開眼笑，召來服務生把菜點了，尹實在一旁跟仇正卿說：「千萬不能對她太客氣，她隨便拉個人過來都會覺得聊得來。你一客氣，她就不客氣了。」

「我哪有？」尹婷一邊點菜一邊還能聽到哥哥說她壞話，轉頭過來反駁：「我也是很有分寸很有禮貌很會看人眼色的，仇總大人是好人，特別親切，我們是真的熟，才不是客套，對吧？」

尹婷轉向仇正卿，尋求他的肯定答覆。

仇正卿點頭應：「對，不用客氣。」可是「特別親切」是個什麼鬼？

得到仇正卿的支持，尹婷得意地仰了仰下巴。尹實捏捏她的臉蛋，捏得仇正卿的心好酸。

尹實問仇正卿：「仇總有兄弟姊妹嗎？」

「沒有，我是獨生子。」

「所以仇總不知道有個妹妹的煩惱。」尹實裝模作樣地嘆氣，被尹婷拍了一下。

仇正卿很穩重地笑了笑，心裡道：相信我，我最近的煩惱一點都不比你少。

很快，菜上桌了，大家說說笑笑地開動。這家餐廳尹婷第一次來，她在網路上看到評價後很想試一試，今天終於找到機會，所以她對什麼菜都很有興趣，點了很多。仇正卿這才知道腳踏車壞的那次，她在餐廳裡點餐真的是很克制的。

尹婷食量不算大，她每樣吃一點，其他的就靠尹實和仇正卿消滅。尹實一邊抱怨一邊努力吃，仇正卿不好抱怨，也努力吃。尹實鼓勵仇正卿應該表達一下不滿，不然這淘氣鬼不知道自己多招人煩。

尹婷抗議，尹實還嘮叨：「真的很煩！」一邊說一邊夾菜給尹婷，「全吃了，不許浪費。」

尹婷嘟嘴，但也乖乖聽話吃了。

仇正卿不說話，低眉垂目地默默往嘴裡塞食物。你們兄妹倆這樣秀恩愛合適嗎？考慮過別人的感受嗎？

顯然那兩個人是不考慮的，尹婷哈哈大笑地拍了張尹實滿嘴食物的照片，聲稱要發到朋友圈去。尹實看了嫌棄不夠帥，也要幫尹婷拍一張。尹婷不同意，兩個人一邊鬥嘴一邊笑，最後尹婷把那張照片刪了，還拍哥哥的肩膀，「小夥子，我還是很注意塑造你英俊瀟灑的形象的，不然你娶不到老婆，媽媽會怪我。」

尹實反擊：「妳要是嫁不出去，絕對不是我的責任，妳的形象沒法維護，爸媽都不會怪我的。」

仇正卿看著他們嘻鬧，覺得自己的評估果然沒錯。尹婷真的很喜歡撒嬌，而且愛黏人。從前他覺得女生這樣不好，他會反感，但今天看到尹婷這樣，他卻有些羨慕尹實。

左心房在吐槽，右心房卻一個勁兒地冒粉紅泡泡，他的煩惱挺多的。

尹實道：「妳看妳，丟三落四，粗魯沒氣質，吃得還多，花錢大手大腳，顧英傑居然還敢打包票要幫妳介紹男朋友，他對妳太不了解了。仇總以後也不敢送妳了，送到半路發現丟的不是手機，把人丟了，他怎麼交代？他已經被嚇到了，再不會搭理妳。」

尹婷嬌嗔正要反駁，仇正卿卻很鎮定地答：「我膽子還挺大的。」

尹實愣了愣，哈哈大笑，「仇總真幽默。」

仇正卿喝了一口水，再補充：「不會不搭理她的。」

答得好認真！尹實看了妹妹一眼，尹婷點點頭，求你正經點就是這種風格。

「好吧。」做哥哥的宣告：「你對她的認識還不夠多。」

尹婷沒好氣地拍哥哥一下，尹實大笑。

仇正卿又想嘆氣了，到底哪裡好笑？兄妹倆吃的都是「我很愛笑」這種藥吧？

尹婷加點的菜上桌了，好大一盤，還有很多香菜，尹實馬上表態：「我說過這盤我不吃的。」

仇正卿的心情有些凝重，他不知道是香菜羊肉加粗糧餅。他討厭香菜，不喜歡羊肉，而且他很飽了，這幾個餅怎麼塞得下去？

尹婷喜孜孜地動手夾了一個餅，先遞給她哥。尹實搖頭，「我討厭香菜。」

尹婷不理他，又把餅遞給仇正卿。仇正卿不能說他討厭香菜，也不能說他不喜歡羊肉，那什麼很飽了不想吃更沒法說出口，只好一本正經接過了。

尹婷自己也夾了一個吃，她剛才吃得少些，留了一點肚子給這個菜。一口咬下去，兩眼放光，「好吃，果然菜單上那兩個『推薦』的大字不是騙人的！」

尹實嫌棄，「我看見香菜就夠了。」

仇正卿艱難地嚥著香菜羊肉和餅，其實他看著尹婷吃就夠了，她的表情會讓你覺得這菜超好吃，但是依他的狀況，自己吃感覺就不這麼好了。

仇正卿吃得很慢，尹實相當善解人意，「這菜打包好了，大家別吃太多，撐壞了不划算。」

「嗯嗯。」尹婷點頭附和，她也看出來仇正卿吃不下了，有些不好意思。

仇正卿更不好意思，先前放下話他來搞定，結果表現得這麼沒戰鬥力。他臉發熱，偷偷看了尹婷一眼，她也正在看他，那關注的眼神讓他臉更紅。

求你正經點居然吃東西吃到臉紅，尹婷想笑，但又忍不住看去。男人臉皮薄的她見過，但這麼嚴肅正經地臉皮薄卻是第一次見到。

尹實敲她腦袋，「妳自己趕緊吃！」

尹婷低頭吃自己盤子裡的，不再亂看。仇正卿嚥下最後一口，覺得尹實是個值得交的朋友。

尹實還在數落尹婷：「吃這麼多，變成小胖子，看誰要妳！」

尹婷吃完了，這才反駁：「我年輕，新陳代謝快，不容易胖。你年紀大了，才應該多運動。你看你的肚子，娶不到老婆，我怎麼跟媽交代？」

「我才二十八！」尹實哇哇叫。

對面坐著的那個三十三的完全不說話，默默回想了一下自己的體型，還沒有小肚腩，但二十八的都被嫌棄了，他這「老人家」真的很有危機感。

尹婷和尹實鬥完了嘴，看看時間不早，招手叫來服務生結帳。尹婷掏了信用卡出來，尹實讓妹妹請客掏錢一點都沒不好意思。仇正卿看這情形，當然也不會搶著付帳，只客套地道謝。

接下來不好再賴著不走，仇正卿告辭，尹婷和尹實也一起離開餐廳。仇正卿要去前面的停車場取車，而尹婷拉著尹實要再逛一逛，三人在路口告別。

仇正卿沒回頭看尹婷，這專案目前在他心裡剛滿及格線，理智並不看好，但感覺不願放棄。吃飯前加的可行性分數被過程中間嫌棄年紀減掉一點點……

一位老太太在仇正卿面前被行人道的臺階絆了一下，仇正卿伸手扶住了她。

「謝謝。」老太太白髮蒼蒼。

「要過去嗎？」仇正卿指了指街對面。

「是的。」老太太點頭。

這是路口，人來人往，步履匆匆，還有騎腳踏車的。「我送妳過去吧。」仇正卿說。他扶著老太太慢慢走，伸手示意旁邊的腳踏車慢一點，為她擋開迎面過來的人流。

老太太走得很慢，仇正卿也很慢，把她送到對面，確認她沒問題，才轉頭再回這邊的路口。剛走到，卻聽見一個輕脆歡快的聲音喊：「求你正經點！」

仇正卿驚訝地轉頭，她沒走嗎？

他看到她拿著相機正對著他，不由失笑。

喀嚓喀嚓喀嚓，他耐心等她拍完，她從相機後面露出大大的笑臉，非常燦爛，讓人心動。

她對他揮手說「再見」，他看著她蹦跳著回到尹實身邊，尹實摸她的腦袋，攬過她的肩。

求妳正經點，這話是他想說的。只要妳正經一點點，也許這分數就好打了，他就不會這麼怯場，他會有更多的自信，只要妳正經一點點。

這天晚上，仇正卿收到了尹婷的郵件，她把她拍他的照片發給他。

有他站在餐廳外頭，有他扶老太太過馬路的背影，後面幾張是他站在路口聽到她叫而轉頭。驚訝、平和、微笑，他站在人群中，挺拔瀟灑。

尹婷在郵件裡寫：「還挺帥的！」後面附著張豎起大拇指的符號。

仇正卿笑了，看到她下面又寫：「提問：為什麼人會有白髮？」

亂燉雞湯又來了嗎？

仇正卿回郵件：「因為人總會老。」

尹婷很快回覆：「錯了，那不是老，那是歲月留下的光輝！歲月很公平，不管你怎樣，每個人都會發光！」

仇正卿腦子裡自動浮現她說這話時的表情和語氣。

每個人都會發光？她說的不對，有些人是不會的。

在他眼裡，許多人都沒有光芒，而他在爭取散發光芒。成功的人才會有光芒，所以他要努力，非常非常努力。

仇正卿等了半天，尹婷沒有再發任何消息過來。他上她的微博，看到她今天轉發了幾則笑話。沒有寫那個白髮是歲月光輝的亂燉雞湯，他竟然有些高興，覺得這是他們兩人的話題。

時間有些晚了，仇正卿去洗澡，他看了看鏡中的自己，沒有小肚腩，不過也沒有腹肌。他身材挺拔勻稱，而她郵件裡誇他挺帥。

熱水打在他的頭上身上，他腦子裡全是她的笑容、她叫他的樣子、她揮手的樣子。她合掌對他父母說她母親住隔壁請多關照，她合掌對他說謝謝又麻煩你了。她對尹實皺鼻子撒嬌，她閉著單眼俏皮地自拍……

她真的跟穩重扯不上半點關係。她愛玩，她不愛工作，她會讓他很頭疼。

他到底喜歡她什麼？可他就是喜歡了！他想念她，他不高興別的男人跟她跳舞，他不高興尹實捏她的臉，他不高興尹實攬著她的肩。

他不高興她的男朋友是別人！

仇正卿猛地關掉蓮蓬頭，吐出一口氣。

小時候家裡窮，大家都說讀書沒用，勸他混個高中畢業，找個體力工作就好，因為就算考上大學也讀不起。結果他不但考上，還申請到補助和獎學金。他克服了所有的困難，打工賺錢完成學業。

大學時，許多人都說畢業能找到個工作糊口就好，他偏不，他要去大公司拿高薪，他做到了。

母親在世的時候，他說過要買個大房子給她住。他說要有大大的客廳，有灑滿陽光的陽臺，有四個房間。他跟老婆住一間，媽媽住一間，書房一間，還有孩子住一間。他媽媽當時哈哈大笑，說不可能買得起，但有這份心就好。現在媽媽不在了，但房子的承諾他做到了。

他的人生，自訂下目標後，沒有做不到的。

為什麼太陽這麼高這麼遠這麼亮？

因為我們有目標！

她的笑容像太陽，那是他的目標。

仇正卿擦乾身上的水，套了褲子，匆匆跑回書房。

他打電話給她，心怦怦亂跳。

她接了，他問她：「妳說，如果有個對象妳覺得不合適，但妳就是喜歡，要不要追？」

「追！」尹婷答得很果斷：「喜歡就是喜歡，合適是個什麼鬼？不合適你幹麼還喜歡？喜歡了還嫌不合適？最後不是因為合不合適耽誤的，是你還不夠喜歡耽誤的。」她一口氣說完，很有指揮官的氣勢，然後語氣一變，很八卦地問：「是誰啊？」

仇正卿被她逗得笑起來，笑完了清清喉嚨，「沒誰，就是想起妳表白多次，問問看。」

「喂！」尹婷沒好氣，「居然取笑盟友，開除你啊！」

仇正卿又笑，他真怕被開除。

「晚安。」他笑著說。心情愉悅，輕鬆自在。

不是因為合不合適耽誤的，是因為不夠喜歡耽誤的，天使就是這麼的會講歪道理。

那就追嘍！知易行難，這事放在任何事上都成立。

比如追女生，仇正卿沒追過，活了三十三個年頭，戀愛這門功課才剛剛開始修。

第五章

因為幸福，所以喜歡

仇正卿覺得尹婷是個很好的老師，她教會他戀愛的感覺，或者更確切地說，喜歡一個女生的感覺。至於要達到戀愛的深度，他相信還需要時間鞏固加強，而尹婷自己這麼多次告白都以失敗告終的結果也警示了他，就算喜歡，也不可妄動。

若一舉未能攻下，日後恐怕機會渺茫。

要簽約拿下訂單是需要計畫和策略的，而想成為長期穩定的合作夥伴，當然更需要付出許多。

首先第一步，要保持聯絡。人際關係是需要經營的，這一點上，他跟尹婷最大的問題就在於他們沒有共同的工作，也沒有其他的交集。相聚靠偶遇這當然是不行的，主動邀約太刻意怕引起她的警覺反而退縮躲避。現在她對他的態度還不錯，當他是朋友，說話沒顧忌，感覺能親近，也願意找他幫忙送送她之類的，這樣的開局不算差。

仇正卿心裡有數，一旦確立目標，也有心理準備要打一個攻堅戰兼持久戰。

但她對他沒那個意思，他知道。以她這麼勇敢追愛的個性，如果對他有些男女之情，肯定藏不住，且她看他的表情和眼神坦坦蕩蕩，不像他心裡有鬼的會躲閃。

所以找到共同的交集，自然而然地經常聯絡，相當重要，不能讓她覺得刻意而產生排斥感。

微博倒是一個可以借助的工具。上班的路上，仇正卿盤算好了，他打算一到公司就去泡一杯咖啡，然後拍一張咖啡的照片發到微博上，表示自己已經到公司，正準備展開一天的工作。

她不是嫌棄過他寫的東西無聊沉悶嗎？那他發一些她感興趣的好了，按照她的風格走。

結果仇正卿一到公司，在電梯裡遇到了同樣早到的主管生產的副總。那人拉著他去吃早飯，一起說了說業務上的事，算是開了個早餐會報。等吃完這頓時間頗長的會議早餐回到辦公室，另一個會議在等著他。開完這個會又接到秦文易的電話，要他上樓商量事情，到了中午吃飯時間還沒有討論完，於是一起去吃飯。這頓飯一直吃到了兩點，總算把事情談出了結論。

仇正卿趕回辦公室，茶都沒來得及喝上一口，祕書拿著五份文件等他簽名。文件還沒有仔細看完，就要出門與客戶開會了。在客戶那裡開了兩個多小時的會，參觀廠房，檢測產品，聽取報告，結束時已經五點多了。對方請他吃晚飯，於是等仇正卿回到公司，已經晚上八點多，公司裡人都走空了，祕書在他桌上留下便條紙，提醒他哪些文件是急件，哪些是拖了很久現在才交上來請他批示的。助理也留了張便條紙給他，報告哪個部門的報表已審核完，哪些工作出了問題已發郵件說明。

仇正卿打開電腦，把未讀郵件標題都掃了一遍，又把祕書放他桌上的文件大致翻了翻，將比較急的先處理，其他則暫時擱著。

做完這些，他揉了揉脖子，抬頭一看，看到他那個空了一天的馬克杯，這才想起今天整天都沒有實施他的「勾搭計畫」第一步。再看看時間，已經九點多。把東西收拾好，開車回到家也要十點了。

一天的時間，一眨眼就過去了。

仇正卿嘆氣，他打開了尹婷的微博，她這一天過得很精彩。上午發了一篇長長的微博文章介紹昨天他們一起去吃的那家餐廳。圖文並茂，那幾道菜被她說得極有趣，就連香菜羊肉餅也變得可愛起來。仇正卿想，如果有一天自己真當了她的男朋友，第一件事就是要告訴她，自己很討厭香菜和羊肉。要是當不成她男朋友就算了，不提這事，反正她也不會想知道。

中午的時候，尹婷發了張滷肉飯的照片，說是午餐，超級美味。她一份，她爸一份。

看起來確實比他今天三頓飯都要美味，仇正卿有些羨慕。

之後她又發了張照片，路邊的小花。說是飯後散步，看到路邊的小花，超級美，整條馬路都可愛起來。她用詞真是誇張，仇正卿忍不住笑了起來。

緊接著有張蝸牛爬在樹葉上的照片。她寫著：小花的不遠處，另一個生命體在享受生活。馬路對牠來說像整個世界那麼大，但牠只需要這一片綠葉的幸福。

晚上六點多，她再發一條微博，是一排路燈和長長的車隊。她寫著：堵車的時候別著急，著急也沒用。我爸發脾氣了，把燈嚇得都亮了。

仇正卿大笑，他想她爸爸聽到她這樣說，一定會氣不起來了。

仇正卿一條一條翻，看得津津有味。回過神來，發現已經十點了，他趕緊收拾好東西回家。車子開到半路時，遇到紅燈，心念一動，用手機拍了張街景照片，發到微博上。

回到了家，點開微博看，沒人理他。他洗澡，收拾收拾，再刷微博，還沒人理他。睡前再刷一次，有一條留言，很高興點開看，是虛假中獎通知資訊。好氣！惡狠狠地舉報了那個ID，心情很不好地躺床上去了。

今天工作很充實，感情進展不順利。尹婷過得很開心，就是不來搶沙發。

念起來還挺順口的，他想，唯有明天再努力。

第二天，仇正卿早早到公司，這回沒人在電梯裡攔他了。買了三明治順利到達辦公室，這是一個好的開始，仇正卿很滿意。

拿馬克杯去茶水間倒咖啡，竟然看到公司咖啡機上貼著「已壞待修」的便條紙。仇正卿愣半天，好心情全跑光了。最後賭了一口氣，別的飲料也不要了，直接倒了杯白開水回辦公室，火氣很大地拍照發到微博上，寫了句：「咖啡機居然壞了！」

又附上五個驚嘆號，表達強烈的不滿，這是尹婷教他的。

仇正卿惡狠狠地一邊啃三明治一邊盯著微博看。三明治啃完了，微博還沒有動靜。沙發黨再也不出沒了，這真讓人心酸。他把那杯白開水喝完，微博依然沒動靜。

仇正卿心情很不好，他把微博關掉，決定今天一整天都不要看到它。

這一天又在忙碌中度過，仇正卿一天都在板著臉。

他沒去看微博，所以不知道微博的動靜，他也不知道尹婷看到他這條微博了，他的微博冷冷清清，沙發位置空著。尹婷忍得很辛苦才沒有去搶沙發，上次微博事件弄得有點尷尬，她真的很不好意思。秦雨飛又強調仇正卿這人嚴肅到極點，所以她就安分了，不敢再在微博上鬧騰。

「朋友裡頭只有求你正經點的沙發才好搶。」尹婷在網上跟秦雨飛聊天。

「他寫什麼了？」秦雨飛問，仇正卿的微博最無聊了，她都沒關注。她去看了看，看完了隨手留了言。尹婷看著沙發就這麼沒了，有些心疼，不過他的茶杯給了她靈感，也不算沒收穫。

仇正卿這一邊，整層樓都在傳今天天空不太藍，不對，是很不藍，不知道原來老大這麼喜歡喝咖啡。咖啡機昨天就壞了，今天還沒修好，確實太過分了，事情相當嚴重。祕書啊，給他弄杯即溶的先撐著不行嗎？他一向自己泡的，想喝就會自己泡了，沒動手就表示他很不喜歡即溶的。

行政部經理下午也看到了微博，趕緊撥款讓下面人跑一趟，買了臺新的咖啡機回來，還發群組郵件通知：新咖啡機買回來了。

祕書收到行政部的郵件，也趕緊跟仇正卿報告：「咖啡機好了。」

仇正卿莫名其妙，應了聲表示知道了，其實完全不明白怎麼回事。咖啡機這麼重要嗎？幹麼弄得很慎重的樣子？

不過祕書提到咖啡機又讓他想到微博了，手有點癢想打開，但現在工作沒做完。他覺得做人自制力很重要，事有輕重緩急，公事優先，於是他忍著，把手頭所有該處理的事都處理完，一看錶，已經到了下班時間。

他舒了口氣，打開了微博，今天早上那條咖啡機壞了的內容下面有兩條留言。

一條是秦雨飛寫的：壞了會死啊！

另一條是行政部經理寫的：已經買回新的了。

仇正卿簡直無語，覺得他們真無聊。點開尹婷的微博，這一看，他又想發五個驚嘆號了。

就在上午，離他那條微博兩個小時之後，尹婷發了一條微博。

她寫著：提問，為什麼白開水沒味道？

仇正卿簡直絕倒，她肯定是看到他的微博了，但是她不搶沙發，沒有理他，卻用他的內容提了個雞湯亂燉的問題。

天使下凡是來折磨人的，他都不想知道白開水為什麼沒味道的答案了。

當天晚上，仇正卿接到秦文易的電話，他妻子，也就是秦雨飛大小姐的母親生病了，而秦文易原本計畫明天要出差的，現在不想去了，讓仇正卿替他去。

仇正卿趕緊跑了一趟秦家，從秦文易那裡拿了第二天出差要用的文件，與秦文易溝通清楚出差事項，秦文易讓祕書幫他訂好機票。仇正卿連夜研究業務，收拾行李，第二天一早，沒去公司，直接到機場與秦文易的助理會合。他在機場用電話跟祕書、助理交代了工作事宜，然後等著登機。

昨晚沒怎麼睡，現在覺得累，所以心情不太好。今天天空也很藍，而他有點沮喪。他原本打算今天打電話給尹婷，就說週末想去育幼院看看孩子們，問她能不能一起去，因為她比較熟。他覺得這個藉口很好，微博什麼的不管用，他打算換一種方式來，結果剛盤算好，計畫就被打亂了。

這趟出差回來就下星期了，這週末想約她是不可能了。雖然這藉口留著下週末一樣能用，但是這麼多天見不到面，他心情很不好。隨手拍了張停機坪上飛機的照片，什麼都沒寫就發出去了。

直到登機了，那條微博都沒人理，他覺得很正常，一大早的。

等下了飛機，和同事一起先到飯店安頓好，他才又刷了一下微博。那條微博下面好幾條留言，都是同事或朋友，祝他一路順風，祝他出差順利，還有說他辛苦了什麼的，但是沒有那個他想看到的ID。

仇正卿又累又煩，一會兒吃完午飯就得去工作了，他只有半小時的時間可以休息。他剛想把手機丟一邊躺著，卻看到有條私信。剛才沒注意，差點漏掉，是婷婷玉立413。

仇正卿趕緊點開看，尹婷寫著：出差嗎？今天你有了雙翅膀，在天空飛了一圈，著陸後記得要好吃好玩好好休息啊！

仇正卿很開心，這麼多人留言，還是尹婷的話有意思。他打電話給尹婷，他的心怦怦跳，電話的藉口在這瞬間已經想好了，很為自己的機智點讚。

「求你正經點！」尹婷一如既往的有活力，「你在哪裡呢？」

「在J市。」仇正卿咧著嘴笑，聽到她的聲音就覺得很開心，「我想問問妳，J市有什麼好吃好玩的地方，妳知道嗎？」

「知道！」尹婷果然是吃喝玩樂萬事通，「我以前去過，還寫過旅遊攻略。有幾家餐廳真的很不錯。我找一找，今晚發郵件給你，你明天可以去。」

「好啊，謝謝妳。」其實他不覺得自己會有時間去，「妳有需要我帶的東西嗎？」他又問，她最好是說有，這樣他出差回去就可以跟她見面了，然後去育幼院看孩子的藉口留著下一次用。

「嗯……不用。」尹婷想了想，現在上網買伴手禮很方便，用不著麻煩人家。

「哦。」仇正卿很失望，下面再聊些什麼好？

「那我先掛嘍，晚一點發郵件給你啊！」尹婷這樣說，仇正卿只好跟她說：「拜拜。」

不通電話還好，聽完她的聲音更想念了。仇正卿躺在床上，握著手機想啊想，忽然靈光一閃。

他發了一條微博，寫道：提問，為什麼咖啡這麼香？

沒過一會兒，他手機響了，來電名字是尹婷。

仇正卿特意在心裡數了十下才接起來，一邊接一邊傻笑，問她：「怎麼了？」

「那個，嗯……」尹婷的聲音顯得有些不好意思，「你那個問題很有趣，我能不能轉發回答一下？」不能照抄人家的問題，太沒品，但是他這問題她真的喜歡，所以厚臉皮來求轉。

可以！能！拿去隨便轉！

仇正卿很穩重地答：「可以呀，妳的答案跟我的一樣嗎？」

尹婷聽到能轉很高興，反問他：「你的答案是什麼？」

「妳的又是什麼？」

「你先說你的。」尹婷的好奇心被勾了起來。

仇正卿清了清喉嚨，認真斟酌了一下言辭，然後說：「它經歷了被採摘、被去皮、被烘烤、被碾碎、被水煮的許多痛苦，但它無所畏懼，沒有退縮，散發出全世界獨一無二，無可取代的香氣。」

電話那頭，尹婷沉默數秒。

仇正卿有些緊張，不好嗎？他覺得他的這個答案很好啊，多麼勵志！

「我覺得……」尹婷說：「我的答案加上你的答案，才是完整的超級棒的答案。」

「是什麼？」

尹婷嘻嘻笑，「我現在去轉發，你等一下看。」然後她把電話掛了。

仇正卿等了一會兒，刷微博，尹婷還沒有發。

仇正卿再刷，還是沒有。天使啊，妳敲字速度很慢啊！

再刷，這次出來了。

提問：為什麼咖啡這麼香？

經歷了被採摘、被去皮、被烘烤、被碾碎、被水煮的許多痛苦，咖啡豆無所畏懼，沒有退縮，散發出全世界獨一無二，無可取代的香氣。然後，它遇見了牛奶。它還擁有著獨一無二的香氣，卻也擁有了圓滿幸福的味道，所以咖啡這麼香！

仇正卿愣了。

完整的，超級棒的答案。

它遇見了牛奶！

仇正卿笑了起來，笑得眼眶有些發熱，那些拒絕尹婷的男人是傻瓜，她真的是天使。

磨難與勵志，抵不過她添加的一點點小幸福。

他知道他喜歡她什麼了，她會讓人感到幸福。

仇正卿轉發了尹婷那條微博，什麼話都沒寫，只是轉發，然後，尹婷火速出現：「沙發！」

五個驚嘆號，戳得仇正卿的心滿是粉紅泡泡。

「板凳呢？」他回覆她。

「板凳也是我的！」她回得很快，接著很快又來了一條：「不對，板凳被你自己搶了。」後面跟著個生氣的表情符號。

仇正卿哈哈大笑，真幼稚啊，他三十三了，不適合玩這種遊戲了，但是玩得真高興。

有人來搶沙發，他覺得有點幸福。

尹婷也覺得有點幸福，她在網上向秦雨飛報喜：「求你正經點把我解禁了，可以搶沙發了，他正朝著胸懷寬廣的道路大步邁進！」

秦雨飛正跟顧英傑卿卿我我地通電話，看到螢幕上的話，隨手敲了兩個字給尹婷：「無聊！」

尹婷嘻嘻笑，不在意。

仇正卿的那條微博下面有人跟尹婷說話：妳又來搶沙發了。

看ID有點眼熟，好像是仇正卿的同事。尹婷發了一個「嘻嘻」的大笑臉過去，寫道：是啊是啊，請多多關照！

又可以搶沙發了，尹婷有些小得意，很有些把聊得來的朋友拉入夥改造成功的高興。不愧是盟友，太讓她有成就感了。尹婷在網路上搜尋，找了張白蘿蔔圖，發微博上去了。

「親愛的盟友，謝謝。」

仇正卿還沉浸在幸福感裡，手賤又刷了一下微博，看到尹婷新發的那一條，一口老血差點沒吐出來。天使下凡是來折磨人的，誰跟妳是白蘿蔔盟啊！

尹婷為什麼沒有男朋友，仇正卿覺得有點懂了。好在他不是別的男人，他有足夠的耐心。

仇正卿這次出差一共去了六天，回來的時候已經是週三下午。他沒有回家休息，而是先去了公司。走了幾天，一堆事等著他處理。等處理完堆積如山的文件，已是晚上七點多。

仇正卿拖著行李箱回到家，煮了一碗泡麵吃，一邊吃一邊刷微博。這幾天很忙，不過他還是有抽空到街上走了走，拍了兩張河景的照片發上去。尹婷沒有第一時間看到，等她看到時，已經有別的人留言了。尹婷在他那微博下發了一串「可憐」的表情，寫著：「沙發沒了。」

仇正卿為這個笑了很久，可第二天再看，卻是看到第一個留言的人跟尹婷搭話：對不起哦，沙發是我，互粉一下吧。

又來了！都不認識，互粉什麼？

尹婷沒理那人，仇正卿很高興。

出差時，對方的公司要請吃飯，仇正卿想到尹婷發的餐廳資料，忙說想去某某餐廳。大家一起去了，仇正卿拍了那家餐廳的招牌發上微博，圈了「婷婷玉立413」，說：多謝妳的介紹。

這回尹婷火速趕到，搶了沙發，又發一條：別客氣。

就是這兩條微博，讓仇正卿覺得這趟公差也沒那麼累了。他每天睡前會看一看尹婷今天寫了什麼，她寫的都是生活瑣事，從前他覺得這種內容無聊又空虛，現在卻覺得尹婷寫得真有趣。他希望她多寫一點，他很喜歡看。

不過仇正卿從來沒在她的微博下留言，因為人太多，不知道為什麼，他總覺得留什麼話都不太合適，有些不好意思，而且她那邊太熱鬧，他想他留的話大概會被淹沒，她會看不到。

今天尹婷的微博有一條內容是自拍，她買了新唇膏，還有新帽子，於是拍了個戴著帽子擠眼嘟嘴的鬼臉照片發上來。下面一堆人熱情留言，仇正卿一邊吃麵一邊自言自語地批評：「都告訴過妳不要發照片，容易招狼……」不過還真好看啊，很自然很可愛。仇正卿看著照片，把麵吃完了。

吃完麵，他一邊洗碗一邊醞釀勇氣。一會兒要打電話給尹婷，現在時間還不算晚，打電話邀約剛剛好。完成計畫後，明天白天他好集中精神工作。

這次出差他雖然忙，但追求尹婷製造機會的計畫還是認真想過的。第一招就用去育幼院的那個理由，第二招他可以說他想買個好相機，看尹婷拍照很不錯，所以跟她請教，請她陪他去挑相機。然後他還可以說年底了，想買些特產寄給到老家給姑姑，問她有沒有好的介紹。接著問春節假期有沒有安排什麼活動，算上他一個。不能上班他也是很難過的，需要些活動打發時間。

之後，以上的每一件事他都可以視情況找機會說感謝她請她吃飯。其他的，就是看她的微博有什麼動向，他機動地找藉口。

看，其實不難，就跟做生意搶訂單一樣，安排策略，訂好條件，擬好計畫，跟緊進度，加強聯絡，鞏固人際關係，各取雙方所需，成交！

仇正卿覺得沒錯就是這樣，他撥通了尹婷的手機，開始用他計畫中的第一個藉口。

「求你正經點！」尹婷的開場白永遠一樣，聲音有些遙遠，似乎開了擴音功能。

仇正卿有些緊張，「我出差回來了。」

「辛苦了。」尹婷應該是在玩電腦，仇正卿聽到她那邊啪啪的打字聲音。

仇正卿更緊張了，談生意可沒這麼緊張過，「嗯，是這樣，我在J市買了些禮物給小朋友們，妳週末有沒有時間，可不可以帶我去一趟育幼院，妳比較熟，跟那邊好說話一些。」

「哎呀！」尹婷那邊的敲字聲音停了，「這週末嗎？」

「對。」屏聲靜氣等待。

「不行呢！」

「……」仇正卿瞬間被失望包圍。

「我爸一個老朋友生病了，他要去看他，明天我得陪他一起去。聽說情況不太好，我們大概會待幾天吧，週末應該回不來。」尹婷很抱歉，「真是對不起，這麼不巧。」

「這樣啊，沒事。」裝也得裝出不在意來。

「要不，你讓雨飛陪你去吧，她跟院長也很熟。」尹婷熱心建議。

「再說吧。」仇正卿不好說「不要」，又不好說「行」，這邀約的藉口這麼珍貴，用掉一個少一個，他當然還是留著的好，等她回來繼續約。

結果第二天上班，秦雨飛拿著手機跑到他辦公室，問他：「你想去育幼院送禮物？需要有個人領路？」

仇正卿愣了愣，隨即反應過來，肯定是尹婷拜託秦雨飛的，他這張老臉簡直要掛不住了，「先不去了，我週末有事，得加班。」

秦雨飛對著手機就說：「人家不去了，有事。妳操什麼心，好好上妳的飛機吧。管太多，他這麼大個人了，要去哪還需要有人帶嗎？」秦雨飛一邊數落尹婷，一邊頭也不回地走了。

仇正卿臉有些發熱，這大小姐幹麼要戳穿他？雖然是隨口一說，可萬一尹婷回過神來，那他後面那第二招、第三招、第四招豈不是全都不管用了？

週六，仇正卿終究還是沒忍住，自己一人獨自去了育幼院。這次他又買了兩箱水果，還有許多他在J市裡託人幫忙買的風景明信片。

他和小石頭並排坐在長椅上，單獨給了她一套，「叔叔去了這個城市，叔叔不會拍照，所以買了現成的明信片。」

一套八張，是旅遊景點的風景照。其實這些地方他都沒去，他只有明信片。

因為沒親自去過，所以對小石頭問的一些問題他答不上來，可小石頭不介意，她笑得非常開心，只是明信片而已，她卻已經很滿足。

「叔叔，我喜歡你。」小石頭跟仇正卿告白。

仇正卿臉紅了，雖然只是小孩子純真的情感，但是小號尹婷說出來的，仇正卿竟然也覺得有些不好意思。不過小號天使跟大號天使一樣，動不動就告白，這個毛病不好啊！

仇正卿看著小石頭單純可愛的笑顏，非常想念尹婷。

週日，仇正卿照舊去超市採買一週生活用品。等待結帳的時候，他刷微博，終於看到尹婷發的消息。她已經幾天沒有發微博了，讓他很掛念，不過這次的微博也不是什麼令人高興的內容，她寫著：「一位長輩去了遠方，分離總是讓人難過，所以，我們務必要珍惜相聚的時刻。」

仇正卿心裡一震，顧不得是在紛亂吵雜的超市裡，直接撥了電話給尹婷。

尹婷接了，這次是簡簡單單的「喂」，沒有中氣十足地喊他的外號，仇正卿有些心疼。

「妳還好嗎？」他問。

「我沒事，就是我爸很難過，很多年的老朋友了，比我爸年輕，卻走得比他早。」仇正卿問得沒頭沒腦，尹婷卻知道他在說什麼。

兩個人拿著電話，隔著遙遠的距離，有好幾秒的沉默。

身後的人催仇正卿快往前，到他結帳了。仇正卿退了一步，退到了隊伍外。

「那妳好好陪陪他吧。」他也不知道能怎麼安慰。

「你在哪裡？」尹婷問，剛才她聽到有人大聲催促快點什麼的。

「超市。」他老實答。

尹婷忽然覺得很溫暖，他是第一個打電話來安慰她的，在那樣的地方，這麼吵，肯定挺不方便，「謝謝你。」

「別客氣。」這麼客氣會讓他有挫敗感。

「你快去買東西吧，我沒事的。」

「好。」其實仇正卿想問妳什麼時候回來，但發生了這樣的事，他問這個似乎不合適。

「那我掛了。」尹婷說。

「好的。」

「再見。」尹婷掛了，仇正卿悵然若失，重新排進結帳的隊伍。他忍不住又刷了一下微博，尹婷那條內容下面有問怎麼回事的，有不問直接安慰的。仇正卿克制不住，也留了言，他說：「其實，不必相聚也能珍惜，在心裡。」發完之後，他想尹婷這裡的留言這麼多，她肯定不會注意到他，有點不高興。

到了晚上再刷微博，果然他這條留言尹婷沒回覆，還是有點不高興。不過他注意到其他人的她也沒回覆，那也算公平對待吧？

仇正卿自我安慰的時候，尹婷正跟秦雨飛通電話，她說完了父親好友的事後，又說：「妳知道嗎？求你正經點其實是個很溫暖的人，他在我微博下面的留言，真讓人感動。」

尹婷把那句話念給秦雨飛聽，秦雨飛吐槽：「他被什麼附身了？他明明應該是冷面工作狂。」

尹婷哈哈大笑，「人都是有很多面的，其實他很好，他好像跟他那個同學還沒有在一起。」

「人家在一起了也不會告訴妳，沒必要跟妳打報告。」

「也是。」尹婷道：「我只是想著，如果他找女朋友不順利，我想替他介紹，不過身邊好像也沒有合適他的。」

「妳真閒！」秦雨飛不以為然。在她看來，仇正卿這個人極有主意，意志超堅定，根本用不著別人替他操心，而且管他的閒事肯定會被他嫌棄。

「我下回問問他好了，要是他需要的話，我幫他留意一下。」尹婷被罵了也不在意，又說：「其實妳才應該多幫幫他，他可是你們公司的搖錢樹。」

「是啊，搖錢樹是用來搖錢的，不是用來搖感情的。」秦雨飛繼續走毒舌路線，「而且跟冷面工作狂談戀愛？我完全不能想像那會是個什麼樣的女人。」

尹婷哈哈大笑，她也想像不到，而且她可是親眼見過仇正卿跟毛慧珠的約會。如果那叫約會的話，真的很另類。一本正經地聊工作，天啊，那絕對不是談戀愛！

真糟糕，她又覺得求你正經點好可憐了。

仇正卿不覺得自己可憐，但他覺得煩躁，因為又一個星期過去了。沒有尹婷的消息，她沒有更新微博，也沒有發過任何消息給他，而他不好意思打電話給她，因為剛發生那樣的事，他那些藉口似乎都不合適拿來用。沒有話題，打電話會很奇怪，他也拉不下臉去問秦雨飛尹婷最近如何了。

於是，他每天都很煩躁。

十一月十五日，週六，仇正卿在家裡發呆，不想工作，不想出門。他忽然想起那天他給自己訂下的期限，是說如果十一月十五日之前如果沒有跟尹婷再相遇，他就放棄追尹婷。

幸好啊幸好，他第二天就在車裡撿到尹婷的電話，不然看看現在，真的是到了十一月十五日都沒能跟尹婷見上面。別說偶遇了，主動邀約都沒約上。

幸好！但是下次見面會是什麼時候？能不能快一點呢？他有些等不及了。

週末兩天悶悶地過去了，週一忙碌得讓他沒空亂想。週二一樣忙，看不完的文件，回不完的郵件，開不完的會。

下午開會的時候，他注意到有同事看著他身後玻璃牆，露出驚喜八卦的表情，他心裡一跳，急忙回頭，卻只看到一個女同事經過，為此他狠狠瞪了那同事一眼，冷冷地提醒：「開會的時間請大家集中精神。」

會議後半段在緊張的氣氛下進行至結束，仇正卿一臉酷酷地拿著筆記型電腦回辦公室，剛走到辦公室門口，卻見一個熟悉的身影從秦雨飛的辦公室出來。

他一下子呆住，接著是驚喜。

尹婷看到他了，正要揮手呼喚，卻想起這是在人家的公司，於是吐了吐舌頭，把手收回來，背在身後，故作穩重地慢慢走過來。

很可愛！仇正卿的心像要化掉，臉上不自覺掛著笑。

幾個經過的同事趕緊低頭裝沒看見，迅速撤回各自的座位，躲在隔板後面偷看。

尹婷走到仇正卿跟前，「仇總大人。」她笑著招呼。

仇正卿定了定心神，輕咳一聲，正了正臉色，應道：「好久不見。」甚是想念！

尹婷嘻嘻笑，客氣地問他：「最近還是很忙吧？」

「還好。」他答，反問她：「妳是來找秦雨飛嗎？」當然不敢奢望她是來找他的，但是來看秦雨飛，順路跟他聊聊也很不錯。現在幾點了？能不能多聊一會兒，然後假裝時間真巧，不如一起吃個飯？

仇正卿努力克制不去看錶。

「是啊，我準備了禮物給你們，不過剛才你不在，所以我把你的那份放到雨飛那裡了。」

竊喜，居然有禮物！

「現在我在了。」他提醒她。

「哦，那我去雨飛那裡拿來給你。」尹婷轉身，跑回秦雨飛的辦公室。

仇正卿也迅速回到辦公室，囑咐祕書：「給尹小姐泡一杯茶。啊，不，倒一杯咖啡，加牛奶，快一點！」尹婷過來的時候，有咖啡留她，就可以讓她坐下聊幾句。只要坐下了，多聊幾句也是可以的。聊的越多，機會越大。

仇正卿把筆記型電腦放下，看了看錶，五點二十七分，這個時間真不理想。他沒把握能跟尹婷閒聊留她半小時，半小時的話題儲備量得多大？而他不能早退，身為管理者必須以身作則，所以這半小時該怎麼辦？

仇正卿還沒想出對策來，尹婷已經回來了。她拿著一個包裝精美的盒子，相框大小，遞給仇正卿：「我這兩天給朋友們做的，這份是你的。」

雖然不是獨一份，但她居然親手做禮物給他，仇正卿喜出望外，受寵若驚。

「謝謝。」仇正卿接過，「我拆了啊。」他說。要拆慢一點，祕書還沒拿咖啡回來。

「希望你喜歡。」尹婷抿著嘴笑。

他當然會喜歡，不管是什麼，仇正卿回她一笑。

禮物拆開了，還真是相框。相框裡面是一張照片，就是送回手機吃飯那天，仇正卿在街上轉身微笑的那張照片。照片處理過，周圍的街景行人都霧化了，獨留仇正卿滿是精英氣質的挺拔身姿。陽光明媚，他的微笑自信瀟脫，如沐春風，溫柔和煦，整張照片都是溫暖的感覺。

「照片是我自己修的，我覺得這張特別好，很符合你的氣質和感覺。」尹婷說。

仇正卿看看照片，又看看尹婷，他對她笑，點頭說：「謝謝。」

「我很喜歡。」他說：「謝謝妳，我真的很喜歡，這大概是我有生以來最帥的一張照片了。」

尹婷非常高興，「你喜歡就好。」

「那我就擺在桌上了。」仇正卿把相框擺在電腦旁邊，再看了一眼照片，心裡有甜甜的味道，這是她眼中的自己，那還不算差，自信心這一項上應該加點分。

「那……」尹婷剛開口，被仇正卿打斷了：「坐吧！」

這時候祕書終於把咖啡送來了，仇正卿暗鬆一口氣，「坐吧，」他再次說，「喝杯咖啡。」他親手接過祕書端來的咖啡，把咖啡放在沙發旁的茶几上，然後自己先坐下了。

尹婷跟著他過去，很自然地坐在他身邊。「謝謝。」她道謝，拿起咖啡喝了一口。

「妳爸爸怎麼樣了？」仇正卿問。

「他很好，我們在那邊幫忙處理一些後事就回來了。他這兩天情緒好多了，也回去上班了。」

「那就好。」仇正卿說著。下一個話題是什麼，是什麼？

「照片拍得很漂亮，妳學過嗎？」

「是啊！」尹婷被誇獎很高興，「我很喜歡拍照，所以有拜師學習。」

「我也挺喜歡的。」仇正卿決定用掉這個約會藉口，向她請教攝影的事，然後說也到下班時間了，不如一起吃個飯，他還想多請教些。吃飯的時候就訂下週末去買相機，問她有沒有時間陪他去挑相機。

可下一句話還沒說，秦雨飛就風風火火闖了進來，她手裡拿著手機，也不管仇正卿，直接問尹婷：「太好了，妳還沒走。我問妳哦，妳今晚真沒時間嗎？阿琳想約我們去唱歌。」

尹婷哇哇大叫：「啊啊啊，我想唱，能不能改明天啊，我今天真約了人了。」

仇正卿不動聲色，卻有些懊惱，今天又沒機會了。她約了人，就算沒約人，也會被秦雨飛搶走。

秦雨飛拿起手機，對電話那頭的人說：「她問能不能改明天，不行嗎？不等她啊？對，她說約了人了，約了誰？」

秦雨飛又轉向尹婷，「阿琳問妳約了誰，要亂棍打死。」

「徐言暢啊，我答應他今晚一起吃飯的。」

「徐言暢？」秦雨飛的眉頭皺起來，她再對著手機說：「行了，不管她，我們就這麼定。我先掛了，這笨蛋需要教育一下。」

秦雨飛把電話掛了，很有氣勢地雙臂抱胸，居高臨下地看著尹婷，「徐言暢？」

尹婷點頭。

「那傢伙很討人厭！」徐言暢是顧英傑的死黨，為人倒是沒什麼，說他討厭也是秦雨飛的個人感受，因為當初她與顧英傑戀愛時，徐言暢在裡面推波助瀾，還敢對她說教。秦雨飛眉頭皺很緊，徐言暢那花花公子，不會是要追尹婷吧？

尹婷嘻嘻笑，「對妳來說大多數人都是討厭的。」所以秦雨飛批評誰，她都不是太在意。

「妳別漫不經心，他交過很多女朋友，這種遊戲人間的公子哥，妳根本不是對手，他在追妳嗎？」

「不是，就是約我一起去吃個飯而已。」

「男人約女人單獨去吃飯，不是追是什麼？」秦雨飛這話刺得仇正卿心肝疼，不但一直戳著提醒他有對手，還封殺掉他將來約尹婷的路。

尹婷眨眨眼睛，「我覺得他不是追我。」

「妳神經這麼大條，能感覺對嗎？」

「他要是喜歡我，我當然會有感覺。」

「所以就是他並不喜歡妳，但是又約妳單獨出去吃飯？居心不良！」秦雨飛下結論。

「哪有這麼嚴重？我晚上去一趟就知道了。沒關係的，他人挺好的。」尹婷為徐言暢說話。

仇正卿心裡酸得厲害，結果又聽到秦雨飛說：「徐言暢那傢伙，還不如仇正卿呢！」

等一下，這麼嫌棄的口吻是什麼意思？

仇正卿一點都沒有把對手比下去的喜悅，秦雨飛的口氣儼然把兩個人一起嫌棄了。

仇正卿忍無可忍，輕咳一聲，「多謝點評，不過妳不覺得當著我的面不應該這樣討論嗎？」

「對！」秦雨飛果斷乾脆，「小婷，妳到我辦公室來，我們聊一聊妳晚上這飯局的情況。我要打電話給顧英傑，徐言暢敢對妳不老實，我要打斷他的腿！」

尹婷一邊起身一邊不在意地嘻嘻笑，「是顧英傑的腿，還是徐言暢的？」

「當然是徐言暢！」秦雨飛帶著尹婷走了，仇正卿悶悶地看著茶几上的那杯咖啡。

尹婷才喝了一口，他們這麼久才見了一面。

仇正卿回到辦公桌前，準備繼續工作。要耐心，別著急，別亂了陣腳。有對手是正常的，你想簽的合約一定是有別人覬覦的，訂單搶手就證明利潤豐厚，這種情形他遇到太多，沒什麼大不了。

仇正卿安慰完自己，打開電腦，卻對著螢幕發呆。

徐言暢啊，他知道的，天旗集團的太子爺，跟顧英傑是好朋友。

秦雨飛、顧英傑、徐言暢、沈佳琪，還有尹婷，他們都是一個圈子裡的人。雖然尹婷的家世背景沒有那幾個那麼好，但他們玩在一起，肯定也差不了多少。他從來沒問過她，找男朋友是否會對家世有要求。雖然她跟人沒距離，完全不擺架子，但是，她是那個圈子的。

仇正卿的自信心受到些微的打擊。

這時候，辦公室門口突然探進來一個腦袋，是尹婷。

她笑嘻嘻地說：「仇總大人，我要走了，來跟你說再見。」

「等等！」仇正卿下意識地叫住她。

尹婷收回去的腦袋又探過來，然後走了進來，「怎麼了？」

「真的沒問題嗎？」仇正卿情急之下找到個話題，「秦雨飛不是說那人不好？」

「沒關係，別擔心，就是一起去吃個飯，他不是壞人，雨飛說話很誇張的。」尹婷解釋。

「所以妳要跟他談戀愛？」他乾脆問了，繞來繞去實在太難受。

「沒有，現在就是朋友約吃飯而已。」

現在？那就是說以後還不知道？

「我們是沒得戀盟友，如果我找到男朋友了，一定會跟你報喜。你的紅線這麼靈，我的肯定也不會太差。」

越說越心酸了，她真是太會安慰人了！仇正卿無語。

「那我走了，這個時間容易塞車。」

「他不接妳嗎？」

「他那邊挺遠的，繞一個圈接我再繞過去不合適，我搭計程車過去很方便。」

「妳自己怎麼不開車？」他真是沒見過她開車，但她肯定不是買不起。

尹婷臉紅了，「嗯……就是，車子不太聽我的話。」

「哦。」仇正卿聽懂了。

尹婷等著他笑她笨，她每個朋友聽說她居然學不會開車都笑她，可仇正卿卻說：「那妳吃完飯，記得讓他送妳。晚上單身女孩子走夜路不太安全，搭計程車也一樣。」

尹婷心裡一暖，「好。」

「當然要是他不禮貌就不要他送了，早點走。」或者打電話給他，他願意去接她，遠也不怕。

尹婷哈哈笑，「不會了。」

會也憂心，不會也憂心，這種心情她是不會懂的。仇正卿在心裡嘆氣。

「你別擔心，我走了，有機會再見。」尹婷跟他招呼完，走了。

又是「有機會」再見。

有機會！這機會又不知道要等多久……

這天晚上，仇正卿孤單地啃完一個便當，在他那大房子裡走來走去，心神不寧。不知道尹婷的約會怎麼樣了，不知道她安全到家沒有。

他刷她的微博，她最新的消息是傍晚六點多發的。說路上超級塞，幸好她提前出門了。車子動不了也沒辦法，她跟計程車司機一起唱歌，心情還不錯，彌補了死黨丟下她自己去唱歌的遺憾。下面居然還附了視頻，視頻是在車子裡拍的，前面的路確實塞得厲害，然後歌聲是一男一女，雖然視頻非常短，但聽得出來他們唱得很起勁。

仇正卿真是服了她，這輩子讓他服氣的還真沒幾個。塞個車還能把計程車司機混成兄弟，她的腦袋瓜兒到底裝了什麼？有沒有一點安全意識？

仇正卿看了看錶，已經九點多了。又不是男女朋友，吃個飯應該不會吃到這麼晚吧？

實在放心不下，他直接打電話給她。

電話響了很久她才接，「求你正經點！」她的聲音洪亮，顯然心情很好。

他才是想求她的那一個！仇正卿捏了捏眉頭，說道：「我就是想試一下，這次妳有沒有把手機丟到哪個角落去了。」

尹婷哈哈大笑，「我才不會總丟東西，那次是意外。」

在他這出意外挺好的，在別人那就不要了。

「妳約會完了嗎？」他假裝不經意地問。

「完了。報告大人，我已經回到家了，請大人放心。」

聽起來她真的很開心啊，這約會很棒？仇正卿心裡就像吃了一整顆酸柚子那麼酸，「安全了就好。」他擠出一句，忍不住又問：「約會怎麼樣？」

「非常好！太有意思了！」

這答案讓人心碎。

「我跟你說，原來徐言暢喜歡那個咖啡店的老闆娘，他約我過去是幫他做掩護的。」

心又不碎了。

「原來如此。」

「嗯。」尹婷有人分享八卦很開心，「而且那老闆娘挺漂亮的，做的飯菜也很好吃。徐言暢想帶個女生去氣氣她，結果一直被老闆娘數落，最後是他自己被氣到。」

「所以他們兩個人打情罵俏，把妳夾在中間擋槍嗎？」

「才不是。不知道是不是打情罵俏，反正就是鬥嘴，我沒擋槍，我吃飯兼看戲。」

「嗯。」仇正卿有些同情徐言暢先生了，找尹婷去演戲相當於直白地告訴那位老闆娘我不要臉，我找個假女友來試探妳。

「對了，我忘了問你了。」尹婷忽然說：「你跟Zoe小姐怎麼樣了？」

「我們就是朋友。」

「不是考慮要交往嗎？」她記得他之前說「現在還不是女友」，那證明其實是在考慮。

仇正卿被問得有些尷尬，「我們……我覺得不是太合適。」

「不合適嗎？我跟你說哦，最重要的是喜歡，合不合適都是可以調整的。你喜歡她，相處下去，才會知道合不合適。沒交往，沒為對方調整過，哪知道能不能長久？你想啊，要是唐僧他們上路前，把所有八十一劫都研究好，排兵布陣寫方案，那西遊都不用去了。換成別人直接上路，都取回來八百回了，對吧？」

「嗯。」仇正卿只能應。

「所以別計畫太多，條件比來比去沒用的，最重要的是你真心喜歡，然後能相處下去再看嘛。所謂條件合適，永遠有比你條件更好的，那是不是這輩子都沒希望了，對吧？」

「對。」所以他的條件對她來說不怎麼樣，但如果她真心喜歡他，她就會願意跟他在一起，天使真是會鼓勵人，「妳週末有時間嗎？」受到鼓勵的正經先生決定展開行動。

「這週末嗎？」

「是啊。」

「這週末我答應陪我哥去爬山，他總是不運動，又熬夜，這樣不行。」

「哦，我也總坐辦公室裡。」仇正卿說。

「那你要不要一起來？」

等的就是這句！

「嗯……」裝矜持一下，「好啊，那一起去好了。」

「那週六或者週日，定好了時間，我打電話給你。」

「好。」

「有機會」再見，看來機會要來了！

仇正卿非常高興。仇正卿沒爬過山。

大學時學校曾經號召過團體登山活動，他稱病留在學校看書複習功課，此後再沒有機會接觸過爬山這項運動。對他來說，到健身房在跑步機上跑半個小時，要比爬山有效率得多。要有爬山的運動效果，把跑步機的坡度調整一下就可以了。

所以週末將會是他的第一次爬山，仇正卿很重視，他上網搜了搜爬山要準備的裝備。運動鞋他有了，登山杖和雙肩大背包得買，還有速乾衣褲，還要準備好水、食物，然後再備些常用藥。

第二天週三，晚上仇正卿在公司吃了便當，加了一會兒班，就直奔商場，把登山用的衣褲、手杖、背包都買了。想了想，乾脆重新買了雙登山鞋。水和食物等出發前一天再買，常用藥可以先備上。

買完這些，回到家已很晚，他也沒再辦公，直接洗澡上床睡覺。心情非常好，難得享受到購物的喜悅。以往買東西買完就算了，這次一邊買一邊高興，他想他是真的戀愛了，沒有什麼好懷疑的。

他要給這專案加分數，理由是什麼呢？他喜歡她，他每天都想念她。

是不是有些快？他不清楚。以前沒戀愛過，不知道認識幾個月後突然發現自己愛上她是不是太快太莫名其妙。只是這種感覺不可阻擋，無法控制。週末又可以見面了，他們一起去爬山，他很期待，非常期待。

週四下午快下班時，尹婷打電話給仇正卿。仇正卿正在跟兩位同事在他辦公室開會，看到來電名字，他跟那兩位同事道：「我要接個重要電話，你們先回去，我一會兒再找你們繼續談。」

兩位同事答應了，出門便議論發生了什麼事，最近公司有什麼大專案在運作嗎？也沒聽到風聲。他們回頭看，看到仇正卿鄭重其事地關了辦公室的門，看來真的是大事。

仇正卿把人支走，將門關上，再接電話時，尹婷已經掛了，他趕緊回撥過去。

「仇總大人。」尹婷沒喊他的外號，仇正卿心裡頓時有不祥的預感。

「不好意思啊，我家明天有親戚要來，週末不能去爬山了。」

果然是不好的事，仇正卿的心一下沉到谷底，很失望，非常失望。

可他不能顯露出來，只好說：「沒關係，那下回吧。」

「好的。」

「下回要是去爬山，記得叫上我。」仇正卿忍不住又囑咐了一遍。

「好的。」尹婷一口答應了。

掛了電話後，仇正卿只給自己三秒鐘調整心情，他還記得他的會議只開了一半，他給那兩位同事撥了電話，讓他們再過來。兩位同事明顯感覺到仇正卿的情緒低落，看來電話的那個專案不是太順利。

仇正卿雖然努力克制，但他也知道自己臉色不太好。這天他一直工作到很晚，反正沒別的事，只有工作能陪伴他，讓他覺得充實。

回到家裡，他躺在床上完全不想動，拖到不得不去洗澡的時候，他看到衣帽間裡新買的包包和手杖。他盯著它們看，忍不住問：「你們在開我玩笑嗎？為什麼總是這麼不順利？是想告訴我癩蛤蟆別想吃天鵝肉，哪怕是金蛤蟆？」他很生氣地拿了衣服去洗澡，洗完回來一邊擦頭髮一邊對包包和手杖說：「我都沒怕過，你們看看我哪件事退縮過？我從來不知道放棄是個什麼鬼！」

仇正卿悶著一口氣睡覺去了。

「重重波折表示我後面會有很大很大的幸福！」他想起尹婷說的話。天使說的對，不要沮喪，不要洩氣，要看到積極的一面。她是很好的老師，她早早就在教他了。

週五，仇正卿加完班去了健身房，在跑步機上跑了四十分鐘，汗流浹背，他覺得舒服多了。他一邊跑一邊聽尹婷發在微博上的歌，她與計程車司機合唱的歌。

唱得真難聽，但他覺得很勵志。

這兩天他特意不去看尹婷的微博，雖然她記錄的東西會讓人開心。有她寫的小段子，有她拍的各種照片，花草樹木街道小動物等等，但他越看就會越想她，他覺得自己不該著急，不該亂了陣腳，所以打算先冷靜幾天。

週末，仇正卿一如既往在家裡工作度過。週日上午他早早採買完東西就扎進了書房，雖然泡在書房裡，但效率奇低，後來他乾脆不開電腦，找了本商管書在看。

四點多的時候，他接到了毛慧珠的電話。

「我想起來我好像還沒有正式告訴你，我已經辦完離職手續了。」

「妳確實沒說。」他們兩個人偶爾會在網上聊幾句，但這段時間說的話很少。毛慧珠很少上線，似乎也很忙，沒想到已經辦完離職了，「接下來有什麼打算？」

「是有些想法，我打算自己創業。」毛慧珠那邊有車子的聲音，似乎是在街上。

「是嗎？」仇正卿有些意外，他以為她會休息一段時間，而且有競業條款在，她要馬上工作，相當於從事另一個行業，完全轉換跑道，很冒險的。不過換了他，他也會這麼做。

「打算做什麼？」他問。

「想開個公司，做出口貿易代理服務。我這方面還能找到些資源，國慶假期的時候去美國也跟那邊的朋友聊了聊，所以有了這想法。只是目前還不成熟，還需要再看看。」毛慧珠頓了頓，又道：「詳細的情況回頭有空我們見面聊，我還想找你幫忙。」

「當然，需要我幫忙儘管開口，我一定盡力。」

「好啊，那先謝了。」毛慧珠道：「這個不急，我需要時間好好再琢磨，看看情況。我打這電話給你，主要是想告訴你，我剛才見到尹婷了。」

仇正卿一愣，這還真是太意外了。

他求而不得，幾次約都約不上，怎麼她隨隨便便就能跟尹婷遇上呢？

「我這段時間跑了些代理公司，考察市場情況，覺得想要做起來也不容易，競爭很激烈。而且我雖然有些資源，但畢竟沒真正做過，又沒人手，什麼都沒有，我就有些沮喪，今天出來想看看辦公室出租的行情，跑了幾家仲介公司，結果都很貴。我坐在路邊長椅上發了會兒呆，聽到有人叫我，抬頭一看，是尹婷。」

真是不公平，坐在路邊就能把尹婷撿到，所以他不應該坐在書房裡，也應該出去坐長椅上。

「她還是騎著她那輛腳踏車，然後她問我想不想去兜兜風？」

「她什麼？」仇正卿得再確認一下。

毛慧珠哈哈大笑，「真的，她就跨在她的腳踏車上，問我要不要跟她一起去兜風，說天氣很好，很適合兜風。」

仇正卿扶額，他真是服了她，相當佩服，「妳一定沒有答應她。」

「我有啊，我就上車了，坐她後座上。」毛慧珠大笑。

仇正卿無語，很好，很厲害。尹婷天使總有把任何人都勾搭成朋友的本事，還能讓人陪她一起瘋。

「我長這麼大還沒有遇過男生用腳踏車載我去兜風的事，我也很想感覺一下。雖然是女生，我也將就了。」毛慧珠這話說得……仇正卿覺得她是得了便宜還賣乖。

「她就載著我騎了兩條街，體力還真好。說實話，原來兜風挺舒服的，不比坐在車子裡差。今天天氣也真的很好，不冷，涼風吹在臉上很舒服。」

「好了，好了，不用描述感受了。」仇正卿心裡又泛酸了。

毛慧珠繼續大笑，又說：「後來我們就找了家店坐下喝了點東西，她問我要去哪裡，開車還是坐車，要不要送我回剛才的地方，我們就聊了起來。我告訴她我辭職了，打算自己做點事，所以車子賣掉了。她說看到我坐在路邊很沮喪的樣子，所以才來問我要不要兜風，她又問我知不知道為什麼白開水沒有味道。」

「嗯。」他知道尹婷的答案，她在微博上說過。

「她說它沒有味道，是因為無論給它加什麼材料，它都能變成那材料的味道。它平淡無奇，卻是最全能最厲害的。她誇我很能幹，她說我的名字是智慧的珍珠，讓我要有信心。只要人有信心，肯努力，做什麼都會成功。」

仇正卿心想，也許他是尹婷朋友裡少有不被她好好誇的人吧，她還調侃他太正經。

毛慧珠又說：「她也挺有意思的，這麼悶的話她說出來還挺好玩的。」

「嗯，有些人天生很會安慰鼓勵人。」尹婷就是。

「要不是我們都是女生，我都要以為她要追我了。」毛慧珠哈哈笑。

仇正卿覺得一點都不好笑，毛慧珠是特意打電話過來炫耀的嗎？

「好了，我說完了。」毛慧珠其實還真是打電話過來炫耀的，她還有一些話沒告訴仇正卿，比如她問了尹婷最近有沒有見過仇正卿，尹婷說沒見著，本來約了週末一起去爬山，但是不巧她家裡來客人了，所以沒去成。

毛慧珠忽然很想笑，仇正卿居然會跟人約去爬山，那個覺得時間寶貴，必須用在工作上的仇正卿居然想去爬山，這麼浪費時間浪費體力沒有效率的運動。

她想她真的猜中了，所以她是故意的，他沒見到尹婷，她就偏要告訴他她見到了，不但見到了，還抱著尹婷的腰坐在尹婷的車後座上兜風。

「你嘔不嘔？」毛慧珠問。

「什麼？」仇正卿的臉頓時有些發熱，聲音平板，聽起來很鎮定。

「祝你好運，正卿。我們兩個人中，得有一個好運的，加油啊！」毛慧珠真心誠意鼓勵他。

電話掛了，仇正卿覺得有些彆扭。還加油？那她幹麼故意刺激他？他沒有好運氣，這麼久了都沒約到，想見她一面這麼難。如果他豁出去了，直接表白，會不會跟尹婷向那些男生表白一樣的下場？

對了，尹婷發過資料給他，說是她收集的戀愛祕笈，助他一臂之力。仇正卿翻郵箱，把那郵件找出來，看了幾眼就看不下去了，真無聊，他覺得這些沒用，都是風花雪月騙人的，文藝青年裝憂傷，完全不是他的調調。還有那些什麼吃喝玩樂談戀愛的地點，他約人約不上，把那些地方背下來也沒用。

紅線啊紅線，你不該靈敏的時候亂靈敏，需要你靈敏的時候怎麼就不管用了呢？

週一，陰天，陣雨。仇正卿心情不佳。

週二，大雨。仇正卿心情很糟糕，真不喜歡下雨，他想念藍天。他喜歡形狀各異的雲，他想起尹婷說她追一朵雲不小心騎車騎太遠的事，真是笨蛋啊，這麼可愛。

他站在辦公室窗邊看了外頭的雨幕很久，心裡想著尹婷。

仇正卿又有靈感了，他發了一條微博：「提問：天空為什麼會下雨？」

尹婷沒上微博，她錯過了他的沙發。

有人已經留言：「仇總，你改風格了呀！」

仇正卿回覆：「還好，偶爾換一換。」哼，板凳都不留給你！

當尹婷看到他這條微博時，已經有十二條評論，其實是只有三個人留言，但仇正卿積極回覆，硬是給拖出十二條評論來。尹婷一看，什麼都沒有了，簡直捶心肝，她留了個哭泣的表情符號給仇正卿，仇正卿回了個微笑。

評論裡，有一個同事說：天空會下雨，是因為要給予大地磨難和考驗，這樣才會生機勃勃。

那同事留完言覺得很滿意，這多麼勵志，是仇總喜歡的風格。

結果仇正卿回覆：這不是我心裡的答案。

尹婷也看到了這條，這也不是她心裡的答案。她轉發回答：是因為大地再堅強雄壯，也需要珍惜和呵護。

仇正卿回覆：這不是我心裡的答案。

尹婷問他：那是什麼？

仇正卿再回覆：暫時不想說。

尹婷瞪著這回覆，居然吊人胃口！她打電話給仇正卿，仇正卿微笑，接了。

「你心裡的答案是什麼？」

「暫時不想說。」

「比我那個答案好嗎？」

「是啊，我覺得比妳的好太多了，妳那個答案沒什麼新意。」

居然這樣說！尹婷皺皺鼻子，「我想知道。」

「我暫時還不想說。」

「那什麼時候？」

「等我想說的時候。」

尹婷哇哇叫，「我們是雞湯猜謎小分隊的隊友，你居然還保密！」

仇正卿哈哈笑，雞湯猜謎小分隊，又有新組織了嗎？祕書在門口小聲說會議時間到了。仇正卿趁機道：「我要去開會了，回頭再說吧。」然後他掛了。想像著尹婷氣鼓鼓的樣子，仇正卿忍不住笑了。

外頭還在下大雨，而他的心情好轉了。

他真的覺得他的答案非常好，非常非常好，可他現在還不能告訴她。

週四，仇正卿從下午兩點多開始打電話給尹婷，他要約她週末見面吃飯。沒錯，一週一約，他一點都不會鬆懈，一定要追到她，他要她做他的女朋友。

這週的藉口就用買相機那條。他都想好了，先用買相機引話題，後面再隨機應變。

可他打過去，手機占線。他先放一邊，先工作。過一會兒再打，還占線。他先開會，開完會再打，還占線。

這次仇正卿不高興了，又來了嗎？約會詛咒？每次想約她就會出狀況！他不服氣，過一會兒再打，依然占線，他嚴重懷疑她手機壞了。

這一下午直到下班，他打了七次電話，全都是占線。

他只是想約會而已，只是想見她一面而已，這麼難嗎？

仇正卿生氣了，他黑著臉下班，上了車不往家的方向開，卻朝著尹婷家的方向去。他真的不服氣，他發誓今天一定要見到她。他打算開車在她家附近轉悠，打電話給她，就說他在附近辦事正好離得近，要不要一起吃個飯。

走到一半的時候，他撥電話，這次還是占線。很好，真是好。他打算再撥一次，如果電話還是不通，他就打給尹實。反正無論如何，今天他要見到她。

又開了一條街，他再撥，這次依然占線。他擔心了，非常擔心，她不會出了什麼事吧？正這麼想，卻看見路邊長椅上坐著一個熟悉的身影。

是尹婷。她拿著手機，正在講電話。

仇正卿心急又心喜，差點直接踩剎車。幸好理智還在，他把車慢慢靠邊，停在尹婷前面。

尹婷沒注意到他，她還在講電話。

不會是今天他打這麼多次，全撞到她在講電話的時候吧？

仇正卿一臉黑線，他下了車，鎖上車門，走到尹婷面前。

「尹婷。」鬆了一口氣，他見到她了。

尹婷抬頭，先是驚訝，然後狂喜，「仇總大人！」

「妳在這裡做什麼？」仇正卿剛問完，就聽到一聲嬌滴滴又響亮的「喵」。

仇正卿一愣，這才注意到尹婷身邊有個寵物箱。

尹婷探頭看了看箱子裡，轉向仇正卿，「仇總大人，這位是大大，喵大大。」

喵大大？原來真的是「大大」，不是「爸爸」。

想起尹婷每次都歡呼奔跑喊「大大」，仇正卿還未與這喵正式見面，便有了情敵的感覺。

「妳養的貓？」

「算是吧。」尹婷點點頭，有些小憂傷，「牠是流浪貓。我在社區裡頭偶然見過幾隻貓餓得翻垃圾桶，我就想學別人也餵餵，讓牠們不餓肚子。結果買了貓食固定放樓下，一連好幾天都沒有貓來，只有牠來了。」

這叫放糧釣貓？仇正卿決定不予評價，不發表意見。

「然後牠就天天來，住這了。跟我很親，會蹭我的腿，會亮肚皮跟我玩，讓我抱。我回家，牠會遠遠跑到社區門口接我，我們再一起回樓下。不過我爸對小動物的毛過敏，所以我不能帶牠回家。從小到大，我們都沒有養過寵物，我想給大大找一家領養，都不成功。之前我在微博發過領養消息，來問的一大堆，但沒有一個合適的願意養牠。因為大大的尾巴是折的，有嫌牠這樣不漂亮了，還有嫌牠不吉利。有一個來領養的大叔是想讓牠回去幫倉庫捉老鼠，我問大叔打算怎麼餵，大叔說讓牠捉老鼠怎麼還要餵，肚子餓了才會積極捉老鼠，我就沒給大叔，他還罵我呢。後來有一家領養了，家裡也養過貓的，我覺得挺合適，就把大大送過去，結果第二天那家發微博炫耀又養了一隻貓，我看到下面有人罵，說她家總這樣，上一隻貓的教訓難道忘了嗎？家裡沒裝紗窗護欄，貓都摔死了，不改善還想養。我就很怕，聯絡了留言的那個人。那人說她之前也是送了一隻貓給那家，那家保證裝紗窗護欄好好對貓，結果一直不裝，餵的也是超便宜的毒糧，後來貓還不小心從窗戶摔下去摔死了，現在他們又養了一隻。我聽了這個當然不放心，就去把大大搶回來。那家就罵我，說一隻小土貓還是折尾的有什麼了不起的。」

仇正卿真想摸摸尹婷的頭安慰她，一個沒忍住，真摸了。趕緊把手伸回來，怕尹婷不高興。幸好沒心沒肺大神還在緊緊擁抱著尹婷，尹婷抬頭對仇正卿笑笑，謝謝他的安慰。

仇正卿這才發現自己想多了，這女生心裡大概沒什麼男女授受不親的觀念。想到這，他又有些酸，不會跟別的男生親近些她也無所謂吧？他坐到尹婷身邊，聽她繼續說。

「我微博上的人挺多的，發來私信和留言問的人也多。我一開始很高興，覺得讓大大有個家肯定沒問題，結果經過那兩次，我也有些受打擊，就小心很多。我跟處理領養的那些貓咪救護者請教過，要謹慎挑人。後來有一家要領養，各方面條件都不錯，我很高興，可是過兩天他們就退回來給我，說喵大大跟她家的貓不和。還有一個也是，不到一天就退回來，說她男朋友不喜歡，跟她吵架了。總之，就是……一直不順利。後來我乾脆把那條微博刪掉了，網上的都不可靠，我改在朋友圈子裡找人養，還有想通過寵物醫院幫忙，但他們手上還有別的貓咪狗狗待領養，大大只能等著。我就在樓下餵牠，牠天天吃飽了就在社區玩，過得也不錯，我覺得也挺好的。慢慢等，應該會等到的，可現在等不了啦。」

「怎麼了？」

「我們社區有人投訴，說餵食流浪貓影響環境，又說萬一貓咪傷人的話誰負責？還有一家說他家兒媳婦懷孕了，貓會導致流產，讓保全必須把大大處理掉。我有跟他們解釋，但是他們不聽。我說再給我一些時間，我在給牠找領養呢。但今天那家懷孕的一大早拿了掃把打大大，又上保全那裡鬧，保全就讓清潔人員把大大的碗收掉，跟我說如果再看到大大，必須趕走牠。我上午拿著箱子一直等，滿社區找了很久，終於找到大大，把牠救出來了。」

尹婷說著說著有些傷心，仇正卿很努力克制才沒有伸手攬她的肩安慰她。趁人之危不可取，他不能趁機占她便宜。

「我帶大大來寵物醫院做檢查。」她指了指前面不遠的一家寵物醫院招牌，「大大沒事，就是受了驚嚇。醫生說牠被打跑了居然還讓我找回來，真不容易。我就覺得，我跟大大挺有緣的。我放貓食在那裡，之前遇到的流浪貓都沒來吃，卻把牠招來了。牠認得我，會跟我親近，又很乖，不傷人，還會到社區門口接我。我知道牠想有個家，可是我不好，我給不了牠。」尹婷說到這裡，眼睛濕了。

「牠知道妳對牠好，妳盡力了。」仇正卿安慰她，很想抱抱她。

「我還得給牠找領養，冬天了，她在外頭受凍我也心疼，可保全趕牠，我只能把牠帶出來了。原本想著在那醫院先寄養幾天，等我找到合適的地方再轉移，可醫院裡寄養著一隻很凶的狗，一直在叫。大大被關在牠旁邊，大大一直在抖，都僵了。今天我就一直打電話給朋友們，看有誰能收留大大一段時間。」

原來如此，可他打了七次電話都遇到她占線，也太巧了。他就跟這隻喵大大一樣，想約個會跟想找個領養人一樣難。

「找到了嗎？」仇正卿問。他走運，找到尹婷了，這喵大大應該也會走運吧？

「沒有。」尹婷很沮喪，「有些朋友去外地了，有些朋友家裡不方便。雨飛怕貓，她又跟父母一起住。原本顧英傑那裡挺合適，他也喜歡貓，但他說他經常帶雨飛回家，所以也不方便。他侄子家倒是養貓的，但那貓容不下別的貓，也不行。還有徐言暢，那傢伙也是自己住，不怕貓，不過敏，但他說正在努力泡妞，有隻貓把家裡抓得亂糟糟，萬一女朋友到手了，帶回家看到他家這樣會被扣分數。」尹婷扁扁嘴，「好想找老闆娘告狀啊，要不，去問問她介不介意男朋友家裡有隻貓？」

仇正卿失笑，那老闆娘會傻眼，徐言暢會抓狂吧？

尹婷問仇正卿：「仇總大人，你有朋友可以收留大大嗎？不能長期養也沒關係，我會繼續幫牠找家的。只是先寄養一段，我可以付錢的，所有的貓食和貓用品我全包了，我再付寄養費。」尹婷一臉期待，她已經拜託了好些朋友，但還沒人給她消息。

仇正卿搖頭，他還真不知道誰可以領養，他平常跟同事們都不聊私事，「讓我想一想。」

尹婷眨巴著眼睛看著他，搖頭的意思是說沒有？那想一想，想什麼？

「貓咪有自己的廁所，不會弄髒地方的，就是每天幫牠清理一下貓砂就好。我會給牠準備貓抓板，讓牠儘量不要抓家具，要是抓壞了，我負責賠，買新的，行嗎？」

仇正卿沒說話，尹婷等了幾秒，忍不住問：「想到人選了嗎？」

「沒想到。我是在想，我家裡倒是有空房間，可是我在家的時間少，還有，如果妳一直找不到領養人，我能不能堅持住一直收留牠。妳知道的，進了門就不好往外送了。」仇正卿說。做任何事之前，把利弊和各種情況考慮清楚，確認後果，是他的處事原則。

眼下是個大好機會，如果喵大大去了他那裡，尹婷肯定會去看牠，他與尹婷之間就有了交集，是個接近她追求她的好機會。但是如果他最後沒追上，尹婷喜歡別人，然後喵大大又一直沒有找到領養人，那他就得捫心自問，他是否能堅持一直養著牠。始終是條小生命，他也得負責。

尹婷頓時激動起來，「我、我保證一定會把牠安排好。不在家沒關係，早上放好貓食，晚上回來再放一次，牠餓不著就行。不然，還有定時餵食器，我買一個回來。貓也不用散步，牠可以自己待著，有個容身之處就好了。」

「我從來沒有養過寵物。」仇正卿坦言。

「我也是，我也是！」尹婷努力勸說：「可是養貓很容易的，我是遇到大大後才上網研究怎麼養貓的，不難。所有的東西我都包了，你就給牠一個住的地方就好。真的真的，我會努力找領養人，說不定很快就能幫牠找到家了，到時候就可以不麻煩仇總！」

「那好吧。」仇正卿答應了。一隻貓而已，還跟他頗像，都很倒楣，就讓他給牠一點幸運好了。

「太好了！」尹婷濕了眼眶，激動得抱住仇正卿，「求你正經點，你真是太好了，我替大大謝謝你！」

「嗯，不客氣。」他趁機回抱一下不過分吧？可他剛想伸手，尹婷就放開他了。她牽過他的手，把他拉到寵物箱前面，「來，讓喵大大認識你一下。」

仇正卿蹲在箱子前，對上了箱子裡那隻小貓的眼睛。

就是一隻普通深棕虎斑紋的狸花貓，大大的眼睛，清晰的花紋。牠防備地往後縮，看著仇正卿。

「嗨！」仇正卿跟牠打招呼，把手指從箱門格子裡伸了進去，逗一逗牠。

喵大大看了看他，迅速出手，用小爪打了他的手指一下，又往後縮。

「牠喜歡你。」尹婷宣告。

「是嗎？」仇正卿不相信，牠剛才明明打他了。

「牠沒有出爪，就是用小肉墊拍你一下，牠不想傷害你。」尹婷幫著喵大大說好話，「牠今天受了很多驚嚇，可牠不傷人。你看，牠很乖吧？」

仇正卿失笑，「放心，我答應帶牠回去就是答應了，不會反悔的。」

尹婷鬆了一口氣，又說：「你對牠眨眨眼睛，這在貓那裡表示親吻，牠會懂的。」

仇正卿不覺得這貓會懂，但他還是眨了眨眼睛。喵大大沒什麼反應，仍是盯著他看。仇正卿轉向尹婷，她靠他很近，繼續為喵大大說好話：「牠懂的，牠知道你收留牠。」

仇正卿笑了笑，她緊張的樣子挺可愛的。他對她眨了眨眼睛，她也眨了兩下，他笑意更深。

「我們現在走嗎？還要準備什麼？」他問她。

「啊，對！」尹婷跳起來，「我們去寵物醫院買些東西給大大。對了，你要去哪裡？要辦事嗎？現在去你家方便嗎？」

「就是……嗯，偶然路過這裡。不辦事，現在方便。」仇正卿當然不好意思說自己今天受刺激了，所以特意要殺到她家附近堵她。

「太好了！」尹婷很高興，她拎起箱子往寵物醫院的方向走。

仇正卿把箱子接過去，「我來拿吧。」拎了拎，「小傢伙不輕啊！」

尹婷甜甜笑著，很為喵大大有了棲身之處高興，「牠每天吃飽飽，長得壯實。」

到了寵物醫院，那裡的人認得尹婷，很關心那隻貓的情況，尹婷很高興地說：「找到朋友可以接收大大了，我們來買些東西。」

仇正卿站在一邊，看到她眉開眼笑的樣子，很慶幸自己今天跑出來找她。

「算你走運。」他隔著箱子門跟喵大大說。喵大大到了醫院非常緊張，在箱子角落縮成一團。醫院裡那隻凶巴巴的狗一直在叫，仇正卿忍不住瞪了牠好幾眼。

尹婷在寵物用品區買了貓廁所、一大袋貓砂、兩個碗、逗貓棒，再買了五個罐頭。仇正卿一看東西不少，就先去把車子開到門口。之後搬東西搬貓，兩人上了車。接著又去了一趟尹婷家，仇正卿坐在車上等，尹婷跑回去拿貓食、毯子等之前給貓買好的東西，這才一起回了仇正卿家裡。

一番折騰後，兩人一貓進了仇正卿的家。

「你家很大啊，不錯不錯！」尹婷進了來，轉一圈。

仇正卿領著她帶著貓走進一個房間，「牠就在這住，行嗎？」

「行，行！」尹婷一點都不敢挑，雖然她覺得如果喵大大能有更大的空間自由活動更好，但現在人家肯給房間，已經是非常非常好了。她很知足，很感激。

這房間是空的，一點家具都沒有。尹婷把房間門關上，將寵物箱的門打開。喵大大沒有馬上出來，牠還在箱子裡小心觀察。尹婷沒強迫牠，只是把牠的碗放好在牆角，倒好貓食裝好水，開始安裝廁所。仇正卿過來幫忙，尹婷偷偷看他。

仇正卿似知道她在想什麼，說道：「當初我跟我媽說過，要買個大房子的，不過現在只有我一個人住。有兩個房間沒用，所以乾脆也沒買家具。」

尹婷點點頭，覺得仇正卿有點孤單，有點可憐，「你寂寞的時候，可以跟大大玩。」

仇正卿笑了笑，那他寧可找她說話，「妳餓嗎？吃過飯了嗎？」

尹婷搖頭，又點頭，「很餓，我中午也沒吃。」

仇正卿皺眉頭，叫外賣要等很久，「泡麵可以嗎？」他家能當主食的只有泡麵。

尹婷點頭，仇正卿站起來，「那我去煮，一會兒好了叫妳。」

仇正卿出去後，尹婷繼續安裝廁所。

喵大大終於慢騰騰從箱子裡出來，在周圍走了一圈，然後挨近尹婷。

尹婷摸摸牠，柔聲道：「大大，你有房子住了，不用受凍了，不會被人打了。仇總大人很好，對不對？他雖然有一點嚴肅，但他是好人，是個非常溫暖的人，你要對他好一點喔！」

喵大大防備又小心地看著周圍，尹婷把牠的毯子拿出來，放在一邊，「這裡是你的窩了。別害怕，大大，我不會丟下你不管的。」

仇正卿在廚房裡煮泡麵，他不怎麼會做飯，家裡也很少開伙，平常只有冷凍水餃、泡麵這些速食品。水餃他昨晚吃完了，有些後悔，早知道就留到今天給尹婷吃，水餃比泡麵好。

水開了，蒸氣撲上來，打得臉暖暖的，仇正卿的心也有點暖暖的。尹婷就在他家，而他在幫她做飯。這種感覺真的很好，今天是他的幸運日。

冷凍肉丸子煮好，把麵放進去，又打了雞蛋，放了蔥花，放好調味料，轉身剛想叫尹婷，卻見她就坐在餐桌前對著他笑，還舉了雙手道：「報告，我洗好手了。」

真可愛！仇正卿被她笑得臉有些發熱，趕緊道：「麵好了。」

拿了兩個大碗出來裝麵，她一碗，他一碗。看到她眉開眼笑的樣子，他心裡暖洋洋的。真開心，想不到第一次與她兩個人約會吃飯，竟然是在他家的廚房。

「咦，怎麼你這碗沒有肉？」尹婷發現了，把自己碗裡的丸子夾一些給他。

仇正卿臉通紅，他只是想讓她吃好一點，多吃一點，可惜冰箱裡沒好東西。

「啊，你竟然臉紅！」尹婷又發現了。

仇正卿被她說得臉更紅，只好努力板起臉。

「板著臉，臉也是紅的。」尹婷毫不留情地戳穿他。

仇正卿忍不住了，「白蘿蔔小姐，請給男士留些面子好嗎？」

尹婷抿著嘴偷笑，仇正卿不理她，低頭吃麵。先把她夾給他的肉丸子塞進嘴裡，真好吃。吃了這麼多年肉丸子，從來不知道它這麼好吃。

尹婷更想笑了，他對人好，原來還會害羞啊！想了想，他真是一直對她挺好的，雖然太嚴肅正經，但他真的對人很好。他把肉丸子偷偷全給了她呢，尹婷忽然也臉紅起來。

看了仇正卿一眼，他就差把頭塞進大碗公裡去了。還挺可愛的，這麼嚴肅的人居然會害羞。

麵才吃了一半，就聽到喵大大在房裡叫。尹婷放下碗跑了過去，仇正卿也跟過去看。那貓沒什麼事，尹婷摸著牠腦袋安撫，牠就不叫了。

「牠大概會有點害怕。」尹婷說。依她對貓的稀少經驗，她覺得是這樣。

「那讓牠自己習慣一下吧。」仇正卿認為小動物和小孩子一樣，不能亂寵。

尹婷想了想，點點頭。

兩個人出去繼續吃麵，吃了沒幾口，又聽到喵大大叫了。這次尹婷狠了狠心沒去看牠，決心讓喵大大自己趕快適應，可是喵大大一直叫，叫到他們吃完了麵還沒有停。

尹婷很不好意思，「真是對不起，對不起，牠就是有些害怕，等習慣了就不叫了。」她匆匆跑回房間看貓。喵大大見到她進來，端正坐著，仰著小臉蛋看她。

「大大。」尹婷蹲下來跟牠商量：「不要叫了好不好？你乖乖的，在這裡好吃好住，我會買玩具給你的。」

喵大大在空房間走了一圈，在牆角又坐下了，「喵喵」地又叫起來。

尹婷趕緊過去給牠摸腦袋撓下巴，哄牠：「不要叫哦，吵到別人就不好了。求你正經點是好人，他好心收留你，你不可以太打擾他，知道嗎？你很幸運，你遇到他了。你要謝謝人家，不可以吵喔。」

喵大大微瞇起眼睛，對摸腦袋和撓下巴的服務顯然很滿意。牠不叫了，原地躺了下來。尹婷繼續摸，喵大大開始打起呼嚕來，這表示牠現在很享受。尹婷鬆了一口氣，又安撫了牠好一會兒，停下來，看牠不叫了，這才出去。

到了外面，看到仇正卿正在洗碗，尹婷再次道歉：「真不好意思，牠一開始不習慣。」

「沒關係。」仇正卿擠上洗潔精，捲好的袖子卻掉了下來。他抬起手臂用臉蹭了蹭袖子，沒蹭上來。尹婷很自然地過去，幫他把袖子仔細捲了起來。她一邊捲一邊說：「要是牠吵到你了，還請見諒。我想牠適應了就會好的，我會儘快幫牠找領養人的。」

「嗯。」仇正卿其實沒太聽清楚她在說什麼，他只注意到她離他很近。他低頭看著她，能看到她光潔的額頭。只要低下頭，就能親到。

有點衝動，但他克制。

她的手指觸碰到他的手臂，一種感覺像電流一樣，從她指尖觸碰到的地方擊向他的心臟。

只是捲袖子這樣的小動作，很多年沒人幫他做過了。很多年，他一個人求學，一個人工作，一個人吃飯，一個人住。工作是他的夥伴，他唯一的樂趣。

現在，不一樣了。

她幫他捲袖子，嘮嘮叨叨地跟他說話，他努力克制自己的衝動。

她捲好了，抬起頭，對上他的眼睛。

有一瞬間的魔力，她怔了怔。他深邃的眼神和專注的表情，讓她的心跳猛地亂了半拍。她後退一步，對他笑，「好了。讓你煮麵給我吃，還要麻煩你洗碗，真不好意思。」

他對她退開的距離感到有些失落，他微笑，笑容溫柔得晃了她的眼睛，「沒關係，不用客氣。」他的聲音低沉有磁性，尹婷又有些臉紅了。

仇正卿忙著掩飾自己的心情，沒注意到她的害羞，轉頭繼續去洗碗，而尹婷暗怪自己胡思亂想，男人有點姿色會讓女人心跳加快這種事正常，只是她之前都沒注意到，原來他還有挺有成熟男人的性感啊。

尹婷偷偷看了仇正卿幾眼，這麼好的男人居然這年紀了都沒找到女朋友，真是可惜。現代新女性不是都挺勇猛的嗎？怎麼就把這樣的好肉放過了？

仇正卿覺得自己的肩膀和側臉有點癢，直覺好像有視線一直在盯著他看，弄得他洗個碗還要擺姿勢，真是辛苦。過了一會兒，他沒忍住，轉頭確認她是不是在看他，結果尹婷的手機響了，她跑去翻包包接電話。

「啊，你找到一家很可靠的家庭寄養？」尹婷叫著，她看向仇正卿。

仇正卿對她搖頭，用口形對她說：「不要。」

尹婷心裡一喜，其實她私心也是願意把喵大大放在仇正卿這裡。在她看來，再可靠的寄養都不如仇正卿。當然這只是直覺，如果用理智去分析，仇正卿沒有養貓經驗，工作太忙不在家，還把喵大大關在房間，各項條件都不怎麼樣，但尹婷就是信任他。喵大大找領養波折重重，讓她有些沮喪。若讓她選，她選仇正卿。

現在有別的退路，而仇正卿表態喵大大還可以繼續留下，尹婷當然高興。她對朋友說：「我也找到寄養的地方了，暫時先不用換地方，謝謝你了。」兩邊又聊了幾句，扯了扯別的。

仇正卿聽那電話的意思，喵大大是會留下來，他鬆了一口氣。幸好啊，他搶先一步，不然就要錯過這機會了。在他做好了心理準備後，他可不想臨到頭失了這個喵「人質」。

尹婷聊著電話，又聽到喵大大在叫了。她趕緊掛了電話，去房間看喵大大。

喵大大還是那樣，自己待著不行，尹婷進來給牠摸腦袋撓下巴牠就不叫了。尹婷沒辦法，跟牠說話哄牠，牠在尹婷手底下乖乖躺下了。仇正卿進房間，看到的就是這一幕：甜美可愛的女孩撫摸著一隻小胖貓，溫柔地跟牠說話。

他看著，完全不想移開目光。

這個房間他從來不進來，因為是空的，沒什麼好進的。他的房子很大，但是孤寂冷清，現在忽然感覺都變了。他覺得自己也變了，從前想要有效率有成就的生活，而現在，他想要有尹婷的生活。

「你要不要摸摸牠？」尹婷坐在木地板上，仰頭對他笑。

「好啊。」仇正卿走過去，坐在她身邊。

喵大大迅速站了起來，退後幾步，警戒地看著仇正卿。

仇正卿的手停在半空，有些尷尬。尹婷看到他的表情，抿著嘴笑。仇正卿嘆氣，「好吧。」他對尹婷說：「我試試妳那招。」他對著喵大大眨眼睛，眨了好幾下。

喵大大完全沒反應，還是小心地盯著他。

「慢一點。」尹婷指導他，「也許要溫柔一點眨，可能那樣大大才覺得你在親牠。就跟人一樣，粗魯凶狠地按地上啃跟溫柔地抱過來親一親完全不同感覺，對吧？」

這比喻……仇正卿不知道貓界是怎麼樣的喜好，他只知道尹婷說的什麼按地上粗魯地……和溫柔地抱過來他都願意，當然他不會凶狠……咳咳，不小心想得有點遠有點邪惡，趕緊打住。

「你看，像我這樣。」尹婷還要做示範。仇正卿不好意思看她，他找了個理由起身，「我還是實施B計畫吧。」

他出去，拿了個罐頭進來。

「啪」的一聲，當著喵大大的面打開了。

喵大大聞到了味道，注意力頓時轉到罐頭上。「想吃嗎？」仇正卿溫柔地問，把罐頭放在自己手邊。喵大大盯著罐頭看，慢慢走了過來。牠一開始只是聞，仇正卿沒動，然後牠放心下來，吃起了罐頭。等牠吃了幾口，尹婷摸了摸牠的背，仇正卿也摸牠的背，喵大大沒有抗拒，繼續埋頭苦吃。

尹婷對仇正卿笑，「看來食物比示愛管用。」

仇正卿也笑了，她說的話真有意思，她說什麼他都覺得有意思。他繼續摸著喵大大，尹婷也在摸，兩個人的手時不時觸碰一下。尹婷沒在意，開始嘮叨：「今天大大受了驚嚇，沒敢讓醫院幫牠洗澡。我買了乾洗劑幫牠打理了一下，身體都檢查好了，指甲也剪了，牠的疫苗前幾天剛打過第二針，一個月後打完第三針就好了。牠身上沒病沒蟲子，你放心吧。大大可愛乾淨了，每天把自己舔得乾乾淨淨的，牠不髒的。」

「嗯。」仇正卿應，他沒有嫌棄這隻貓的意思，他不是正在摸牠嗎？

「要是你想親近牠，牠不願意，你就別強迫牠。別著急，慢慢來。牠害怕了會反抗的，不小心傷了你就不好了。」

「嗯。」他懂，就跟追女生一樣，他慢慢來，有各種計畫。

「我會買玩具給牠，買爬架和定時餵食器，讓牠不打擾你，我會常來看牠的。」

「嗯。」最後這一句最重要，他很高興。

這時候喵大大吃完了，走到一邊開始舔小爪。尹婷和仇正卿都看著牠，然後相視一笑。

「謝謝你。」尹婷說。

「別客氣。」今天真的是他的幸運日。

兩個人之後就一直坐在房間木地板上陪著喵大大，喵大大吃飽了，到處走一走坐一坐躺一躺，沒有再叫。尹婷很高興，覺得應該沒什麼問題了。一看時間有點晚，她說她先回去。

仇正卿要送她，尹婷忙道：「不用不用，今天已經很麻煩你了，我搭計程車就好。」

仇正卿很嚴肅地看著她，「這麼晚了，我不可能讓妳自己去搭計程車，不安全。」

「那好吧。」尹婷道謝。

仇正卿讓她等等，他去穿外套。尹婷看著他消失的背影，悄聲對喵大大說：「他真的是個很好很好的人，對吧？」喵大大沒回話，牠在尹婷身邊躺下翻著肚皮，呼嚕呼嚕地撒嬌。

仇正卿把尹婷送回去，照例送到社區門口。

尹婷下了車，隔著車窗對他大聲道：「謝謝你，晚安！」

「晚安。」他應。她沒說「有機會再見」，他忍不住笑，他相信他們明天就能見面。

第六章

原來我已經悄悄愛上你

尹婷步履輕盈地走了，仇正卿看著她的背影，很捨不得，離明天還有很久呢。他嘆氣，等她進了社區再也看不見，又坐了一會兒，才發動車子回家。

一進家門就聽到喵大大在房間裡叫，仇正卿大聲道：「好了，好了，我回來了！」

喵大大仍在叫，仇正卿開了房間門進去，喵大大端正坐著，仰著小臉看他。仇正卿關好門，蹲下來，對牠說：「我送她回去了，你也想她了是嗎？」

喵大大沒說話，只眨了眨眼睛，那小模樣讓仇正卿笑了，他伸手給牠，問牠：「讓摸嗎？」結果喵大大看了看他的手，走過來，用腦袋在他的掌心蹭了蹭。

仇正卿喜出望外，大笑，「你在撒嬌嗎？」

喵大大又挨過來，用腦袋蹭他的腿。

仇正卿撫摸牠，「你喜歡我嗎？」喵大大再蹭一下。仇正卿又笑，「那你說她喜歡我嗎？」

喵大大當然不會回答。仇正卿打電話給尹婷，尹婷很快接了：「是大大出了什麼事嗎？」

仇正卿笑，「牠剛才用腦袋蹭我的手掌心，超級撒嬌的那種。」

尹婷尖叫：「好羨慕！我也想要！」

仇正卿哈哈笑，告訴她這不是重點，重點是後面那一句：「妳早點休息吧，我們明天見。」

「好。」尹婷絲毫沒覺得哪裡不對，還囑咐他：「你明天別餵牠罐頭啊，只給貓食，罐頭留給我來餵，我要實施計畫B。」

仇正卿哈哈大笑，「好。」掛了電話後，看到地上剩下的罐頭還有一點沒吃，他沒收了，「小婷說不讓你吃了。」喵大大現在吃飽了也不著急罐頭，只圍在他腳邊轉。

「她明天還會來，你開不開心？」仇正卿問喵大大，喵大大沒回答，卻抱住了仇正卿的腿，直立起來伸著小爪子試圖勾他的衣服下襬拍著玩。牠的眼睛又大又圓，很有精神，讓仇正卿又想起了尹婷。

仇正卿把喵大大一把撈了起來抱在懷裡。喵大大沒掙扎，只是好奇地看著他。

「你真幸運，遇到她了。」仇正卿跟喵大大說：「我也是。我遇到她了，真幸運。」

另一邊，尹婷在臥室床上打滾，好開心，太興奮了，今天是她的幸運日。從一大早起來發現大大被打跑了一直到找到大大，不停打電話求助，到最後找到大大的落腳地，她覺得這一天真是太曲折充實了。

「所以說嘛，有波折就表示後面會有很大的幸福。」尹婷抱著枕頭，想到仇正卿，她的心被溫暖漲得滿滿的，他真的太好太好了。

仇正卿把房間門關好，收拾收拾，洗澡睡覺。

時不時聽到喵大大在房間裡叫，他去看了幾次，牠沒什麼事，就是叫喚。他沒在意，去睡了。

關上燈，四周靜寂無聲。

「喵……」

仇正卿撇撇眉頭，好了，知道了，知道你在。

「喵……」

仇正卿翻個身。快睡吧，都關燈了。房間裡有水有貓食有廁所，什麼都不缺。

「喵……」

仇正卿假裝聽不見。

「喵……」

喵大大非常執著，一直叫個不停。

仇正卿坐起來，難道廁所沒弄好？牠想上廁所嗎？他開了燈，去喵大大的房間，用鏟子翻了翻，有一泡尿，貓砂居然把尿結成團了，他這不養寵物的第一次見識。他找來垃圾桶把那團尿鏟出來，期間喵大大蹲在旁邊認真監督，還跑廁所裡搗亂。

弄好了，仇正卿幫牠把廁所砂子鋪平。喵大大跑進去坐在砂上，霸占地盤。

「好了，廁所乾淨了，沒人搶你的廁所，好好睡覺，知道嗎？」他訓完話，又檢查一遍，貓食還有，水還有，什麼都不缺，很好，他拿了垃圾桶走了出去。

洗乾淨手，上床繼續睡覺。

「喵……」

剛躺下沒幾分鐘，又聽到喵大大在呼喚了。

仇正卿這次真的打算不理牠了，叫一叫就好了，睡覺。

「喵……」

寂靜的夜裡，那叫聲分外清晰，一聲接著一聲，好半天都沒有要停下來的跡象。

仇正卿嘆氣，再爬起來，走到那房間裡。

喵大大看到他來了，端正坐著，睜著無辜的大眼睛看他。

「你想要什麼？」仇正卿問牠。喵大大不回話，過了一會兒，又開始喵喵叫。

「好了，不要叫，大半夜的，會吵到鄰居。」仇正卿用手摸牠腦袋，然後喵大大不叫了。

「你害怕嗎？」仇正卿問牠：「這裡是你的家了，沒人打人，沒人餓著你，就是會有點寂寞。」

喵大大走近他，躺下打了個滾。

「好了，不許再叫了，知道嗎？」他揉牠腦袋，摸牠的背和肚子。牠呼嚕呼嚕，挺大聲。

仇正卿陪牠待了一會兒，再回臥室。這次還沒躺上床，就又聽到喵大大叫喚。

仇正卿火大地踏進房間，瞪著那隻貓。喵大大見他來了，又端正坐好，圓滾滾的大眼睛無辜地看著他。這又不叫了？仇正卿被牠看得心又軟了，「非得有人陪才行嗎？」他問牠。

喵大大呼嚕呼嚕，在原地踏起小步子。

「行了，行了！」仇正卿坐在地板上看著牠，「我再陪你一會兒。晚上不要叫，會吵到鄰居，沒公德心，知道嗎？」

喵大大不知道公德心，但牠確實不叫了。仇正卿坐了一會兒，覺得冷，打算回去穿件衣服。剛出去關上房間門，喵大大又開始叫。仇正卿沒好氣，乾脆抱了被子回到房間，把自己裹起來。他沒養過貓，意識裡覺得不能讓小動物上床，所以不打算把喵大大抱回臥室陪牠，只好委屈自己窩到這房間來。

「只陪你這一晚，看在你初來乍到有可能不適應的分上，知道嗎？」他告訴喵大大：「還有你太吵了，吵到鄰居被投訴你也不願意，對不對？」

喵大大的回應是打了一個大大的哈欠。

「快睡吧，一會兒你睡著我再走。」仇正卿打著如意算盤。

可是，喵大大竟然不睡，牠走來走去，不是坐著，就是躺著，要不就是舔毛，眼睛一直睜著。

仇正卿無語了，他最後睏得裹著被子倒在木地板上睡著了。

早上仇正卿睡過來是被一陣刨沙的聲音吵醒的。他睜開眼，對上喵大大的雙眼，牠警戒地看著他。此時牠站在廁所裡，翹著屁股正拉屎。仇正卿知道牠在拉屎是因為他聞到臭味了。昨天因為擔心喵大大不習慣廁所，所以尹婷沒有裝廁所門，還告訴他，過兩天等喵大大習慣這個廁所了再裝。

現在可好，沒有廁所門，他被迫觀看了一場拉屎秀。仇正卿坐起來，徹底清醒了。喵大大很快拉完，轉身看了看自己的傑作，用小爪刨啊刨，用砂把屎埋上，然後走出來，看著仇正卿。

「好了，不必跟我握手道早安了。」仇正卿起來鬆了鬆筋骨，睡地板睡得全身痠疼。

喵大大朝他走了兩步，又回頭看了廁所一眼，發現竟然有一角屎沒埋上，趕緊回去認真埋好，才再出來。仇正卿哈哈大笑，決定要記下來，告訴尹婷，讓她也笑一笑。

出去刷牙的時候他想，連喵弄個屎他都想跟尹婷說嗎？這是個好話題？

仇正卿洗漱好，刮好鬍子，穿好衣服，準備上班。進入貓的房間，這麼久的時間都沒聽到貓叫，這傢伙昨晚是故意整他嗎？對了，差點忘記檢查牠的情況。進入貓的房間，在牠的碗裡放滿貓食，怕不夠，又放到冒尖，水也滿滿一碗，還鏟乾淨牠的廁所。喵大大一直在旁邊監督，仇正卿都弄好了，才跟喵大大說：「好了，我走了，你自己乖乖的，晚上見。」

開了房間門，回頭再看了喵大大一眼，牠端正坐在房間中央，大大的眼睛，無辜的表情。仇正卿又想起了尹婷，「晚上見。」關好房門，鎖好大門，上班去了。

路上覺得有些睏，今天得喝三杯咖啡才能撐住了。

剛走進辦公室，就接到尹婷的電話。他不由得笑了起來，她還真早。

「求你正經點，早安！」

簡直精神得不像話，仇正卿立刻不覺得睏了。

「早安。」

「大大昨晚乖不乖？有沒有吵？」

「不吵，很乖。」謊話說得很流利，一點都沒猶豫。

「你走的時候牠怎麼樣？」

「牠很好。我把貓食加得滿滿的，水也加得滿滿的，廁所也打掃了，放心吧。」

「太好了，謝謝你！」尹婷很高興，她向他報告：「我買了好多東西給大大，有爬架有玩具，還有定時餵食器。我之前都選好了，就等著有人領養牠就買，送給領養人。現在你那地方夠大，我先買好，你總不在家，讓大大先用上，行嗎？之後如果找到合適的領養人，我再搬走。」

「行。」

「那我晚上去接你下班，行嗎？可以一起回去看大大。」

「我去接妳吧，妳沒車。」

「不用，下班時間塞車，你來接我再回家，太麻煩了，我去找你吧。」

仇正卿想想，對了，今天還有會議，可能不能按時下班，「好吧，妳過來。」第一次被女人接下班，還是自己喜歡的女人，仇正卿頓時知道幸福是什麼感覺了。

「那我明天還能去你家嗎？買的東西明天應該會送到，我留了你家的地址。」

「行。」天天來就更好了。仇正卿決定一定要對喵大大好，昨晚沒白陪牠。

「太好了。」尹婷很高興，「那下午見，你先忙。」

電話結束得有點快，不過尹婷說的對，他得先忙，早點工作完才能早點下班跟尹婷回家。仇正卿想像著那情景，心裡偷偷高興。

一整天都沒發生什麼大事。工作、工作，還是工作。仇正卿的效率很高，為了能夠六點準時下班，簡直就是在跟時間賽跑。

同事甲乙丙丁哀號：「今天的天空明明很藍啊，為什麼會變魔王？」老大的情緒一看就是很高興，但不停地催工作，催進度，催報告，完全沒法理解啊！

另一位同事也受到了驚嚇，「仇總今天路過我座位的時候，看到我家二哥的照片了。」二哥是他家的貓咪，他的最愛，他把牠的照片貼在座位旁。

「怎樣？以為二哥是你老婆？」

「不，他笑得很溫柔地說：你養的貓嗎？很可愛。」那同事學著仇正卿的語氣，眾人狂亂。

都週五了，還讓不讓人好好過了！

下午快下班的時候，公司來了位客人，同事們的八卦魂頓時燃燒起來。婷婷玉立跟他們家仇總大人的關係還真是撲朔迷離，要說是情侶嘛，不像。要說不是嘛，也不像。說在曖昧嘛，看婷婷玉立那坦然大方的樣子，說不曖昧嘛，看仇總大人時不時被魔怪附身的樣。

看！今天老大不正常，結果婷婷玉立就出現了！

「仇總。」尹婷在別人面前總是對仇正卿客氣恭敬，「我先去雨飛那裡打個招呼。」她笑盈盈的，仇正卿估算了一下手上剩餘的工作量，點了點頭。

尹婷跑去找秦雨飛，秦雨飛正埋頭企畫書中。死仇正卿又把她部門的工作進度要求提前了，成天催催催，晚幾天又有什麼關係。正火大，看到尹婷來了。

「沒空陪妳玩喔。」她說：「一會兒這個要交的。」

「沒關係，我不是來找妳的，我來找求你正經點，順路過來打個招呼。」尹婷老實交代。

秦雨飛手下一頓，慢慢抬頭，「妳又欠他錢了？」

「我把大大寄養在他那裡了，我是來接他下班，回去看大大的。」

秦雨飛受了驚嚇，「那傢伙接收了妳那隻貓？」

「是啊，當然我還是會儘快找領養人的，等有合適的人家，我再把大大送走。」

「他居然接收了妳的貓？」秦雨飛完全想像不到這種可能性。仇正卿全身上下沒有一丁點喜歡小動物的感覺。冷面工作狂啊，居然收養小貓？

「不過其實吧，我還是希望能是熟人收養大大，這樣我能常去看牠，還能買東西給牠。以後如果我有自己的家，就能養牠了。」尹婷跟秦雨飛的思維完全不在同一個平面上，她還在自說自話，

「不過呢，我也知道不現實。大大到了別人家，就是別人的貓了。以後就算我想要牠回來，對牠的主人和牠都不公平，而且依我這坎坷的愛情路，也不知哪年哪月能找到對象。到時大大早跟新主人一往情深，就不記得我了。」

她看了看秦雨飛，「對了，妳剛才說很忙，那我不打擾了，我去求你正經點那邊了，拜拜。」

秦雨飛啞然，看著尹婷歡快地跑掉了。

她依然不能相信，仇正卿居然收養了尹婷的那隻流浪貓，肯定有陰謀。

秦雨飛打內線電話給坐在外頭的祕書：「要是看到仇總下班了，就告訴我。」看了看錶，還有十五分鐘到六點。今天仇正卿忙得腳不沾地，她倒要看看他幾點走。

六點零三分，祕書撥電話進來：「秦總，仇總下班了。」

秦雨飛合上筆記型電腦，往包包裡一塞，火速往電梯方向跑。下班，她也下班。

電梯口，好些同事都在等電梯，尹婷和仇正卿站在中間。

秦雨飛不動聲色站過去，聽到仇正卿小聲問尹婷：「晚飯吃什麼？」

尹婷答：「哪樣快一點？要不，我們打包回去？」

「好啊，買速食餐還是便當？」仇正卿接著問。

秦雨飛發現周圍同事跟她一樣，全都裝作沒聽見，但紛紛豎著耳朵。

「便當好了，我知道有家自助餐很有名，我還沒吃過，正好嚐嚐。就在去你家的路上，你停會兒車我去買，這樣方便些。」

「好。」仇正卿答應得很自然。

這對話，想像空間有點大。

迫不及待地回家，要幹什麼？同事們互相交換了個眼神，而且是去仇總大人家！大週末的，大人晚上領個女人回家，家裡還沒別人，孤男寡女的……

「哼！」秦雨飛重重咳了一聲，尹婷轉頭看她。

「我說你們，說話注意一點。」秦雨飛提醒。

尹婷驚訝，一臉茫然，她說什麼了要注意。仇正卿臉上則是沒表情。

秦雨飛攬過尹婷，道：「妳放了隻貓在仇總家嘛，要去看貓，說得好像妳跟他回家過夜約會似的。妳看妳一直找不到男朋友，就是神經太大條了。」

周圍同事甲乙丙丁趕緊目光齊聚電梯門，電梯好慢啊，怎麼還沒來？

「叮！」真好，來了！

大家蜂擁擠進去，尹婷也跟著進去，這時候才反應過來：「啊！」

「想明白了吧？」秦雨飛很故意地看了仇正卿一眼，仇正卿還是沒表情。

「哦！」尹婷發出第二個感嘆詞。

「唉！」一聲長嘆，尹婷說：「雨飛啊，妳思想真邪惡！」

「哼哼！」秦雨飛不服氣，「我是不善良，所以不收留妳那隻貓嘛！」

「是啊，是啊！」尹婷道：「妳開我玩笑就算了，人家仇總這麼正直的人，好心收留我家的貓，還被妳調侃，弄得大家誤會多不好。」

到底誰誤會？秦雨飛瞅一眼仇正卿。仇正卿臉上的表情更正直了，他也正朝她這邊看，不過不是看她，是在看尹婷。

抬眼間，仇正卿與秦雨飛目光一碰。秦雨飛揚揚眉，仇正卿面無表情地別過頭去。

尹婷還在嘮叨：「妳跟顧英傑說說啊，他肯定認得喜歡貓的，讓他再幫我留意一下。」

「行！」秦雨飛很故意，大聲說：「我會催他的！」其實顧英傑都跟她說過了，尹婷的貓估計他是沒辦法幫了，因為不是品種貓，又折尾。他朋友圈裡那些人都喜歡品種貓，而且覺得折尾不吉利。

此時仇正卿表面平靜，實則內心波濤洶湧。

想跟他搶貓？那豈不是要斷他的情路？門都沒有！

他家大大吵鬧又煩人，送給別人別人怎麼受得了？他家大大可愛又討喜，連埋個屎都透著股機靈勁兒，送給別人他怎麼捨得？總之，進了他家的門，就是他的貓了。

女人也是！

到了地下停車場，尹婷歡天喜地上了仇正卿的車子，還跟秦雨飛揮手說再見：「週末愉快！」然後興高采烈被仇正卿載走了。

秦雨飛很不放心，她不確定仇正卿是什麼意思。他是一個不會浪費時間去做沒意義的事情的人，所以秦雨飛認為，仇正卿收養尹婷的貓並不是因為喜歡小動物和大發善心這麼簡單。直覺上，這明顯是男人對女人的企圖。

但這又讓人無法相信，因為仇正卿的正經分數可以打一百，嚴肅分數可以打兩百，他最煩最不喜歡的就是既不認真也不正經，還無視別人嚴肅的人。

尹婷恰好就是這種人。

她的正經分數負一百，嚴肅分數負兩百，還經常不小心把別人帶歪，讓別人跟著她一起瘋。

所以仇正卿對尹婷有企圖？這簡直是不可能的事。但沒企圖嗎？眼下發生的又是怎麼回事？

秦雨飛打電話給顧英傑：「你跟仇正卿有多熟？」

顧英傑笑，「沒有妳熟。」

「可你們都是男人。」

「所以呢？老婆，我不會對仇總有任何歪心思的，出軌也不會出到他那去，何況我還一片忠心，絕不出軌。」

「別打岔。你有機會找仇正卿聊一聊，打聽一下他現在對小婷是什麼想法。」

「小婷？妳覺得他喜歡上小婷？」

「你也覺得不可能吧？可是他收養了小婷的貓，還帶她回家，甚至在大庭廣眾之下跟她很親密地說話，實在非常可疑。」

「我沒有覺得不可能，誰喜歡上誰都是有可能的，只要他喜歡。」顧英傑道。

「繞口令嗎？」秦雨飛沒好氣，「我想像不到仇正卿喜歡女人的樣子，而且他跟小婷完全不合適。」

顧英傑哈哈大笑，「難道妳還想像過他喜歡男人的樣子嗎？男人還是女人都沒問題啊，只要他喜歡。老婆，妳想太多了，合適不合適也不是靠想像的。妳還覺得妳跟我不合適呢，現在我們不是很好嗎？喜歡了就會合適了，合適的不喜歡也沒用。」

「哼，你現在說話怎麼這麼像小婷的口吻？」

「我聞到好大一股酸味。」顧英傑道：「我還沒下班，妳去我家好不好，幫我買好飯。」

「又加班喔……」秦雨飛嘀咕地抱怨：「加班的男人最討厭了！」

「是，是，加班最討厭了！我想妳，妳快回家等著我！」

秦雨飛聽到他撒嬌的口吻，笑了，「好吧。」她打算去好一點的餐廳打包外帶。

這一邊仇正卿和尹婷也在買便當，那家自助餐店果然是有點名氣，排隊的人很多。尹婷下去排隊，仇正卿去前面的超市買點可以放冰箱的糧食儲備。等仇正卿買完開車回來，尹婷還沒出來。仇正卿下了車，站在車邊往店裡看，過了好一會兒，尹婷才提著一個大塑膠袋出來。

看到他在等，尹婷笑嘻嘻的，「人太多了，等很久了吧？」

仇正卿看到她的笑臉，心裡暖洋洋的，被秦雨飛試探刺激的那點彆扭勁兒也沒了。他能想像日後秦雨飛知道他追求尹婷會怎樣調侃揶揄他，但如果真能讓他當上尹婷的男朋友，他想這些小事他可以不介意。

他幫尹婷打開車門，尹婷一邊鑽進車裡，一邊說：「我買了蔥爆羊肉、紅燒豬蹄、肉沫燜豆角，還有一個拌涼菜、一個炒青菜。」

羊肉？仇正卿不動聲色地關好車門。

尹婷還在開心地說：「他家菜色很多呢，我很少吃這種自助餐，希望好吃。」

「嗯，這麼多人排隊，應該很不錯。」仇正卿發動車子。

羊肉就羊肉吧，她這麼開心，不能掃她的興。

兩人到了仇正卿家，一打開門就聽到喵大大在房間裡的叫聲。

尹婷一邊換鞋一邊喊：「大大，我來了！」然後立刻奔向喵房間。

仇正卿把東西放進廚房，轉到房間看他們。一人一貓已經玩開了，尹婷抱著喵大大親熱地用臉蹭牠腦袋，「你過得好不好？今天有沒有想我？」

喵大大伸長了爪子作救命狀，想從這個抱得太緊的懷抱裡掙脫出來。仇正卿看著這一貓一人直笑，心滿意足。他去檢查了喵大大的飯碗和水碗，這小傢伙居然把所有的貓食都吃光了，水也喝了不少。因為一直關著房門的緣故，不通風，也有些臭氣。一鏟廁所，好傢伙，拉得真不少，牠還每樣都埋得好好的。

「牠吃得好多。」仇正卿把門打開透氣，跟尹婷比劃了一下貓食他放了多少，「牠全吃光了，沒事吧，牠這麼小的個頭。」

「應該沒事，我看網上說貓吃飽了就不吃了。我以前給牠碗裡放貓食也是多放，有時回來看，碗裡還有剩，牠知道飽的。」尹婷把喵大大舉起來看牠，「是不是？你吃東西會節制吧？」

喵大大那表情，仇正卿覺得牠肯定不知道吃東西節制是什麼概念。

「妳抱牠出去待一會兒吧。」他說。

「可以讓喵大大出去？」尹婷一臉驚喜。

「嗯，讓牠出去透透風，這裡空氣不好，得開會兒門。我清理一下廁所，會很臭。妳帶牠出去吧，晚一點再關牠。」

「好的，好的！」尹婷一臉感激，「我一定看好牠，不讓牠破壞你的家具！」她抱起喵大大，喜孜孜地跟牠說：「走了，大大，我帶你參觀。這房子很好喔，客廳很大……」一邊說一邊出去了。

仇正卿脫了外套捲袖子，去陽臺拿了垃圾桶進來鏟貓砂。喵大大一看有人要動牠的廁所，趕緊從尹婷懷裡跳了出來，跑到廁所旁邊監督。很臭，仇正卿憋著一口氣不理牠，喵大大還拿小爪撥一下他鏟屎的手。他瞪了牠一眼，終於清理乾淨，仇正卿趕緊站起來深呼吸幾口新鮮空氣，幫貓清廁所被憋死這死因實在太丟人。

喵大大鑽進清理好的廁所進行檢查，仇正卿拿起垃圾桶轉身，卻看見尹婷在門口看著他，正在笑。

兩人四目相對，他心裡一動，不經意一回頭就看到她在身邊的感覺真是好。他開口想說點什麼，喵大大忽然從牠的廁所衝出來，跑出房間門朝他臥室的方向跑去。

「大大！」尹婷迅速追了過去，「那裡不能去！」

仇正卿一臉黑線，不是吧？他趕緊去放好垃圾桶，往臥室趕的時候，看到尹婷已經把喵大大抱了出來，又順手把他的臥室門關上，然後教訓牠：「不可以亂跑，人家好心收留你，還給你一個單獨的房間住，你不能搗亂，不然人家不要你了怎麼辦？你要乖。」

話還沒說完，喵大大忽地一下又從她懷裡跳出來，跑進了客廳。

「大大！」尹婷又追，仇正卿也跟著追，兩人一貓在客廳裡轉圈。

「妳在那邊守著，我在這邊趕牠。」仇正卿下指示。

「好。」尹婷擺開架勢，結果喵大大半路急轉彎，從沙發背上跳了過去，兩個人撲了空。尹婷急得要哭，「對不起，對不起，貓就是活潑一些，牠就是想玩，我一會兒就把牠抱回房間去！我在幫牠找領養人了，真的！」生怕仇正卿嫌棄喵大大不願收留了。

「沒事，隨牠吧，牠就是跑一跑，一會兒停下來再讓牠回去好了。」仇正卿也無奈，兩個人搞不定一隻貓，「我們先洗手吃飯吧，飯菜涼了。」

兩個人去洗手熱菜吃飯，喵大大一看沒人追了，停了下來，開始好奇地四處走一走看一看，時不時蹭一下牆角、沙發邊或櫃子邊。

「牠癢癢？」仇正卿看著牠的動作。

「不不，牠身上沒病，沒有跳蚤，這個好像是牠要留下自己的氣味，占地盤。」

「……」

占地盤？仇正卿覺得改天有必要跟喵大大談判，到處都是你的氣味也不行，這地盤是他的。

擺好碗筷，尹婷夾菜給仇正卿，第一筷子夾的就是羊肉，「嚐嚐。」

仇正卿嚐了，沒辦法，都放他碗裡了，「還行。」他真的不喜歡羊肉。對面的尹婷也在吃，然後眼睛一亮，「不錯不錯，雖然是自助餐，但很有味道。」

好吧，妳高興就好！仇正卿避開羊肉，夾別的菜。

這時候喵大大來了，牠跳上餐桌，被飯菜的香味吸引過來。

「喂，你不可以上來！」仇正卿起身趕牠，喵大大迅速逃跑。仇正卿坐下，牠又來了。這次沒跳上來，只蹲在下面看。尹婷夾了菜正準備吃，喵大大忽然跳上桌蹲到她身邊，小爪撥住她的手，鼻子湊了過來，用力聞著。

「幹什麼？這個你不能吃。」尹婷失笑，卻不捨得趕牠。喵大大抱住她的手腕，努力湊近她的碗，仇正卿瞪著牠。

尹婷趕緊把喵大大抱住，「好了，回房間了，我開罐頭給你。你不可以搗亂，不可以惹仇總大人不高興，知道嗎？」

喵大大「喵」了一聲表示不滿，但還是被抱回去了。罐頭一開，門一鎖，貓被搞定了。

「不好意思啊！」尹婷對喵大大的表現很是小心，現在才剛進門呢，千萬不要被趕出去了。

「沒關係。」仇正卿說著，正好又對上了尹婷的眼睛。尹婷傻乎乎地笑，「我一定會負責牠所有的開銷，牠要是弄壞了家具，我買新的給你。」

「好。」仇正卿一口答應。她願意負責就好，那她就得經常來。

尹婷愣一愣，以為依仇正卿的風格，會跟她客氣幾句呢。算了，不客氣有不客氣的好，這樣痛快。

兩個人吃完飯，仇正卿又準備洗碗，尹婷不好意思道：「我來洗吧。」

「在妳家裡是妳洗碗嗎？」仇正卿問她。

「不是，有傭人。」

仇正卿笑，「那妳在我這裡搶什麼洗碗？」

「這不是表達一下我的討好之意，想給喵大大加個分數嘛！」

仇正卿又笑，開水龍頭拿菜瓜布，擠洗潔精。

「等一下，等一下！」尹婷衝過來，像個小管家婆似的嘮叨：「你又忘了捲袖子了，跟我哥一樣丟三落四的……」一邊說一邊幫他把袖子捲起來。

仇正卿彎著嘴角微笑，他才不是丟三落四，他是故意的，效果看起來很不錯。

尹婷捲好了，一抬頭，看到仇正卿的微笑，還……挺帥的。

她後退一步，有些不好意思，雖然常跟閨蜜們在街上看到帥哥會激動地開玩笑，但現在對著正經嚴肅的朋友起「色心」真是太不應該了。

仇正卿沒有讀心術，當然不知道剛才那一瞬間自己居然有「迷人的美色」。他轉身洗碗，想找個話題，但尹婷說：「那我先去房裡看大大了。」

「行。」那等洗完碗再找話題。

尹婷進屋逗貓去了。喵大大吃飽了趴在地上，尹婷拿了根逗貓棒跟牠玩。過了一會兒，仇正卿走了進來，他靠牆坐著，看著這一人一貓玩得起勁。

尹婷回頭看他，「你有別的事忙嗎？我一個人沒關係。」

「不忙。」

尹婷嘻嘻笑，「沒打擾就好。」她玩了一會兒，把喵大大抱住，坐到仇正卿身邊，「謝謝你。」

仇正卿微笑著搖頭，然後兩個人就不說話了。

尹婷逗著貓，一下一下撫著牠的背，貓在尹婷身邊蜷了起來，準備睡覺。房裡很安靜，仇正卿想不到什麼話題，卻又覺得其實沒話題也沒事，就這麼乾坐著，一點都不尷尬。尹婷逗著貓輕輕笑著，空氣裡都似乎有了甜蜜的氣息。

就在這樣的氛圍下，仇正卿昨天一晚沒睡好的倦意終於發作，他不知不覺睡了過去。

當他的頭歪到尹婷肩膀上時，尹婷嚇了一跳，而後一看，身邊這男人竟然睡著了。她忍不住笑了起來，這情形好像兩個人在坐車，身邊的乘客打瞌睡倒下了。尹婷展開想像力，前方汽車就要到站，一個急剎車，他們是不是應該晃一下呢？算了不演了，他一定很累。

不過他既然累了，是不是要叫醒他，讓他回床上去睡？但是這樣叫他，他會不好意思吧？肯定會說，沒事，不累，他沒睡著。還會說，我一會兒還要送妳呢，不用睡。

這樣的話，她就得趕緊走了，不好太打擾。而她一走，他就要送，不能休息。那……還是讓他就這樣多睡一會兒吧。

尹婷不敢動，就這樣用肩膀撐著仇正卿的頭。這邊手掌底下，是喵大大呼嚕呼嚕舒服地撒嬌，另一邊肩膀上是仇正卿綿長的呼吸聲。尹婷坐著，安靜又滿足，如果以後她能有這樣的幸福生活該有多好。找一個相愛的丈夫，有責任心，愛小動物，他們一起養一隻貓和一隻狗，養兩個孩子。房子不用太大，像現在仇正卿這樣的就很好。每天開開心心的，該有多幸福。

只是不知道她的另一半在哪裡，會是什麼樣？

真的好想談戀愛啊，好羨慕有男朋友可以撒嬌，可以一起看電影、旅行，一起去吃美食的人。等有朋友來邀約，她也可以理直氣壯地說：「沒空哦，我今天要跟男朋友約會。」還可以說：「是啊，我就是重色輕友。」

可是到目前為止，都是別人對她說這些，而她是那個苦哈哈打電話說對方重色輕友的人。

月老啊，紅娘啊，紅線啊，你們也有點效率，她也好想能夠「重色輕友」啊！

仇正卿不知道自己睡了多久，他甚至不知道自己睡著了，他會發現，是因為喵大大叫了，而尹婷在跟喵大大小聲說話：「噓，不要叫，罐頭不是都給過了嗎？你今天吃了這麼多，不能再吃了。

來，姊姊給你摸摸肚子，你好好睡，不要吵，讓叔叔多睡一會兒。乖乖哦，摸摸。」

喵大大又輕輕叫了一聲，尹婷又小小聲說：「是不是你昨晚不乖總在叫，讓叔叔沒睡好？不能這樣啊，叔叔工作很辛苦，晚上睡不好可不行喔。」

仇正卿彎了嘴角，強忍著沒敢笑沒敢動，現在醒過來多尷尬，而且他正靠在她肩上呢，從來沒有離得這麼近。她真是貼心，不但可愛，還很溫柔體貼。仇正卿決定裝睡，再睡一會兒好了，好不容易有這樣的機會。

可他還沒多睡一會兒，尹婷的手機響了，這會兒再裝就不像了，仇正卿在心裡嘆氣，「醒」了過來。尹婷也顧不上別的，趕緊跑出去接電話。喵大大趁機也想跟著出去，被仇正卿把門關上攔住了。

電話是秦雨飛打來的，她問尹婷：「妳在哪兒呢？」

「還在仇總家裡。」

「這麼晚了怎麼還不走？」

尹婷這時候發現自己的肩膀疼得厲害，都麻了。她呻吟一聲，一邊揉肩膀一邊留意房門口，看仇正卿沒出來，這才小聲答：「剛才他睡著了，沒好意思吵醒他。不過他現在醒了，所以我一會兒就走。」

秦雨飛尖叫：「他睡著了！他沒對妳幹什麼吧？」電話裡尹婷發出的呻吟聲相當可疑。

「沒幹什麼啊，他就是累了，我們坐著坐著，他就睡著了。」尹婷明白過來秦雨飛想什麼了，「妳的思想真邪惡。其實剛才的事，就跟大家坐公車有人累著了一樣，妳想到哪裡去了？」

「我想到低俗的事上面去了。」秦雨飛一點都不客氣，又問：「他在妳旁邊嗎？」

「妳剛才說了這麼不禮貌的話，現在才問這個是不是有點遲？」

「不會，我不介意他知道我懷疑他。」秦女王一如既往的有氣勢。

「好吧，妳贏了。」尹婷認輸得很果斷，回答：「他不在，他在大大的房間，我在客廳。」

「那我問妳哦，仇正卿是不是在追妳？」

「當然沒有。」

「妳神經太大條，被追了也不知道，過去妳那些粗神經事蹟我就不提醒妳了，只是我得跟妳說，妳別以為仇正卿是我家公司的主管就什麼都放心了，強……這種事大多發生在熟人間。」

尹婷下巴差點掉下來，這什麼跟什麼？

「防人之心不可無，我不是在跟妳開玩笑！如果他對妳有絲毫不禮貌的地方，妳一定不要客氣，還有，一定要告訴我，我會收拾他的！」

「他不會的。」

「雖然我沒看出他會這麼壞，但防著點總沒錯。」秦雨飛道：「妳想想，他為什麼對妳這麼好？」

「他善良。」尹婷對答如流。

「笨！妳看我家顧英傑善良嗎？」

尹婷這次反應很快，知道她說的是顧英傑也沒收留喵大大的事，她沉著應答：「要麼是顧英傑沒仇總大人善良，要麼是顧英傑重色，把善良抹滅少許。」

「……」秦雨飛沒好氣，「還挺流利是嗎？」

「我說的是事實。」

「反正我提醒妳了，妳自己看著辦。男人對女人沒點企圖，幹麼裝善良討好她？妳想想看，要是換我拿隻貓跟仇正卿說你幫我養一下，他會幫我才怪。」

「妳又沒試過，怎麼知道他不會？」尹婷下意識幫仇正卿說話。

「妳這個笨蛋，笨死妳算了！我就是提醒妳，如果他對妳真有意思，妳又沒那個意思，就別讓他幫來幫去，到時候妳找到自己喜歡的人了，而他又陷得太深，依妳的軟弱個性，肯定覺得尷尬不好處理。他覺得妳對不起他，妳又覺得自己無辜，這樣多不好。」

尹婷無言以對，她覺得秦雨飛說得有道理，但是她又覺得仇正卿不會。他不會挾恩圖報，不會斤斤計較，在她心裡，他可靠，讓她有安全感。

「他到時認為妳欺騙了他的感情，然後鬧情緒，工作不給力，影響了我家業績多不好。」

「……」尹婷真想衝到電話那邊使勁搖秦雨飛，「這話妳也好意思說！」

「當然。」秦雨飛沒什麼不好意思的，「當然了，如果妳也喜歡他呢，雖然我覺得沒這個可能性。對，應該沒這個可能性，冷面工作狂耶，妳要是喜歡他，會嚇死人的。」秦雨飛自言自語：「既然沒這個可能性，那我就不多說了。總之妳做事不要這麼神經大條，多考慮前因後果，別給自己惹麻煩，知道嗎？對了，妳那隻貓，我讓顧英傑趕緊找人，妳自己也多找找，總放在仇正卿家也不是辦法。他經常加班，又總出差，不是個好的領養人。」

「哦。」尹婷被她說得有點難受。秦雨飛又交代幾句，說既然不是男女朋友關係，沒理由這麼晚還在男方家裡，趕緊回家，注意安全。尹婷答應了，掛了電話。

尹婷回到房間，仇正卿正拿逗貓棒跟喵大大玩，喵大大倒在地上翻著肚皮，仇正卿用貓棒揉牠肚子，牠試圖反抗，四隻小爪子撲騰想抱住貓棒，仇正卿哈哈大笑。

他看到尹婷回來，便問她：「怎麼了？誰來的電話？」

「沒事。」尹婷搖搖頭。

喵大大翻身起來咬住貓棒用力扯，把仇正卿的注意力拉了回去，他趕緊把貓棒從喵大大嘴裡救出來。尹婷看著他們倆，想起秦雨飛的話。仇正卿真的有可能喜歡她？對她有意思嗎？

仇正卿送尹婷回家，一路上尹婷都沒怎麼主動說話，仇正卿倒是拚命想找話題，最後他還是說了喵大大上廁所還要密切監督自己的屎有沒有埋乾淨的動作。尹婷聽得他的描述，哈哈大笑。仇正卿也笑，他真喜歡她開心地笑。

只是這路不夠遠，不一會兒就到她家了。尹婷說了「謝謝」，仇正卿回她一句：「明天見。」

尹婷朝著社區大門走去，一邊走一邊留心聽身後的動靜。身後沒有動靜，沒有汽車發動的聲音，沒有車輪摩擦水泥地的聲響。尹婷的心怦怦跳，仇正卿沒有走。

為什麼還不走？她都到家了呀！

一個男人對女人好肯定是有企圖的！尹婷想到秦雨飛的話，心跳得更快了。尹婷沒敢回頭看，但她實在忍不住了，乾脆撒腿就跑，衝進社區門口，然後在路燈後面黑暗的角落停了下來，躲在門廊後面偷看。

仇正卿確實沒走，他好像剛從車窗外收回頭。他剛才在看她？尹婷不確定，又有些確定，臉紅了。

仇正卿原本是從後視鏡看著尹婷離開，但是她突然狂奔起來，把他嚇一跳。從前是有喵大大來接她，現在又有什麼事？他探出頭去看，只看到她跑進社區，然後再也看不到。

仇正卿又等了等，確認沒有尖叫聲，確認沒什麼異常狀況，才發動車子，離開這裡。

尹婷躲著看，看到仇正卿的車子開了出去。她知道，無論剛才他是不是探出頭來看她，他確實是在等她進了社區之後才放心離開。

尹婷覺得心裡暖暖的，說不出來的感覺。

可能嗎？這麼正經嚴肅，第一次見面時還嫌棄她態度不認真太的社會精英人士，喜歡她？喜歡她什麼呢？尹婷猛地轉身，紅著臉跑回家。

進了房間的第一件事，就是打電話給秦雨飛。

怦怦怦，心跳得很快。

仇正卿跟她相處的點點滴滴在她腦子裡回轉，也許，真的可能，她要跟秦雨飛報告。

結果秦雨飛沒接，尹婷過了一會兒再打，還是沒接。

尹婷很沮喪，這麼關鍵的時候，她居然不接電話。

第二天，尹婷一早起來，並沒有馬上往仇正卿家跑。她吃了早飯，擺弄了她種的那些花花草草，一直拖到十點多，然後如她所料，仇正卿打電話過來了。

「妳買的東西有一件送來了，我沒拆，等妳過來再說。妳現在要來嗎？需不需要我去接妳？」

尹婷笑了，很開心，也不知道在開心什麼，「好，我現在就過去，不用接。」

不知道是不是她自作多情，反正等到了他主動邀請的電話，她非常高興，歡天喜地出門去了。

如果只是善良，應該不會這麼體貼地要來接她吧？他問她現在去不去，是想見她了嗎？

尹婷搭計程車時，一路傻笑到了仇正卿家。

仇正卿來開門，看到她就笑了。尹婷仔細觀察他的表情，忍不住也笑。

「送來兩件了，在客廳，有一個是很大的箱子。」

尹婷覺得他的聲音和眼神都很溫柔，她之前怎麼沒發現呢？

尹婷正想說話，手機響了，她一看，是秦雨飛。尹婷心虛，飛快把電話按斷。仇正卿回頭看她，尹婷聳聳肩，「沒事，推銷電話。」

仇正卿沒在意，問她：「現在拆包裹嗎？」

「好啊，你先幫我拆，我去個廁所。」尹婷跑進廁所裡，進門前往客廳張望，仇正卿正動手拆包裹。尹婷把門鎖好，手機拿出來，回電話給秦雨飛。

「妳幹麼掐我電話？」秦雨飛一開口就興師問罪。

「妳昨晚還不接我電話呢！」尹婷回擊。

秦雨飛施施然回答：「我在阿傑這裡呢，卿卿我我，不方便接電話，調靜音了。」

哼，秀恩愛好討厭！

「妳剛才幹麼掐我電話？」秦雨飛又追問：「妳在哪兒呢？」

「我在求正經這裡，剛才跟他在客廳，不方便接。」

秦雨飛皺眉頭，「不會吧，妳跟他還有不方便的時候？你們幹什麼了？」

「什麼都沒幹。」尹婷不打岔，快速進入正題：「雨飛，我昨晚是想跟妳說，我覺得，有可能，我是說有可能，求正經大概有點喜歡我。」

「然後？」秦雨飛非常關切後續。

「然後妳記得千萬要保密，不要向他透露半點風聲說妳提醒過我。」

「什麼意思？」秦雨飛不懂，她還打算週一好好警告仇正卿，讓他不要對尹婷亂來。

「就是妳什麼都不要跟求正經說的意思。」

「還是不懂。我什麼都不跟他說，然後呢？」

「然後就是我跟他的事嘛，我會好好觀察他的。」

「觀察完了呢？」

「觀察完了再說。」

秦雨飛沉默了好一會兒，突然說：「妳不會對他有意思吧？」

「反正，現在……怎麼說呢，不討厭。」啊，不對，不討厭這個詞不準確，「我是說，反正如果他喜歡我，我不討厭。」

完了，這是什麼情況？秦雨飛愣半天，問她：「我可以採訪一下妳的心路歷程嗎？仇正卿那樣的男人，哪裡會讓妳喜歡？」

「我沒有喜歡他。」

「那妳打算裝傻，然後慢慢疏遠，自然而然以後就冷處理了，是嗎？」

「我幹麼要疏遠？剛才不是說了，如果他喜歡我，我又不討厭。」

秦雨飛的腦子就是轉不明白，「等一下，我們來梳理妳的思路。妳說，妳發現他可能喜歡妳了。」

「對。」尹婷有點激動，這麼優秀的男人居然會喜歡她，女人的虛榮心得到了極大的滿足。

「然後妳並不討厭這件事？」

「對。」有點高興來著，當然不討厭！

「然後妳還要瞞著他，不讓他知道妳知道這件事了？」

「沒錯。」八字沒一撇呢，當然要先觀察情況。

「然後妳還不疏遠他，還要繼續跟他這樣交往下去，裝傻不知道他的心意？」

「嗯……」尹婷想了想，「是這樣沒錯。」

秦雨飛大聲道：「原來妳才是女魔頭，打算玩弄人家的感情！」

「我才沒有！」尹婷的聲音不小心大了點，又馬上降低音量，「我沒有要玩弄他，我就是要先確定……妳知道的，百分百確定他是真的喜歡我，我對他又是什麼樣的感覺，然後才能決定下一步。我不會欺騙他，也不會玩弄他的感情。」她嬌嗔：「人家才沒有這麼壞！」

秦雨飛又愣半天，一聲長嘆：「小婷啊……」

「哎！」

「妳從前追男人都沒用智商，原來所有的機智和狡猾都儲備著，留到今天對付仇正卿啊！」

「……」

「我錯了，我不該擔心妳的，我該擔心仇正卿。」秦雨飛裝模作樣地嘆氣，「親愛的，他是我家的搖錢樹，業績全靠他呢，妳千萬手下留情，我們永凱還指望著他幫忙賺錢呢！」

「呸，呸，我才不會胡來！」尹婷說著，又囑咐：「妳一定要保守祕密啊，不要告訴他。等我觀察好了，確定了，我再告訴妳。」

跟秦雨飛聊完，尹婷掛了電話，咬咬唇。她以前都沒用智商嗎？不會啊！她現在很狡猾嗎？不會啊，她還是跟以前一樣，只是，第一次有個男人對她這麼好，讓她有點捨不得拒絕。

是這樣嗎？反正她還沒弄清楚呢！他喜歡她，這個可能讓她有點高興，但她又不敢高興得太早，而且還不知道高興些什麼。她得再看一看，看看他，也看看自己。

沒錯，要把所有的機智都集中起來。她想戀愛，很想戀愛呢！

尹婷出去，仇正卿已經裝好自動餵食器，正準備組裝貓架。他坐在木地板上，微微皺著眉，認真看著安裝說明書。尹婷看著他的側臉，側臉看起來都有點嚴肅，但是他認真的樣子真的很帥。越看越順眼，越看越高興。

中午，仇正卿和尹婷叫了外賣，吃飯的時候尹婷問仇正卿平時週末都做些什麼。

「沒什麼特別的，週六會去一次健身房，週日會去一趟超市，其他就是看看電視，上上網。」仇正卿努力想表現得其實他的生活也很豐富，不敢說自己大部分的時間都在工作，但又不敢吹牛皮說自己生活太豐富，怕顯得太忙，尹婷會不好意思過來。

「這樣哦，那我今天來，你就去不成健身房了。」尹婷果然這樣說，仇正卿連忙道：「沒事，

也不是必須週六去的，而且去不去都沒什麼關係，有時候有別的事我也就不去了。」

尹婷甜甜地笑，以前怎麼沒發現，求正經一本正經忙著解釋的樣子還挺可愛的。

吃完飯，仇正卿洗碗，尹婷帶了相機來，幫喵大大拍萌照。仇正卿洗完碗，繼續裝貓爬架，兩個人都擠在房間裡，尹婷要幫忙，仇正卿說不用，於是尹婷繼續拍照。

喵大大來搗亂，仇正卿對牠皺眉頭，尹婷拍下來了。

喵大大抱著爬架的柱子啃，仇正卿要用那柱子，把喵大大推開，喵大大順勢耍賴抱住了仇正卿的手臂，尹婷拍下來了。

爬架裝好了，喵大大興奮地跳了上去，與仇正卿面對面互相看著。仇正卿說牠：「這下有得玩了，不許再鬧了。」喵大大的回答是打了個滾。尹婷連拍好幾張，把他們兩個都拍了進去。

東西裝好之後，喵大大玩得非常開心，仇正卿趁這時候把門打開透氣，喵大大繼續玩，沒有跑出去。尹婷一直笑，忙著拍照。仇正卿不知道能做什麼好，拍照他湊不上，乾坐著又很傻。

尹婷忽然說：「你去忙吧，我拍完照片，一會兒就走了。」

拍照是為了讓喵大大顯得可愛，好讓人願意領養嗎？仇正卿決定先把這事搞定：「其實，大大在我這兒挺好的。妳看，牠適應得很快，這裡又有地方，也沒有別的貓跟牠爭寵欺負牠，妳還能經常來看牠。要是換了別家，可能地方沒這麼大，裝不下妳這麼多東西。還有，牠吃什麼貓食，有沒有罐頭妳也插不上話了，萬一那家人對牠不好呢，妳又不知道。」

尹婷眨了眨眼睛，「可是你工作很忙，也不能長期收養牠啊！」

「短期和長期不是一樣嗎？」仇正卿努力爭取，「就是出門放貓食，回家鏟屎。」

尹婷哈哈大笑，這個描述，還真精確啊！「可是有時你會出差。」她指出問題。

「如果我出差，就把鑰匙給妳，妳來餵牠好了。妳去旅遊的時候，又是誰餵牠呢？」

「我哥，還有傭人會幫我放貓食。」

「對啊，那我把鑰匙給妳也一樣。我不在了，就換妳照顧牠。」仇正卿說這話其實有些緊張，因為單身男子把家裡的鑰匙交給一個單身女子，無論藉口是什麼，這確實是親密的舉動，他這樣說會不會嚇到尹婷？

結果尹婷笑了，「那行，到時候再看情況，如果你真有工作，我讓我哥幫忙也是可以的。」

哦，對，人家還有哥哥，可以避開單身男女之嫌。「好。」仇正卿一口答應。

尹婷逗著喵大大，忽然問：「對了，一直沒問你，你跟Zoe小姐最後沒在一起，是什麼原因？」

仇正卿愣了愣，「好像有說過，我跟她不合適。妳還勸過我，合適不合適不重要，喜歡最重要。」

「哦，對。」尹婷點頭。

「那妳呢？」仇正卿趁機刺探敵情：「妳現在情況怎麼樣？顧英傑不是說要幫妳介紹對象，妳有中意的人選了嗎？」

尹婷搖頭，仇正卿心怦怦跳，難得遇到談這話題的機會，是不是該表示一下，探探她的意思？

尹婷又說：「我從前追男生，總是定錯目標，所以追不上，下次我一定會選好目標再下手。」

下次？那他一定得趕在下次發生之前下手。

仇正卿清了清喉嚨，一本正經地問她：「為什麼追不上？」

尹婷眨眨眼睛，「不知道，之前都相處得挺好的，然後我一表白，這事就完蛋了。」

這是在警告他嗎？之前相處得好，不代表能表白了，那用暗示的可以嗎？

仇正卿嚴肅問：「那妳跟對方表白的時候，都是怎麼說的？妳跟我說說看，比如我就是那個目標，妳要向我表白，會怎麼說？」

尹婷又眨了眨眼，慢吞吞地道：「就是，我喜歡你，我們交往吧！」

仇正卿不由自主也眨了眨眼睛，他謹慎又小心，仔細看著尹婷的表情，然後道：「好啊！」

尹婷瞪圓了眼睛，「啊？」她盯著仇正卿看，仇正卿覺得自己的臉很熱，但他必須得堅持下去，「我說好啊，我答應妳了。」

尹婷眨眨眼睛，再眨一眨，然後笑了，咧著嘴哈哈笑，很開心，「你這樣不行，會嚇到女生的。如果你用這種表情表白，女生肯定撒腿就跑。你應該溫柔一點，表現得更有誠意一點。」

仇正卿僵住，她以為他是拿她練習？一點都不害羞，不驚訝，也不尷尬，她竟然只是覺得好笑？

好吧，仇正卿安慰自己，反正他這樣說也是耍了心眼給自己留了後路。如果她有反應，那他就勢表白，如果她沒反應或是反應不佳，那他就說是在開玩笑當練習。

現在只是她主動當他是在開玩笑，他也不算失敗。

尹婷還在笑，笑得超級甜。

大笨蛋，他應該就是喜歡她，但是又不敢說！

大笨蛋！尹婷心裡也很甜，求正經真的很可愛，居然裝模作樣想表白呢！他故作鎮定裝嚴肅地說「好啊」，真的太可愛了！

她第一次遇到這樣的男生，啊，應該說男人。嚴肅又害羞，正經又彆扭，他這麼小心翼翼，讓她覺得他很認真。雖然不是直爽大方痛快乾脆，但他很認真在對待她，她覺得，她為此而高興。

仇正卿遭受打擊，不知還能說什麼。兩個人一起逗了一會兒貓，仇正卿就出去看電視了，可是電視也看不進去，他一直在走神。昨晚喵大大又叫喚，他沒睡好，於是在沙發上，他不知不覺睡著了。

喵大大在房裡玩膩了，跑了出來。轉了一圈後，跳到沙發上，在仇正卿懷裡打了個哈欠，也睡了。

一個男人、一隻貓，在沙發上擠在一起睡著了。

尹婷把這個畫面拍了下來，她忽然覺得，這樣簡單的生活很幸福。

她想，他們還需要多一點時間。

依她從前的經驗，一說就破局了。她想再相處一陣子，讓兩人感情更深一點，再深一點。確定他是真心喜歡她，確定她現在的感覺不是虛榮心作祟。如果彼此確定，那才真的是到了表白的時候。

而且，她很喜歡他為了她努力找藉口的一本正經樣子。明明心裡有鬼，還板著臉，哼哼！

仇正卿醒過來的時候，發現自己被尹婷盯著，就是那種一睜眼就對上一雙眼睛的情形。他馬上意識到自己又睡著了，然後他看到尹婷的笑容。

仇正卿呻吟一聲，忍不住一邊坐起來一邊揉臉。

「其實我平常不這樣的。」這一定得解釋清楚，他身體健康，並不是像老頭那樣嗜睡。兩次在她面前睡著，真的是意外。

「我知道。」尹婷很善解人意地幫他找原因，「一定是大大太鬧，你都沒好好休息。」

仇正卿這才發現喵大大就在他身邊，正坐著打了個大大的哈欠，拖長了身體伸了個懶腰，好像也剛睡醒似的，「其實還好，牠剛到陌生環境不習慣，會越來越好的。」

不能說喵大大的壞話，不然尹婷一內疚，覺得還是要把這貓送給別人養，那怎麼行？喵大大現在對他來說，非常重要。

尹婷只是笑，沒在這話題打轉。仇正卿趕緊起身，去洗了把臉，看了看鏡子，還好，三十三歲男人的臉，沒顯老，沒顯滄桑，也沒有憔悴，還好還好。

走出來後，看到尹婷拿包包在客廳等他，見他出來就說：「今天沒什麼事了，我先走了喔。」

「我送妳吧。」他馬上說。

尹婷笑，「不用，現在大白天的，我搭計程車很方便。」

「這樣啊。」仇正卿不好堅持，不然太刻意了，「那妳路上小心點。」

「好。」尹婷一直在笑，笑得仇正卿心有點亂。

送她到門口，尹婷換鞋的時候說：「我今天拍了很多照片，回去處理好了就發給你看。」

「嗯。」想起喵大大的照片有可能被用於找領養人這件事，仇正卿忙再囉嗦一句：「大大就讓我領養吧，找來找去的也麻煩，我這裡條件都挺好的，妳想來看牠也方便。」

尹婷歪歪頭，看著他的眼睛，「你確定嗎？大大很調皮喔！」

「沒關係，我覺得牠很可愛。」

「嗯，要是你覺得受不了啦，就提前告訴我，得給我一些時間處理。」

「好。」仇正卿一口答應。

「那要是以後我找到了男朋友，如果男朋友也喜歡貓，可以幫我養，又或者我結婚了，先生同意和我一起養，那時候你能把大大還給我嗎？」尹婷眨巴著眼睛，認真問。

仇正卿一愣，嚴肅地說：「這個問題，我現在恐怕回答不了妳，畢竟以後的事誰也說不好，但現在的事是確定的，大大是我的貓了，對吧？剛剛妳確認了我是牠的領養人，所以牠是我的貓了，我會好好照顧牠的。妳還不知道什麼時候找到男朋友，也不知道什麼時候結婚，而我到那時說不定跟大大感情深厚，如親人一般。妳說，我怎麼會把自己孩子一樣的大大送給別人？」

總之還是那句話，貓進了他家的門，就是他的貓，想跟他搶貓？門都沒有！

只是話說得有點重，不知道她會不會生氣？但是她不高興他也得說，要贏得競爭有時就不能心慈手軟。真有別的男人插一槓進來，好歹他還有喵大大家長這個身分的優勢。

尹婷沒生氣，她只是蹙了蹙眉頭，歪歪腦袋，那樣子有點像喵大大，然後她微笑，「好吧，你說的對，我知道了。」

仇正卿鬆了一口氣，看著尹婷開門出去，突然想起來，忙問她：「明天還過來看大大嗎？」

尹婷回頭笑，「不了，我明天有別的事，跟朋友有約，改天吧，也不好總打擾你。」昨天晚上之前，她的計畫確實是週六日兩天都泡在這裡陪大大的，不過現在她改變主意了。

仇正卿心裡發酸，朋友是什麼朋友呢？不會是戀愛候選人吧？「好吧，那我們隨時聯絡。」

「好。」尹婷哼著歌走了。

仇正卿關上大門，一回頭，看到喵大大坐在沙發扶手上看著他。仇正卿走過去，一把將牠撈起來揉進懷裡，「她要是找了別的男朋友，我就把你的名字改成小小，喵小小。」

喵大大「喵喵」細聲叫著掙扎。

仇正卿繼續揉牠，「然後我天天發你的照片到微博上，寫我家小小怎樣怎樣，哼！」他把喵大大舉起來，看著牠的眼睛，對牠說：「我要做她的男朋友，你得祝我成功，不然就給你改名字。小小還太好聽了，給你改一個埋屎將軍……對，就叫這個！」

喵大大睜著圓圓的大眼睛，又「喵」了一聲。

尹婷坐上計程車的時候還在笑，笑得司機問：「小姐有喜事？」

尹婷點頭，「對！」想了想又說：「對，是喜事！」

感覺真不錯呢！尹婷在心裡對自己說：「如果三天之內他再約你，就給他加分數。」加分的理由是什麼？就是他這麼積極主動讓她很高興。

晚上，尹婷整理好照片，剛發完郵件給仇正卿，秦雨飛的電話就來了。

「妳別告訴我妳還在仇正卿家裡。」

「當然沒有，我下午就回來了。」

「居然捨得回來？」秦雨飛調侃她。

「當然了。」尹婷「哼」她，「我也是會講究策略的好嗎？」

「什麼策略？」秦雨飛很八卦。

「妳當初是怎麼知道自己喜歡顧英傑，決定跟他在一起的？」尹婷不答反問。

秦雨飛支支吾吾：「這事吧……不好說。」

「是吧？我也覺得一到戀愛的時候，感覺就很複雜，說不好。」尹婷表示有同感。

「我跟妳不一樣好嗎？」秦雨飛沒好氣，「我的不好說跟妳那個搞不清狀況不是同一回事，我的就是，嗯……那天，天上在放煙火……」她找不到顧英傑，天上突然炸開煙火，她呆呆看著，腦子裡空空的，然後顧英傑走過來了。那時他也在找她，而他找到了。他站到她身邊，用手指勾住她的手指。

無法言喻，一瞬間的感覺，之前所有的掙扎和抗拒都宣告失敗。

「天上放煙火？關煙火什麼事？雖然那時候肯定很浪漫，但妳愛不愛他，可不能賴給煙火，所以妳也是搞不清狀況。」尹婷吐槽。

「是，是，妳最清楚狀況，別忘了仇正卿的事是誰提醒妳的！」

「我這叫當局者迷。」尹婷振振有辭，「現在不迷了，我會好好定計畫，穩健踏出每一步。我跟妳說哦，他問我明天去不去看大大，我很矜持地拒絕了。太常見面就沒新鮮感了，初期還是要時不時有些距離的好。」

「妳真喜歡上他了？」秦雨飛對這事還有些無法相信。

「還不確定。」

「真危險。」

「可是我很高興啊！」

「好吧。」秦雨飛道：「高興就是喜歡的意思了。」

「還不能確定。」尹婷難得理性一回，「妳說，他喜歡我什麼呢？還有，我真的會喜歡他嗎？我明明記得，我很嫌棄他說話總扯上工作，什麼事都一本正經，談什麼都會轉到工作話題，我覺得這樣很悶，生活很沒有意思。」

「妳知道就好。」秦雨飛扶額，還好，這女人還清醒著。

「啊！」尹婷忽然叫。

「怎麼？」秦雨飛嚇一跳。

「沒事，我就是突然想起，他好像很久沒在我面前談工作，勸我要上進了！啊，他回信給我了！」

秦雨飛一臉黑線，「等一下，你們居然用電子郵件這麼商務的方式在交流嗎？」

尹婷好一會兒沒回答，她正在看信，一邊看一邊忍不住抿著嘴笑，好開心，給他加分數！

「雨飛，他說他看了大大那些照片，覺得很好，他也想學攝影，問我下週末有沒有時間陪他去挑相機，他是門外漢，希望我能教他。」

「藉口！」秦雨飛很果斷地戳穿他。

「是啊，多可愛！」尹婷越想越開心，還說等三天呢，結果半天不到他就約她了，這藉口還找得非常完美，「他說他要給大大拍生活照。」

「真會編！」秦雨飛繼續戳穿他。

尹婷哈哈笑，「我跟妳說哦，我今天試探問他說，如果我有男朋友願意幫我養大大，或者我結婚了先生願意養，到時他能不能把大大還我，然後他板著臉說了一堆不願意的道理，真可愛！我忍得很辛苦，才保持正常表情。」

秦雨飛一臉黑線，到底哪裡可愛？

「我以為他會討好地說行，沒問題，畢竟之前他都是很大方什麼都行的，沒想到他還有些小脾氣呢！我跟妳說啊，正經的男人害羞起來，耍起小彆扭來，真的很可愛，妳沒看到他的表情……」

「好了，好了！」秦雨飛打斷尹婷：「求妳了，別描述了，別形容了，仇總在我心裡的形象已經崩塌了，我實在不想想像他什麼可愛、害羞、彆扭的樣子！」救命啊！

尹婷嘻嘻笑，「反正就是很可愛！」

秦雨飛突然悟了：「小婷，喜歡一個男人和喜歡調戲男人絕對是兩件事，妳千萬別弄混了。」

「妳才喜歡調戲男人呢！」尹婷哇哇叫地抗議。她哪有？哪有？

「我調戲也是看人的好嗎？我只喜歡調戲我家阿傑。」

「哼，那我也是只喜……不對，我沒調戲，我這叫考察。」尹婷定了定神，「對，考察，才不是調戲。」

「隨便妳！」秦雨飛懶得跟她爭。

尹婷掛電話後，把仇正卿的郵件再看一遍，又忍不住笑了，「哼，才不是調戲呢，就是考察！」她歡快地回了郵件給仇正卿：「好的，暫定週六吧，具體時間再聯絡。」

仇正卿很快回覆：「好。」

尹婷對著這個字傻笑了一會兒，忽然有了靈感。她在一個男裝品牌的官網裡搜了搜，找了兩張男士外套圖片出來給仇正卿發郵件過去，寫道：「你幫我看看什麼顏色的好看？我想給我哥買件外套，我覺得那件藍的不錯，嗯……其實你穿藍的肯定也很好。你看呢，覺得哪個配我哥？」

仇正卿很快回覆：「咖啡色。」

尹婷笑，「好，就給他咖啡色的。」

兩天後，尹實收到妹妹的禮物，一件咖啡色的外套，他哇哇叫：「我又不喜歡咖啡色！」

「誰管你！」尹婷對他皺鼻子扮鬼臉。

又過兩天，仇正卿去商場找到這個品牌的專賣店，那件藍色外套就穿在櫥窗模特兒身上。仇正卿看了好一會兒，覺得尹婷的眼光確實不錯，這件外套很好看，而且她說藍色適合他。

她喜歡！

仇正卿買下了這件外套，打算週六跟尹婷出去的時候穿。反正她跟他見面不多，不知道他有什麼衣服，不會知道這件是他特意新買的。

第七章

怦然心動的十二個理由

尹婷和仇正卿約在一個電子用品專賣店的集市見面，因為那個市場離尹婷家比較近，所以尹婷沒讓仇正卿來接她，直接在市場入口碰面。

這天氣溫有些低，但尹婷貪漂亮，不想穿大衣。她化了個淡妝，穿了件粉色小外套，原本梳了馬尾，看了看鏡子，覺得看起來年紀有點小，於是又放了下來。換上皮鞋，背好包包，站在大門口的鏡子那裡照半天，照得她爸直看她，這才趕緊跑出了門。

沒想到出了門，等半天沒見著計程車，原本算好的時間眼看要遲到，尹婷有些著急。仇正卿這人要求嚴格，雖然是私人約會，她也不會隨便遲到，給他留下不好的印象。

還好剛這麼想，馬上來了空的計程車，尹婷坐上去，鬆了一口氣。

緊趕慢趕到了地方，一下車，尹婷就看到站在市場入口等她的仇正卿。他也沒有穿大衣，卻穿著她推薦的那件藍色外套，真好看，超級超級帥！

尹婷的心飛揚起來，甜蜜蜜的，她忍不住衝過去大聲喊他：「求你正經點！」

仇正卿一轉頭，看到她，眼前一亮。

她真好看，越看越可愛。

「今天你真帥，這衣服超配你！」尹婷誇他。

仇正卿的臉一熱，幸好她沒問衣服是不是新買的，也許她沒認出來，而且她誇他帥，笑得這麼甜，他有些不自在，嗯……害羞了。真不應該，這把年紀了，什麼場面沒見過，被她誇一誇就害羞了，真是沒氣勢。

尹婷假裝沒看到仇正卿臉紅，雖然在她看來很明顯，雖然她心裡甜得快滴蜜，但她還是很給仇正卿留面子。他喜歡她，她很確定。

兩個人穿得不夠暖，其實都有點冷，只好趕緊進入市場上了樓，一邊逛一邊聊，晃去品牌專賣店挑相機。尹婷對相機很熟，很快就幫仇正卿選定了一款入門級單眼相機。

「你要好好用哦，幫我多拍一些大大的照片。」尹婷囑咐他。

「好。」仇正卿很高興。這是他長這麼大，擁有的第一部相機。之前都沒需要，再說手機也能拍，他就完全沒在意這個。

市場沒什麼要逛的，兩個人在街上走了走，尹婷教仇正卿怎麼用相機，讓他拍了拍街景。仇正卿拍完街景，順勢調鏡頭過來轉向尹婷，尹婷大方地擺POSE讓他拍。雖然有點冷，但兩個人很開心，仇正卿覺得擁有相機真是人生一大喜事。

中餐兩個人是去仇正卿家附近一家餐廳吃的，因為尹婷要去仇正卿家看喵大大。仇正卿求之不得，這次時間不趕，他們可以坐下來好好吃頓飯。

剛進餐廳，仇正卿皮鞋的鞋帶就鬆了，他自己沒注意，而從看到仇正卿第一眼開始，心情就一直處在飛揚中的尹婷很自然地拉停了他，蹲下來幫他繫好了鞋帶。

繫好了，站起身來一抬頭，看到仇正卿驚訝的眼神。

糟糕！尹婷這才反應過來，她的矜持呢？

仇正卿的眼神由驚訝轉為……嗯，尹婷覺得那是形容不出的微妙。她臉紅了，趕緊轉頭往空桌那邊跑，「快點，快點，好餓喔！」

「小姐，」服務生在後面追她，「小姐，這邊坐吧，那邊位置有客人訂了。」

尹婷這才看到她霸占的桌子上，有個大大的「預約」牌子。

又丟臉了，尹婷灰溜溜地跟著服務生走。仇正卿在她身後，很努力地忍著大笑的衝動。

點餐時，各自拿著菜單看。其實尹婷沒認真看，她一邊假裝看菜單，一邊從菜單上偷看仇正卿。仇正卿的臉被菜單擋住一半，但眼角怎麼看怎麼都含著笑意。

他突然抬眼，尹婷心虛地趕緊埋頭到菜單裡。

「要吃什麼？」仇正卿問她。

「嗯……」她剛才看到什麼來著，對了，「羊肉湯，冬天喝這個，很暖和。」隨口一說，免得暴露她沒認真看菜單，而且她記得仇正卿也愛吃羊肉。

「好啊，妳今天穿太少了，喝點暖的好。」仇正卿說：「今天這身打扮很好看，就是不夠暖和。」仇正卿轉頭跟服務生點了羊肉湯，自己又加兩個菜，「還要什麼嗎？」他又問她。

尹婷搖頭，「先這樣，我再看看。」得緊緊霸著菜單不能放，才能擋住臉，現在她的臉很紅。這傢伙居然揭穿她，他自己還不是一樣，今天這麼冷，沒穿大衣很瀟灑嗎？那外套襯得他帥，還不是她建議的，哼哼！

尹婷躲在菜單後面努力平息自己的激動。

他們一個禮拜沒見面了，雖然她是故意的，可那也是為了一開始不要太熱，太熱就容易衝動。她之前就有過經驗，一衝動馬上表白，其實人家都沒準備好，就沒接受。後來有別的女生追他，聽說手段高明很多，什麼欲擒故縱，什麼吊著胃口，最後他倆成了一對。她聽別人說那男生說過，覺得尹婷其實不錯，就是當時一直當妹妹，沒太了解。他那意思，讓別人來探探她是不是對他還有意。尹婷立刻給他差評，有女朋友了還惦記著別人，哼！

可不說看錯人的事，就說她表白追男生，其實有時真的太笨。她自己總結的，她太衝動，一旦有好感就覺得愛得不行，一定要說出來，恨不得膩在一起，但也許不是那麼回事，別人眼裡也不是那麼回事。好感還沒有成熟進化到愛情，急著加溫加火，只會迅速變成灰燼。

還有男生說過以為她在開玩笑，他們是這麼好的哥們兒，怎麼談戀愛？可後來那男生找的女朋友，跟她同一個類型，原來也是他的哥們兒，所以就是她還沒把哥們兒的感情催化成愛情就急著出手，結果永遠只能哥們兒下去了。

當然了，也許是根本人不合適，怎麼催化也化不出緣分來，但這不能作為她用錯方法造成失敗的辯解理由。現在對仇正卿，她的老毛病似乎又犯了。說好了看清楚再說，說好了確認再確認，條件成熟再表明，可是八字沒一撇，她看到他為了討好自己穿上的外套就高興過頭，得意忘形，一個沒注意就急巴巴撲過去幫他繫鞋帶，弄得他很詫異。

好糗，真丟臉！

「其實我不喜歡吃羊肉。」這時候仇正卿又說。

「啊？」尹婷猛地從菜單裡抬起頭來，很驚訝。

「真的。」仇正卿認真說：「我不喜歡羊肉，也不喜歡香菜。」他這麼說，很明顯了吧？如果她對他有感覺，應該會明白他的心意。如果沒感覺，那也會有些反應，他想知道她是怎麼想的。

尹婷愣了半天，臉紅了。

仇正卿不確定這是害羞的臉紅，還是尷尬的臉紅。

「那……把那湯退了吧，我們再點另一個。」

「不用，妳喜歡吃就行，我都好。」仇正卿說。

尹婷的臉繼續紅，過一會兒，她說她去一下洗手間。

仇正卿有些失望，她的反應應該不能解釋為對他的體貼感到開心吧？他太急躁了，得收斂一下才好。

尹婷去了洗手間，火速撥電話給秦雨飛。

「雨飛，糟了！」

「怎麼了？」

「我好想撲過去用力抱著仇正卿說我好感動好開心，好想跟他在一起！」

「……」秦雨飛一愣，「妳吃什麼了？什麼牌子的迷魂藥這麼厲害？」

「正經點，說正事呢！」

「不要用仇正卿的口吻說話好嗎？」秦雨飛沒好氣，「你們接吻了？」

「哪有！」尹婷臉紅地跳腳。

「沒有就沒有唄！」秦雨飛問她：「那妳幹麼這麼激動要撲倒他？」

「原來他不喜歡吃羊肉。」

「……」這是什麼破理由？

「可是我們吃飯，有兩次他都吃了。啊，還有香菜！」

「這是泡妞最基本應該做的好嗎？妳有什麼好感動的？」

「就是感動。」尹婷一心向著仇正卿說話，「他還特意穿了我說好看的外套。」

「那是他想耍帥。」

「我們一個禮拜沒見面，他每天都有用手機拍大大給我看。」

「那是他為了拐妳約會買相機藉口做的鋪陳。看，沒相機多不方便，我們約會吧，就是這意思。」

尹婷被潑冷水，熱情絲毫不減，「反正他很好，我覺得我很喜歡他。」

「不愛吃羊肉就把妳拐到了，妳大概是最好拐的女生。」

「越想越覺得喜歡。」

「妳不是說了要考察嗎？這才考察幾天？我還慶幸妳有些機靈勁兒呢，結果只是錯覺。」

「妳說這回是我表白，還是等他表白？」尹婷問秦雨飛的意見：「我不敢表白，我的表白好像受到詛咒，一表就白瞎。」

「妳知道就好。」

「正經點！」

「妳不是確定他喜歡妳嗎？妳就等他表白。」

「可是萬一他很慢怎麼辦？久久不表白，我會心急！」

「妳是有多急？」秦女王無力吐槽。

「好吧，好吧，不能著急，要穩健，要成功！」尹婷給自己打氣。

「所以妳特意打電話過來的目的是？」

「我需要有個人拉我一把，讓我冷靜一下，妳最擅長潑冷水了。」

「謝謝誇獎啊！」

「不客氣。」

「好吧，那我開始潑了。」

「妳前面就潑很久了。」

「前面是暖場，現在開始正式的。」

「哦哦。」

「妳說，妳會不會發展太快了？」秦雨飛擔心好友又一頭熱，「這才多久？妳上星期才說沒確定。」

「剛才突然有一點確定。」

「那妳再等等，更確定的時候再說吧。」

「我努力。」尹婷對自己衝動的個性有點沒把握，計畫得好好的，可是一見面就破功了，但是見面真的太高興了。女為悅己者容，其實男生也是，她注意到他這次還有噴一點古龍水，味道很好聞。

「妳真的要想好，他大妳挺多的吧？他多大來著？」

「三十三。」

「哦。」

「九歲。」尹婷咬咬唇，「其實，按說是大不少，只是又不能塞回去重新生，他就是他嘛！」

「然後他還是個這麼認真嚴肅的工作狂。」

「嗯。」

「以後他會不讓妳睡懶覺，時間到了就得起床，因為覺得妳懶散。妳一直玩遊戲他會煩，因為他不玩。妳刷微博寫幼稚的話他會嫌棄，因為他不說那樣的話。對了，還有最重要的，他能融進妳的朋友圈嗎？妳能融進他的朋友圈嗎？」

前面那些尹婷是沒想過，但最後一條她知道：「我們共同的朋友圈就是妳和顧英傑。」

「好好思考，別找藉口。」

「哦。」好像是有些問題。

「現在冷靜點了嗎？」

「有點了。」

「還想撲倒他嗎？」

「暫時能克制。」

「好了，那拜拜。」女王功成身退。

尹婷回位置吃飯，打了這通電話還是有成效的，但是抬眼看到仇正卿對她笑，她的心又怦怦跳了。啊啊啊，要克制！要穩住！

這頓飯兩個人都有些拘謹，或者不該說拘謹，應該是……討好。

尹婷很賣力地解決羊肉，看仇正卿舀了兩勺羊肉，她真想說不愛吃別勉強，讓我來解決，但這樣太不禮貌，於是她只能加快速度吃吃吃，專攻羊肉湯。

然後吃著吃著，她反應過來了，有些不好意思，「嗯，其實我也不是太能吃的。」形象啊，她的淑女形象，「就是，這裡菜的味道真不錯。」其實只是普通，算不上高分。

仇正卿答：「我雖然不愛吃，但也能吃幾口的，我不挑食。」簡直是昧著良心說話，他最大的毛病就是太挑食。

尹婷捧場地點頭，「我也不挑食。」她只是挑好食而已，不挑食。

「這家味道不錯，我們下回再來好了。」仇正卿再出一招試探。

「好啊！」尹婷完全沒抵抗就被拿下，想了想，問：「你會不會做菜？」

仇正卿猶豫了一下，還是說實話：「不太會。」胡亂誇口，萬一讓他做飯，豈不是露餡兒？

「我也不太會。」勉強算是有共通點，加分。雖然這加分理由有些丟臉，而且很可惜啊，兩個廚盲就不能在他家一起做飯約會了。

看來有必要去報烹飪班。尹婷想，他上班這麼忙，加班又辛苦，如果以後他們真的在一起了，她該為他做飯，天天叫外賣太不健康了。

回去就上網搜食譜，有空就試試看，仇正卿這麼想。她這麼喜歡美養，他該有些拿手菜的。

兩個人各懷心思，這時候仇正卿的手機響了。他接了，是毛慧珠。

毛慧珠說她正好在仇正卿家附近辦事，不知道仇正卿在不在家，方不方便一起吃個飯。

「呃……我現在就正跟朋友吃飯。」

尹婷問：「Zoe？」

仇正卿點頭。

「讓她來啊，三個人一起吃可以多點一些菜。」而且羊肉湯太大鍋，她一個人搞定有困難。再有，她跟仇正卿共同的朋友又多了一個毛慧珠，關係又邁進一大步。

於是仇正卿跟毛慧珠說了地址，告訴她他跟尹婷正在吃，讓她過來吧。

「方便嗎？」毛慧珠聽說是尹婷，就知道是怎麼回事，忙問。

「沒事，她說讓妳過來，她好加菜。」仇正卿一邊說一邊無奈地看了尹婷一眼。

尹婷嘻嘻笑，是可以加菜啊，這是事實。

不一會兒，毛慧珠到了。

「珠珠姊！」尹婷叫得很甜。

「妳想加什麼菜？我跟妳說，我的戰鬥力很普通。」毛慧珠跟尹婷開著玩笑。

仇正卿揉揉額角，感覺她們兩個比跟他更熟似的，一起兜過風了就是不一樣啊！

「我也買了輛腳踏車。」毛慧珠跟尹婷聊得起勁。尹婷拿了菜單過來跟毛慧珠說她對哪幾道菜還有興趣，讓毛慧珠選，又說：「那妳哪天有空，我們一起去兜風。」

「好啊。」毛慧珠答應。

「天很冷。」仇正卿潑冷水。有那個空閒兜風，就該來他家看望喵大大啊！

這話惹得兩個女人都瞪他，仇正卿攤攤手，「確實很冷。」

點好了菜，毛慧珠看看他們倆，直接問：「你們約會嗎？」

仇正卿與尹婷對視一眼，兩人都裝得很正經。仇正卿不說話，把發言權交給尹婷。尹婷道：

「仇總好心收養了我餵的流浪貓，今天我帶他去買相機，就正好一起吃飯了。」

「哦。」毛慧珠拖長了尾音，在她看來，回答「是啊」，要比扯這麼一長串更準確些。

仇正卿清清喉嚨，轉移話題，問她：「妳的公司籌備得怎麼樣了？」

毛慧珠有些苦惱，「比我想像得麻煩些，恐怕得春節後才能註冊了。」

仇正卿皺了眉頭，「春節後才註冊？那妳說的三月那個單子還能搞定嗎？」

「要是春節後才註冊，應該就趕不上了。」毛慧珠與仇正卿聊過她的業務規畫，她美國的朋友三月有個專案，正好可以給她做。有了第一個，後面就好辦些，所以她想爭取在十二月註冊。一月敲定業務流程，二月春節基本上做不了什麼，但細節都定好了就沒事，三月就可以執行了。

「怎麼註冊不上？哪裡有問題？」仇正卿問：「資金不夠嗎？我手頭還有些錢。」

毛慧珠道：「註冊資金我原想找代辦公司墊，交代辦費就是了，只是代辦費也不少，然後需要公司地址，這個代辦公司能提供，還是交代辦費。可我也確實需要辦公室，就跑了很多地方，辦公室最少得租半年，一次要交的租金太高，我還要裝修，請人手，現在年底了，請人不容易，又卡著春節。人才招聘那邊我找了朋友，但像我現在的情況，什麼都沒有，不好招人，能來的都是沒經驗的新人。原本有個朋友說跟我一起創業，結果前陣子退縮了，說她公司那邊百般挽留，她決定還是留在她公司。也就是說，我現在只有自己一人，想招到合適的幫手，得等門面弄好了再開始。可是那樣的話，我租了辦公室就得白交三四個月的房租。其實說到底還是資金不足，我算了算，確實太勉強了。」

「還缺多少，我可以借些錢給妳周轉。」仇正卿說。

毛慧珠搖頭，「多謝。可是錢花了，辦公室白放幾個月太不划算了，我不能為了三月份的業務勉強自己。招不上人的話，事情也不好辦，到時候還是虧損。算來算去，等春節後再開始好了，反正創業也不是一時半會兒的事，急也沒用。我這段時間就再跑跑，多了解了解，準備充分些。最好能找些朋友一起做，等春節之後租了辦公室，代辦那邊的費用還能少一點，省一筆下來花在別處。」她長嘆一口氣，「真是不當家不知道柴米貴，以前在公司上班時，不用操心這些事，覺得把業務做好，幫公司賺到錢就好。現在自己出來了，才發現花的賺的都得算。」

尹婷在旁邊聽了，問她：「妳要開的公司是做什麼來著？」其實上回一起兜風時，毛慧珠跟她粗略聊了聊，她不懂，所以沒往心裡去，最後也沒記住。

毛慧珠又跟她解釋了一遍。

「聽起來好像很不錯。」尹婷這回上了心，「能賺錢吧？」

毛慧珠噎了一下，「呃，我努力。」要是從前，她大概會覺得被人輕視了，但現在她稜角磨平許多，又知道尹婷的個性，倒是不在意了。

尹婷轉向仇正卿，「你覺得呢，有前途能賺錢的吧？」

仇正卿沉吟片刻，思考怎麼答，「業務方向是好的，Zoe的資源人脈也有，只是畢竟初入行，會辛苦些。再有，競爭也比較大，初期資金不足會比較艱難。」

「哦。」尹婷點點頭，道：「那我入股行嗎？」

毛慧珠和仇正卿都呆愣。

尹婷挺起胸膛，「我不是開玩笑的，真的。能賺錢就行，當然也不用這麼急，長遠有發展就好，初期賺不到沒關係。你們都是精英嘛，仇正卿都說看好，那就沒問題。」

仇正卿那表情……他什麼時候說看好？好吧，如果有充足的資金，他看好。

「我是不懂商，肯定幫不上忙。我就入個股，不管業務，到時賺了錢分紅。我有錢，我可以投資。」

毛慧珠的表情比仇正卿更精彩，這個騎著破腳踏車問她兜風嗎的小女生，自稱有錢，要投資她的公司？

毛慧珠看向仇正卿，仇正卿一臉無辜，「我不知道她有多少錢。」或者該說，她爸有多少錢。他只知道她爸守著個印刷廠，規模他都不知道。還有她哥經營一家酒吧，酒吧他是去過，生意是很好，但賺多少錢他也不知道。

「妳的辦公室需要多大？要招多少人手才夠？」尹婷認真問。

「一兩百坪吧。」毛慧珠試圖跟尹婷解釋：「我這是小公司。」別衝動，投資什麼的，要考慮清楚。

「一百多坪坐不了幾個人吧？妳還要有總經理辦公室，要有財務室、會議室。」尹婷想了想，「妳做這行門面挺重要的。」然後她開始撥電話，一邊撥一邊問：「地段妳覺得哪裡方便？」

毛慧珠張了張嘴，還選地段？她現在選地方都是哪裡便宜看哪裡，便宜就行。

尹婷電話撥通了，她對電話那頭說：「杜經理，我想問一下，我的辦公樓有近期空出來可以用的嗎？」

毛慧珠又轉頭看仇正卿，仇正卿搖頭，他真的不知道這個被沒心沒肺大神擁抱的女孩有辦公樓。

「哦，好的。」尹婷抬頭跟毛慧珠說：「柳樹街那個三百五十坪左右的，十二月中到期，對方不租了。金沙路五百坪的那個，對方下週就搬了。」

毛慧珠嚇一跳，「不要五百的！」

尹婷看了看她，「好吧，杜經理，那就幫我留著柳樹街那層，別租給別人了。嗯，回頭我找你。」

掛了電話，看到毛慧珠和仇正卿都瞪著她看。

尹婷有些不好意思，「讓我入股吧。我出辦公室，剛才那些是我的房子，是現成的資源，不用白不用，對吧？房租算便宜一點，折進股份裡。我還有簽約合作的會計師事務所和律師事務所，妳這邊也需要啊，就一起併過來處理，能省點錢。流動資金缺多少，我們再商量，跟會計那邊算算，妳看怎麼樣？」

毛慧珠拿不定主意，天上掉個餡餅下來，很意外，也不知道可不可靠，她又看向仇正卿。

仇正卿理性一點，問尹婷：「需要跟妳爸或妳哥商量一下嗎？」

「不用，我爸不管我們。我媽走了之後，他就什麼心思都沒有了。之前好幾家公司和業務，他全賣掉了。有兩家就是賣給秦叔的，就是鞋子和皮具那兩家。」

仇正卿驚訝，那兩個品牌是他們永凱的重點業務之一，他不知道是從尹婷父親手上買過來的。

「我爸只留下印刷廠。當初印刷廠做得非常好，機器和技術都是從國外引進最新的，那時還有很多外地的業務專門找上來。營運好了，他就拓展了很多別的生意，我媽守著印刷廠，我爸做新的業務，也成功了。他跟秦叔他們就是一起創業的夥伴，後來我媽走了，我爸很傷心，就把其他公司全賣了，留下印刷廠自己守。他問我哥要不要繼承，我哥說不要。他說那好，家裡資產分一分，你們兩個拿了錢去做你們想做的事，我這裡是沒有錢再給你們了。你們敗光了就認命，我是不管你們的，然後他給了我哥一大筆錢，我哥就拿去做生意了。我那時候還小，我說我不知道要做什麼，爸你幫我存著。」

仇正卿忽然明白了，「於是妳爸幫妳投資了房地產。」

「嗯，他買了一些房子，後來房子升值，我一看挺好的，留著養老不錯，然後我就用他給我的錢也買了房子，不過我買的是辦公樓和商業店面。我有委託一家代理公司幫我營運著，還有會計公司和法務。我哥酒吧的房子也是我的，他之前做生意虧了很多，錢不夠，我就幫了他一下，結果他就賺了。我還入股了一家別的朋友的公司，做服裝設計的，也有大賺。」

說到這裡，尹婷話鋒一轉，跟毛慧珠說：「對了，妳看，我這人運氣很好的。妳讓我入股，說不定公司就會賺錢了。」

毛慧珠張了張嘴，那個「好」字真的很猶豫，這樣真的沒問題嗎？

「生意是生意，不要講封建迷信。」仇正卿糾正尹婷。

「哦。」尹婷說：「反正，我有資源也有能力入股。我爸總說，別以為你們命好，有錢人憂鬱自殺的多的是。其實他說得有道理，就說我吧，我以前年輕的時候被一個女生罵過，她說我就是命好而已，有什麼了不起，拿著爸媽的臭錢，不努力工作，對社會一點貢獻都沒有。那是我去買房子的時候，那個女生好像失戀了，心情不好。」

仇正卿無語，被罵了還幫人家找藉口，而且這說的什麼話，什麼叫做年輕的時候，她現在是有多老？

「我當時很難過，房子也不買了，回家哇哇哭。我爸問我，妳做什麼壞事了，我說我什麼都沒做。我爸就說，那妳有什麼好自卑的？我一想，對啊，我幹麼自卑？後來我也想通了，每個人的情況不一樣。我雖然沒有早出晚歸，沒有別人的商業頭腦，讀書成績也不優秀，比較笨，可是我也有認真念書，順利畢業了，也有工作。我每天在印刷廠上班，是為了陪我爸，不然他年紀大了，也寂寞。我愛護小動物，關心小朋友，我賺了錢也有幫助別人。我不作奸犯科，沒幹壞事，這也算傳遞了正能量，我對社會也是有貢獻的。可惜我再沒遇到那女孩子，沒機會反駁她，她不能這麼看不起我。」

仇正卿和毛慧珠不說話，其實，他們也對不努力上進的富家子弟有成見。

尹婷又說：「所以呢，你們不要以為我搗亂啊，我是認真的，不是亂投資。這不是因為珠珠姊妳很能幹嗎？而且妳是為了幫助別人才失去工作的，我很佩服。我媽說過，好人一定會有好報，只是好報來的時候，別看不見，別錯過。這不是現在就是個機會嗎？我能幫的忙不多，但是我也會盡力的。等公司成立起來，大家一起努力。這不是還有仇正卿嗎？他本事大，是永凱的搖錢樹，讓他也幫我們出出主意。現在我們把公司註冊搞定，招人這方面我也找人幫忙物色一下，有資金有辦公室了，咱們腰桿也是硬的，能招來人。然後三月份的單子就拿下了，哇，開始賺錢，太好了！」

毛慧珠笑了起來，她看向仇正卿，又看看尹婷，「有人跟我說過，有些人天生就特別容易說服別人，感染別人，妳就是這樣的。」

「這是誇我吧？謝謝。」尹婷很有精神。

「我聽妳說完，覺得好像三月開始公司就有進帳，會順順利利的了。」

「那當然，不是我吹牛，我真的是福星！」尹婷努力自誇著。

這時候毛慧珠的手機響了，她一看，居然是吳飛。

吳飛在電話裡說：「Zoe姊，聽說妳在創業組公司？」

「嗯。」毛慧珠心裡一動。

「我想毛遂自薦，我的工作能力和態度妳是知道的，我也知道創業初期不容易，薪水都好說，我只是希望還有機會能跟妳繼續學習。」

毛慧珠驚訝，今天難道是幸運日？她只是正好在這附近，就想著如果仇正卿在就一起吃個飯，順便跟他討論一下公司和業務，沒想到，飯還沒吃完，資金有了，得力的工作夥伴居然也有了。

尹婷笑得開心，偷偷看了仇正卿一眼，仇正卿也正好在看她。尹婷有些害羞地轉開臉，其實她幫毛慧珠是真心的，當然也有私心。這也算……打入他的朋友圈吧？她希望能跟仇正卿的距離拉近一點。她才不是什麼不學無術、好逸惡勞的千金小姐，她也有自己能做的事，也是有理想有追求的。雖然理想不遠大，追求不崇高，但是世上人這麼多，每個人都不一樣。

她的理想，目前是想跟正經先生談戀愛，追求嘛……是希望成功戀愛後就能幸福地結婚。她覺得極好，生活充滿了正能量。

創業討論小組最後移師仇正卿家開會。

因為吳飛表現得非常積極和熱情，聽毛慧珠說她正在與朋友商量創業的事，他便提出現在馬上過來。毛慧珠對吳飛是放心的，這個年輕人工作認真，辦事能力也強，在應對崔應偉的事情上表現算是機智沉著，有自己的立場。她離開公司前也是看到的，有幾次崔應偉找了理由當眾誇讚吳飛，還請他一起去喝酒，吳飛都委婉拒絕，雖然客氣，但也讓崔應偉下不了臺。

這讓毛慧珠有些擔心，她辦完離職後還找吳飛談過一次，說知道這件事對他有影響，讓他要小心處理。事情既然已經過去，在沒有找到更好的發展前，還是儘量好好跟崔應偉相處，別因為意氣用事吃了虧。

當時吳飛問她辭職後要做什麼，她沒告訴他，想著日後事情都定好再說。在毛慧珠心裡，雖不後悔出面幫了吳飛，但如今被迫離職，有些潦倒。她在吳飛面前一直是主管的地位，實在不想在他面前丟臉，所以她想著，等事情有了眉目，事業有了起色再說。

沒想到，她四處奔波求助，找人脈找資源，還是讓吳飛知道了。不但知道，還主動說要加入。

在餐館裡繼續談這事似乎不方便，仇正卿提出就近去他家。毛慧珠跟吳飛說了仇正卿家的地址，約好在那裡見。大家匆忙把飯吃完了往回趕，途中尹婷叫了停，衝進路邊的便利商店掃蕩一大袋零食，樂呵呵地跑回來。

「開會怎麼能沒零食沒飲料呢？」她大聲道。

仇正卿和毛慧珠都垮臉給她看，從來沒聽說過開會要準備零食。

尹婷嘻嘻笑，「我第一次參加這麼重要這麼有深度的會議，感覺自己也添了幾分精英氣質。」

仇正卿和毛慧珠都無語了，這還真是很特別的投資人。

「我可以在車上吃東西嗎？」尹婷盯著那袋牛肉乾，好饞。

「妳剛吃完飯。」車主仇正卿列出第一條拒絕的理由，「而且馬上就到家了。」列出第二條理由，然後又說：「吃的時候小心別掉到車上啊！」

「哦。」尹婷答應了，「我等到家再吃。」

毛慧珠在車後座蹙眉頭，這兩人當她的面秀恩愛合適嗎？秀就算了，還不承認，更是當著她這前追求者的面，可是她居然一點都不傷心，一點都沒有不服氣。

「珠珠姊，那個吳飛是什麼樣的人？」尹婷安靜不到兩分鐘就開始八卦。

毛慧珠就跟尹婷介紹了一下吳飛的情況，如果吳飛真的加入，作為投資人的尹婷也有權知道。

尹婷聽完了，點頭，「太好了，那就是很能幹的人才啊！」

那讚賞的口吻讓仇正卿側目，明明不認識，有必要誇得這麼認真嗎？

尹婷看到仇正卿看過來，趕緊補了一句：「當然了，我們仇總也是超級優秀能幹的人才！」馬屁拍得溜，為什麼拍先不管，反正她樂意誇誇他。

毛慧珠大笑，仇正卿在後視鏡裡對上她的促狹目光，有些不好意思。哼，怎樣，他確實很優秀！

三個人到家後不久，吳飛也來了。

白淨斯文的一個年輕男子，尹婷一直認真打量他。

他很禮貌地跟大家打招呼，又跟毛慧珠說他很早就打定主意想辭職了。跟人品這麼惡劣的人做事，付出精力和時間，他覺得不值得，而且崔應偉那時處處針對毛慧珠，他看著非常不好受。只是他同樣也簽有競業條款，馬上辭職也面臨著轉換事業跑道的問題。他就打算先想好做什麼，找好路子再說，結果毛慧珠比他先走。於是他一直留心，他相信毛慧珠不會什麼都不做，乾等一兩年。果然毛慧珠決定創業，於是他就過來誠心求個位置。

「我做什麼都行的，妳公司剛開始，肯定需要像我這樣有經驗、能跑腿，能出去應酬、能喝酒，還能管雜事，又有合作默契的人。」吳飛道：「Zoe姊，我知道初期肯定挺艱難，沒關係的，我跟父母一起住，沒有經濟壓力。這幾年我也有些存款，要是需要，我也能投資一點。薪水都好說，以後再給也沒問題，我就是想來跟妳一起創業。」

說得很誠懇，尹婷心裡下結論。她一邊喝優酪乳一邊吃牛肉乾，兩隻眼睛盯著吳飛的臉看。

毛慧珠跟吳飛道謝，也不跟他客氣，這樣的人確實是她創業需要的夥伴。她開始跟吳飛介紹她的資源、她的計畫，以及她目前籌備的進度。

吳飛認真聽著，尹婷認真看著吳飛。

「小婷。」仇正卿突然插話：「妳去廚房泡茶給大家。」

「行。」尹婷很聽使喚地就去了，戀戀不捨地又看了吳飛幾眼。

進了廚房，才想起這不是她家，每次來都是仇正卿泡好茶給她，她不知道茶葉放在哪裡。尹婷跑到廚房門口想叫仇正卿，結果看到客廳裡三個人在討論事情。仇正卿正說著什麼，他表情認真，侃侃而談。

真帥，認真的男人最帥了！

尹婷乾脆蹲在廚房門口專心看，仇正卿正好面對著她，能讓她看得清楚看個夠。

好帥啊，越看越喜歡。充滿了成熟男人的幹練氣質，他知不知道自己動不動就會閃一下精英光芒呢？可惜相機沒在手邊，不然可以拍好幾張回去解饞了。

沒過一會兒，仇正卿說完話，不經意轉眼，看到廚房門口那個作賊一樣鬼鬼祟祟的尹婷。

尹婷被發現了，只好嘿嘿傻笑，對他勾了勾手指。

仇正卿起身朝她走來，尹婷仰頭看著他走近，感覺好像自己真勾到他似的，又笑了起來。

仇正卿走到她面前，「脖子累嗎？」

尹婷笑著站起來。

仇正卿被她感染得也笑了，「妳一天到晚是不是除了睡覺的時候，其他時間都在開心？」

「我睡覺的時候，有時也會做美夢的。」所以比他預想的開心時間還要多。

仇正卿搖搖頭，真是佩服她，「那妳蹲這裡偷看什麼？」

「我找不到茶葉。」絕對不能說她在偷看他。

仇正卿帶她進廚房，指了指上面的櫥櫃，「在那裡面。」

尹婷蹦跳著過去，「知道了，你忙去吧，我要準備泡茶了。」

打開櫃門，裡面居然有兩層，而茶葉罐在上面那一層。小短腿的劣勢頓時顯現，尹婷踮起腳尖，手指堪堪碰到茶葉罐。這時候一隻長手臂從她身後伸了過去，幫她把茶葉罐拿下來了。

「謝謝。」尹婷接過，臉有些紅。他離她很近，能聞到他身上淡淡的古龍水香味，但她沒退後，而是抬起頭看他。

他也沒退後，他對她小聲說：「財不外露，投資小心，這兩點妳務必牢記。」

尹婷心裡一甜，也小聲回他：「放心吧，我不是隨便的人。之前也有別的朋友找我投資，好幾個，我都沒答應。為了這個，他們還有跟我翻臉絕交的。做事情我也是看人的，明知道是糟蹋錢的，我不會給。雖然我在賺錢這事上沒吃過苦，可是我也知道努力才會有回報。我爸媽辛辛苦苦攢下來的資產，我會好好對待的。我跟珠珠姊雖然只見過幾次，但我信得過她。她是你曾經考慮要交往的人，你認真考慮的人選，不會是人品差的，一定跟你一樣。現在就算沒做成情侶，可你也有心幫她，這證明她值得幫。再加上她離職的原因，也證明她是一個有情有義的好人。你看，現在她的前同事什麼都不要，也投奔她而來，都證明她是一個值得投資的好夥伴。」
仇正卿聽她說得頭頭是道，知道她明事理，並非一時衝動，就放下些心來，但還是囑咐：「我不是指Zoe這件事，Zoe當然值得幫，我是指事情的性質。以後妳再遇到這類事情，一定要三思而後行，不可以感情用事，尤其是不熟的人，財不外露，免得惹來麻煩。」
「嗯。」尹婷用力點頭，對他的囉嗦一點都不反感。
「那個吳飛，雖然是Zoe的前同事，但是妳跟他不熟，我也跟他不熟，所以妳得留些心眼。」
剛才尹婷一直盯著吳飛看，進了廚房還蹲著偷看，仇正卿的心酸得都可以當泡菜啃了。
一說到吳飛，尹婷就來了精神，「我跟你說哦……」她神神祕祕地小聲說道：「那個吳飛肯定是喜歡珠珠姊。」
仇正卿一愣，怎麼可能？他探頭出廚房朝客廳的方向看了看，毛慧珠和吳飛還在討論公司的事。仇正卿把腦袋收回來，搖頭，「沒看出來。」
「不會錯的。」尹婷煞有介事地搖搖手指，「我有一雙善於發現愛情的眼睛。」
「呵，白蘿蔔小姐！」仇正卿取笑她，還敢自稱善於發現愛情，那他的愛情她怎麼沒發現？
「真的，我們打賭。」
「他們不搭。」
「哪裡不搭？」
「吳飛太年輕了，他們差了好幾歲。」
「那又怎樣？現在都有忘年戀呢，差幾歲怕什麼？而且珠珠姊很漂亮，一點都不顯老，跟吳飛站在一起挺速配的。」
仇正卿頭疼，警告她：「妳可千萬不要去添亂，人家正經創業，妳別攪和得人家沒法共事。」

「我不會的，我這麼懂事，肯定不會搗亂。我只是把我的發現告訴你，至於他們怎麼樣，那是他們的事。我也知道要是感情沒處理好，連朋友都沒得做，珠珠姊現在正準備開始她的事業，我什麼都不會說的。你也是啊，你要保守祕密。」

仇正卿一臉黑線，他一點都不會八卦這種事好嗎？但是吳飛喜歡毛慧珠？她到底從哪看出來的？

「他們好像……」仇正卿想了想，「差不多差六七歲吧，真是挺多的。」

「你不能這麼老古板，男的大就行，女的大就不行嗎？六七歲算什麼，最重要是他們彼此互相喜歡。如果互相喜歡，六七歲完全不是問題。如果互相不喜歡，那說什麼都白搭。你放心吧，珠珠姊這麼聰明，我看吳飛也很沉穩，他們自己能處理好的。」

「六七歲不是問題嗎？」仇正卿小心試探：「那九歲呢？」

尹婷的心怦怦跳，故意裝傻，「男生大九歲，還是女生大九歲？」

「男生。」仇正卿的心也跳得快。

「男生啊……」尹婷覺得自己的臉在發熱，「挺好的呀！男生大女生九歲，那應該會很成熟穩重吧？會體貼人，會疼老婆，挺好的。」後面那三個字是硬擠出來的，因為前面越說越害羞，她要撐不住了。

仇正卿盯著尹婷看，她的表情表示什麼？他覺得很有希望，他覺得她跟他一樣，「嗯，他一定會很疼老婆的。」他順著她的話說。跟尹婷一樣，也覺得這話說出口真是讓人害羞。

兩個人四目相對，被一種無法形容的感覺緊緊包圍。

他一定會很疼老婆的，居然說情話了呢！

尹婷的心怦怦亂跳，甜蜜又害羞。快點，接著往下說！

仇正卿很想說，但他覺得這是件非常嚴肅的事情，應該鄭重對待，找一個好地方好時機跟尹婷慢慢說，可現在外面還有兩個人在討論事業，他不能待在廚房裡太久，這不是一個合適的時間和地點。

仇正卿不能接受自己跟尹婷隨便說說什麼我比妳大九歲，但是我會對妳好的，要不，妳做我的女朋友怎麼樣？乾巴巴的，太沒誠意了，說完還回客廳聊公事去。

不行，絕對不能這樣！

得留時間給尹婷考慮。他相信尹婷不討厭他，甚至感覺她是喜歡他的，但是女孩子矜持，需要時間考慮。他們需要好好談談，討論他們之間的感情和相處狀況。如果順利，尹婷覺得可以，那他們再進一步溝通戀愛計畫。如果尹婷覺得不行，那他也需要了解問題出在哪裡。

所以，此時此刻此地絕對不是談話，哦，不，應該說是表白的好時機。

於是話到嘴邊，仇正卿改口道：「妳明天還能過來嗎？我有些話想跟妳聊一聊。」

尹婷愣了愣，咦？居然踩了剎車？

「能。」可是居然要明天聊？開正式會議？那多沒氣氛啊！尹婷覺得現在感覺正好，只要他說「我喜歡妳」，她就答他「我也是」，然後他們的事就算定了。接著泡茶出去聊生意，多好！有氛圍有感覺有效率！

居然要明天？

「要聊什麼？」尹婷沒把握，忍不住問了一句。

她這麼問，仇正卿頓時噎了，「呃……明天再告訴妳。」

又是明天！尹婷重重點頭。看來今晚回去得好好練練瑜伽靜個心，不然明天聽不到她想聽的話，她怕自己忍不住撲倒仇正卿，惡狠狠地搖晃他的肩對他說：「你說不說？到底說不說？你不說讓我來！」

尹婷在心裡搖搖頭，甩開腦海裡的妄想，矜持而有禮貌地問：「那我什麼時候過來方便？」

「上午吧，我們可以一起吃午飯。」午餐選一個浪漫的餐廳，這樣也很不錯。仇正卿開始在心裡擬計畫。他買個小禮物好了，不太刻意又顯得有誠意，尹婷這樣的小女生應該會喜歡這種方式。

「好。」尹婷一口答應。她決定明天她來選餐廳，選個氣氛好的，有包廂的。包廂不俗氣，又不會顯得她很故意。

「我去接妳。」

「好。」尹婷又答應，「你出發前給我電話就好。」

「嗯。」

大事敲定，兩個人迅速泡好茶端了出去。

接下來的時間沒尹婷什麼事，業務她聽不太懂，毛慧珠和仇正卿都很默契地把她投資人的身分隱去了，只說她是仇正卿的朋友。尹婷明白這是為了保護她，畢竟她跟吳飛不熟，少一個人知道就少一分麻煩。

不過在尹婷心裡，直覺吳飛也是個信得過的。

尹婷忍不住又開始觀察吳飛，終於被吳飛發現了。吳飛有些不好意思，坐立不安起來，再然後，尹婷發現自己被仇正卿瞪了。

好吧，尹婷反省，這樣確實不應該，可是太悶了，不能觀察吳飛，她就沒什麼事可做。她乾脆打了聲招呼，跑到房裡跟喵大大玩去了。

這一玩，玩了許久。事實證明，仇正卿定明天是正確的，因為這一天他們談計畫談了大半天，討論到了晚上。四個人都吃便當，毛慧珠趁著仇正卿和吳飛都在，把所有能商量敲定的事都定下了，包括預算，包括進度表等等。他們開會，尹婷就幫他們訂餐、倒水、打雜。

吳飛這人也是個果斷的，他說其實他前陣子聽說毛慧珠自己開公司，就已經跟公司辭職了，所以他再一週就能把工作交接完，辦好離職手續。

尹婷聽了，趁跟仇正卿在廚房清洗碗盤的時候說：「你看吧，吳飛這是抱著死賴著不走，鐵定要成功的心態毛遂自薦的，他鐵定是喜歡珠珠姊。」其實她更想跟仇正卿說的是：「你看看人家，你也學學啊！」不過她不敢說，矜持，她得矜持！

仇正卿也在想，難道尹婷欣賞這樣的？或許他也應該秉持更積極的態度才好。

這晚，仇正卿送尹婷回家，路上沒說別的，只囑咐她投資公司的事。尹婷心裡把仇正卿當成了她的談判代表，仇正卿也自動自發擔此大任。他跟毛慧珠他們商定好細節，評估可行性，幫尹婷談了條件，最後告訴尹婷預算是多少，計畫是什麼，分幾批，什麼時間需要多少錢，分紅怎麼分等等。

「到時跟會計碰面的時候，我要在場。」仇正卿說。

「好。」

「妳和毛慧珠之間的合作協定，我會先跟她敲定，條件差不多是我剛才說的那些。我擬具體條款時想到什麼，再跟妳商量。」

「好。」尹婷真高興，有個商業人才幫她談判，感覺自己都威風起來了。

說話間，尹婷家到了。兩個人都有些捨不得，但明天才是重頭戲，於是兩人就此分別。

仇正卿一直在想買什麼禮物好，可商店都關門了，只好明天早點起來去逛一下。

回到家，仇正卿端坐在書桌前，認真計畫明天約會表白的措詞和對策。

他拿了他記工作要點的筆記本，用鋼筆在上面寫表白重點。

首先，當然要談感情。尹婷也是重感情而不求利益的女孩子，依她的條件，她也不需要從男人身上謀利，於是仇正卿提筆刷刷寫了起來。

第一點，感情。最重要的，我喜歡妳。妳曾經說過，合不合適，其實得看喜不喜歡。看似不合適的，如果很喜歡，就能互相遷就磨合，把自己調整得適合對方。反之，如果不喜歡，看似條件合適，其實完全沒用。所以，喜歡是最重要的，喜歡才是最合適的。我喜歡妳。

第二點，經濟。我有一輛車，無貸款。一棟房子，貸款還需要還五年。每年薪水分紅不少，存款也不少。雖比不上妳的，但也足夠供應妳有品質的生活。

第三點，家庭。父母雙亡，比較親近的親戚是老家的姑姑，每年會寄錢寄禮物，但很少回去，所以不必擔心家庭問題，也不會有父母反對之類的事。

寫到這裡，仇正卿停下來思考，還有什麼對方會在意的呢？對了，年紀，差九歲。但數字不是重點，數字背後代表的將來的生活才是重點。於是仇正卿繼續寫。

第四點，年紀。我比妳大九歲。妳說的對，這是個會疼老婆的年齡差距。我身體健康，每週運動，飲食節制，不喝酒、不抽菸，應酬也未暴飲暴食。今年七月最新的體檢報告顯示，我非常健康，無任何疾病。我會保持下去，等到我們老時，我一定還能照顧妳，不會比妳先走。

這樣可以吧？他對未來也是有規畫的，並不是一時頭腦發熱就說喜歡。

然後還有什麼？對了，工作生活的穩定性，還有個性上的差異。仇正卿又往下寫。

第五點，工作。任永凱集團副總，依永凱的營運狀況和我的業績及公司內的人際關係來看，這個任期應該還會很長。無創業想法，所以會很穩定。

第六點，個性。我確實是個認真且嚴肅的人，但我不是古板無趣的人。雖然我們的興趣也許有差別，但我自認很有耐心，我願意多了解妳的興趣，也希望妳願意了解我的。

好了，好像關於他的都交代得差不多了，尹婷還會問什麼呢？仇正卿想了想，繼續寫。

第七點，喜歡妳什麼？一，喜歡妳的樣子。我覺得妳很漂亮，特別是笑起來的時候，會讓人心動。二，喜歡妳的個性。妳說話做事總是很有精神，讓我感覺很舒服。就算妳只是安靜站著，我都覺得很有活力。跟妳在一起的時候，會變得開心。三，喜歡妳的善良。妳對小朋友和小動物都很好，我喜歡。四，喜歡妳的聰明。妳的雞湯亂燉特別有趣。五，……

第五條喜歡仇正卿卡殼了，可是只有四點會不會太少了？尹婷愛浪漫，多誇點肯定沒錯，但還能寫什麼？仇正卿想半天想不出來，於是就在五的後面寫上：想到再補充。

回答完「喜歡妳什麼」之後，仇正卿自然推斷出了下一個問題，而且他覺得這個問題很好回答。

第八點，能喜歡妳多久？這裡有兩個條件，首先，妳也喜歡我。其次，我們一起努力。滿足以上條件，我想應該會很久。

好了，關鍵的兩個問題搞定。仇正卿繼續思考，但他想不出來了。他覺得如果他是女人，知道這些之後就沒問題了，主要是看自己的感覺對不對，他有信心依尹婷對他的態度，這感覺肯定是對的。

於是仇正卿把第九點後面空了出來，依然是「想到再補充」。

仇正卿把這九點仔細看了一遍，覺得這樣應該妥當了，明天就靠它，得把這筆記本帶上，隨時補充，想不到答案時還能偷偷看一眼提醒自己。

非常好，洗澡睡覺，明天談判。

仇正卿躺在床上沒一會兒，突然又想到一點，趕緊爬起來進書房，打開筆記本補充。

第九點，家務誰做？可以共同分擔。如果忙不過來，可以請傭人。

第十點，孩子。至少生一個。要不要生兩個，看妳的意思吧。

好了，記完了，安心。仇正卿合上筆記本，走到門口時突然又想到一點，再回到桌前補寫。

第十一點，同意簽婚前財產協議書。

坐在桌前再思考一會兒，這次真的想不到了，睡覺去，明天一定妥妥的。

仇正卿將鬧鐘定了八點，商場九點開門，他吃完早餐到那裡，有一個多小時買禮物的時間，然後帶著禮物直接去接尹婷，時間剛剛好。

接下來的一切都按計畫順利進行。

第二天早上九點零三分，他邁進商場大門，到處都是聖誕節的活動宣傳，很有挑禮物的氣氛。

仇正卿忽然想到一句談判時可以用到的話。

如果妳也喜歡我，那今年妳就有男朋友陪著一起過聖誕節了。

仇正卿覺得這句話不錯，他把這話記在筆記本上，寫上「第十二點」。

二十多分鐘後，他看到一個很適合的表白禮物，喜出望外，毫不猶豫地買下了來，心情極好。

真是順利，他對今天充滿信心。

找了一家咖啡廳坐下，點了杯咖啡。時間很充裕，他先複習一下，調整好心情。今天要做的這件事是他從來沒有做過的，有些緊張。

打開筆記本，把十二條背了一遍，喝下第一口咖啡，手機響了。

一看是尹婷，仇正卿忍不住笑了起來。看了看錶，時間還早，她應該不是來催他的吧？

他把電話接了起來。

「對不起，對不起！」尹婷的聲音聽起來快哭了，「真的很抱歉，我爸爸昨天晚上病倒了，我們半夜送他來醫院。我現在還在醫院，我爸得住院幾天，今天應該是沒時間見面了。」

仇正卿心裡一沉，非常失望。手機那一頭，尹婷吸了吸鼻子，她一夜沒睡，守到現在。原本是想著如果今天能見面，哪怕擠出一點時間來都好，都要見個面，所以她一直拖著沒打這通電話，不想告訴他她沒時間。可是因為生病的緣故，她爸的脾氣非常暴躁，不配合治病，剛才還把醫生臭罵了一頓，吵著要出院。尹婷和尹實一直勸，這種情況下，尹婷根本不敢離開醫院，思前想後，還是打了電話給仇正卿，不然讓他白跑一趟，她會更過意不去。

「真的對不起，請別生氣。」尹婷的聲音很小，有些哽咽。

「沒關係。」尹婷都這樣了，仇正卿半點火氣都冒不出來，「妳爸沒事吧？需要我幫什麼忙嗎？」

「有多嚴重還不知道，要等今天的化驗報告出來。主要是他平常都好好的，但是一病了就完全變了個人似的。他不願意看病，還罵醫生，誰都罵，所以我不能離開。真的很不好意思，我也不想這樣……」尹婷說著說著越發難過，眼淚流了下來。她伸手抹去，又道歉：「真對不起，我也很想見面，真的！」

「沒關係，妳別往心裡去。家人重要，妳好好陪陪他，我能理解的。我這邊又不是什麼十萬火急的事，過兩天妳爸身體好了，我們再約。」

「好。」

仇正卿聽到尹婷的聲音都覺得心疼，她在哭嗎？她爸的病這麼糟糕？

「如果有我能幫忙的地方，千萬不要客氣。」

「好。」仇正卿沒生氣，對她還是很好，尹婷稍微安心。

「妳自己也要注意身體，別逞強。老人家年紀到了，脾氣是會大一些。要是罵妳了，妳別往心裡去。你自己也要多休息，照顧病人也很累的。」

「嗯，我知道。」

兩個人安靜了幾秒，話似乎說完了，可又捨不得掛電話。

「小婷……」仇正卿正要說什麼，卻聽到電話裡傳來摔東西的聲音，還有一個男人的怒罵聲。

「我爸又鬧了，我去看他。對不起，回頭我給你電話。」尹婷匆匆說完，沒等仇正卿應話就掛了。

仇正卿維持著通話的姿勢呆了好一會兒，聽著手機裡嘟嘟的聲音，形容不出自己的心情。最後他長嘆一口氣，把手機放回口袋，靜靜地把那杯咖啡喝完，回家去了。

家裡有喵大大，仇正卿很慶幸自己領養了牠，起碼現在他想吐苦水的時候，可以強迫這隻貓聽。雖然喵大大一臉不情願，但被抱住了也只好認命。

仇正卿摸著貓的腦袋，想半天也沒想到該吐什麼苦水好。不是尹婷不好，不是他準備不充分，反正就是每次時機總是差那麼一點。「算了算了！」仇正卿把喵大大放開，不吐了，沒啥可苦的，「就是運氣不夠好。有波折表示後面會有大大的幸福，就這樣。」

可是仇正卿沒想到這波折還是一波接一波的。

週四上午，仇正卿接到尹婷的電話，說她爸爸明天就可以出院了。她想週六或週日看仇正卿的時間，見個面。仇正卿求之不得，一口答應。

這幾天他一直關注尹婷，每天都有跟她通一次電話。她的微博只更新了一條，說的是讓大家注意身體健康，要心情愉快。為了這條微博的囑咐，仇正卿週二和週三都去了健身房，把之前缺的鍛鍊補上，但是在跑步機上狂奔也抒解不了他對她的想念。明明週六才見過面，卻感覺很久很久沒見面了似的。

現在她那邊終於有空，仇正卿很高興，沒想到下午兩點多，卻接到一個緊急消息。分公司的總經理與財務合謀，虧空公司帳款出逃，那邊已經報警，但公司上下炸開了鍋，分公司的員工薪資被拖了一個多禮拜，這幾天發現總經理一直沒來，聯絡不上，財務也失蹤，這才報警處理。

秦文易人在國外，對這事相當重視，囑咐仇正卿馬上過去主持大局，先撥款，對好帳後，把大家的薪水發了。同時配合警方行事，安撫眾人，把那邊的局面先確定下來。

仇正卿也知事態嚴重，趕緊讓祕書訂機票。他召集了中高層會議，交代好工作，並通報了分公司的情況。這種時候，總公司這邊肯定也聽到不少消息，與其讓大家亂猜，不如正式公告，以便穩定軍心。尤其是分公司與總公司的員工有些人互相認識，也會跟總公司打聽動向，仇正卿希望由總公司傳過去的消息是正面且積極的，讓分公司的人安心。

開完會後，他該去機場了。辦公室的休息室有他常備的出差備用行李箱，裡面有他準備好的換洗衣物和簡單的生活用品，但這個行李箱他很少用到，能緊急到這程度的事並不多。這次時間也不差這會兒，他還來得及回家收拾幾件衣服，但他沒有，他打電話給尹婷，確認她的位置，然後拿了備用行李箱，上了公司的車子。

仇正卿囑咐司機開到醫院，他確實是還有一些時間，但他寧願省掉收拾行李這一步，把時間花在尹婷那裡。他答應過她的，如果他出差，必須跟她說。

尹婷不知道發生什麼事，有些心慌地跑到醫院門口等。上午還說週末要見面，怎麼又要出差了？

仇正卿一下車就看到尹婷，有些驚訝，幾個大步邁過去，「怎麼不在裡面等？」

「你說很急嘛，我有點擔心。」

仇正卿嘆氣，但現在不是訴衷情的好時機。他把家裡的鑰匙拿出來，放在尹婷手裡，「真抱歉，這回換我了。我也不想這樣，但那邊的情況很不好，我必須今天就過去。」

尹婷看著他，忽然噗哧笑了出來。笑完後，趕緊嚷：「對不起，對不起，我知道這是件很嚴肅的事，可是你剛才說的話，讓我想到我那天說的，這叫風水輪流轉嗎？」

她說得仇正卿也笑了起來，「大概老天想妳失約一次，我也必須失約一次，這樣才公平。」

尹婷握緊他家的鑰匙，雖然週末不能約會，可是現在看到他，已經覺得心滿意足。他為了送鑰匙，特地跑一趟呢，她又為了這樣的小事感動了。

「你放心去吧，喵大大有我，我不會讓牠餓了渴了臭了的。你自己也要注意身體，公事重要，我能夠理解。事情都是做不完的，你盡力就好，要多顧及自己。要是有我能幫忙的，你別客氣。」

還真是……聽著就會想到自己說過的話。仇正卿忍不住笑了，點點頭：「妳也是。」

「嗯。」

話該算是說完了，可兩個人都有些捨不得。

「我該去機場了。」

「我該上樓了。」

「好。」仇正卿看了看醫院，再看看尹婷，「再見。」

尹婷點頭。

仇正卿又說：「等我回來，我們再約。」

尹婷又點頭。

仇正卿看了她幾眼，剛轉身要走，尹婷忽然撲過來，一把將他抱住。仇正卿一愣，下意識看了周圍一眼，有路人在看他們倆，公司的司機也在看。仇正卿臉一紅，還沒反應過來，尹婷已經放開他了。

「回來再約，再見！」尹婷說完就跑，行動快得跟喵大大一樣。仇正卿看著她的身影嗖的一下就沒有了，愣了愣，回頭看到司機正在偷笑。

仇正卿板著臉上車，「去機場。」聲音甚是有威嚴。

車子駛上路，仇正卿感覺到身上似乎還有那個擁抱的溫度。其實那麼短暫，怎麼會有溫度？但仇正卿就是覺得有，很熱，熱得心都是暖的。

尹婷奔跑著，用盡全力快速跑到醫院大樓的四樓，這個高度應該可以看到大門吧？看到了！仇正卿的車子剛離開。這車真難看啊，黑漆漆的，還帶走了她的男朋友……嗯，未來的男朋友，反正就是她的男朋友。

尹婷咬咬唇，捏了捏手裡的鑰匙。她有他家的鑰匙呢，她還有他的心。他喜歡她，她知道，只是少一句「我愛妳」而已。尹婷吹著口哨下樓，打算回去陪老爸。

她能等的，她都想像過好多情況他要怎麼表白了。她很期待，她願意等。

尹婷晚上跑去仇正卿家照顧喵大大，發了簡訊給仇正卿報告過程。第二天中午為父親辦理出院手續，下午她又跑了一趟仇正卿家，陪喵大大玩了好一會兒。

正在清理貓廁所時，收到了仇正卿的簡訊，他問她在幹麼。

尹婷蓋上貓廁所和垃圾桶，深呼吸了一口氣，才拿出手機看，然後回他：「在鏟屎。」

仇正卿正在車上，他剛從警局了解情況出來。昨晚只睡了三個小時，但連夜把財務核對完的結果是，今天及時把薪水發了，他覺得很值得。現在覺得很累，而他回到公司還得開會，他需要做些事來提神。果然跟尹婷聯絡是個好選擇，他現在有些興奮。

「鏟屎工，妳好。」他回。

過了一會兒，他收到一張照片，是尹婷抱著喵大大的自拍，尹婷笑得燦爛，而喵大大一臉嫌棄。尹婷寫著：「對不起，回覆有些慢了，你知道捉貓需要一點時間。」

仇正卿哈哈大笑，惹得開車的分公司同事頻頻看他。

緊接著尹婷又發來一條：「你忙嗎？累嗎？大概什麼時候能回來？」

「忙，累，歸期不定。」仇正卿原本想說不忙不累，但一想幹麼在她面前裝呢，裝也沒用，她肯定知道的。她問一問就是表示關心，於是他回了實話。

過了一會兒，尹婷回：「真希望你聖誕節前能回來。」

仇正卿心跳加速，聖誕節啊，雖說是西洋節日，但在國內已經變成情人節式的重要日子了，她這是在暗示？他想到了他的第十二條。他也很想在聖誕節前回去，可是萬一回不去呢？

他跟她之間總有些小挫折，很小，就是定好計畫約好，臨到頭泡湯了，讓人懊惱。

仇正卿把他的筆記本從大衣口袋裡掏出來，這十二條的下一頁開始又記了許多工作的要點內容，那十二條夾在中間，成為他還沒有完成的重要事項之一。

仇正卿看了看前座，那裡有兩位分公司的同事，他只好低頭發簡訊：「有些話要跟妳說，原本是想約妳那天談的，結果妳爸入院，然後想這週末談，結果我出差，總是沒機會，但我不想等了，我想現在就跟妳說。」

沒錯，他不想等了。過了聖誕節，他的第十二條就廢了，這種感覺非常不好，他現在就想說。

仇正卿沒等尹婷回覆，繼續寫下一條：「當然現在說的只是提前預習，正式的要等我回去了，我們面對面地談。」

尹婷一連收到兩條簡訊，心怦怦跳。要談了嗎？這個古板嚴肅的傢伙，見面的時候不說，氣氛那麼好的時候不說，現在人各一方，面都見不上，他竟然要說了！

尹婷快速回覆：「你說。」

她倒要看看他靠簡訊要怎麼說，難道就是簡潔的「我喜歡妳，我要做妳的男朋友」？這樣的話，好像還真是有點霸道總裁的味道呢！尹婷很期待，她等啊等，不一會兒，手機收到訊息，居然是兩張照片。

大螢幕手機的好處就是看得清楚，尹婷看到照片拍的是個筆記本的頁面，上面密密麻麻寫著剛勁瀟灑的鋼筆字。紙小字多，寫了三頁，她把圖片放大了，仔細看寫的什麼。

「第一點，感情。最重要的，我喜歡妳。妳曾經說過，合不合適，其實得看喜不喜歡。看似不合適的，如果很喜歡，就能互相遷就磨合，把自己調整得適合對方。反之，如果不喜歡，看似條件合適，其實完全沒用。所以，喜歡是最重要的，喜歡才是最合適的。我喜歡妳。

第二點，經濟。我有一輛車，無貸款。一棟房子，貸款還需要還五年。每年薪水分紅不少，存款也不少。雖比不上妳的，但也足夠供應妳有品質的生活。

……

第十二點，如果妳也喜歡我，那今年妳就有男朋友陪著一起過聖誕節了。」

尹婷呆住，這是什麼？

不行不行，有點激動！

尹婷抖著手點回第一張圖片重新又看了一遍。然後，她眼眶熱了。

她又看了一遍，接著跳了起來，開始尖叫，在他的屋子裡歡呼。喵大大嚇得亂竄，尹婷不管牠，她衝向客廳撲到了沙發上。不行，這空間有點小，翻滾不開，不足以宣洩她的興奮，她又跑去了他的臥室，借他的床滾一滾。

他的床很大，她滾了好幾圈，拿他的枕頭拋啊拋，不小心枕頭砸到臉上，她哎喲叫喚，有些清醒過來。接著她開始傻笑，笑個不停，很害羞地用他的枕頭捂著自己的臉。

好可愛啊，這老男人怎麼會呆得這麼可愛？

她好高興，太高興了！

仇正卿拍了照發出去後就一直緊張地等，等了好半天也沒等到回覆。

他發了一條簡訊追問：所以，妳的意思呢？

尹婷聽到手機響，跑出去找，以為在貓房間，結果沒有，然後在沙發上找到了。看到他的提問，她果斷迅速地敲了十二個字：「好好好好好好好好好好好好！」數了一遍確認是十二個，發出去了。

發完一想，不對啊，人家沒問她好不好，那十二條也不是問她好不好，她趕緊又發一條：「不對，剛才那條作廢，重來。」

仇正卿接到簡訊剛笑起來，就被下一條簡訊一盆冷水潑下去。

大冬天的，透心涼。

所幸下一條簡訊很快趕到：「我男朋友出差，歸期未定，不知道能不能陪我過聖誕節呢？」

仇正卿愣了愣，笑了。不行，他回去後一定要跟她溝通，說話半截半截的，會把人嚇出心臟病的。

他回：「他一定會很努力趕回去的。」

尹婷很快回覆：「好吧，看在他情書寫得這麼棒的分上，我等他！」

太正經的男朋友臉一熱，決定不糾正她那不是情話，而是談判大綱。

這時候車子停了下來，到公司門口了。仇正卿迅速下車，離得那兩位同事稍遠時，打電話給尹婷。

才響了半聲，尹婷就接了。接起後有兩秒安靜，然後她輕輕說了聲：「嗨。」

「嗨。」仇正卿應她，然後道：「我就是想告訴妳，我馬上要去開會了，不能再傳簡訊。」

「那你剛才為什麼不打電話？」

「剛才在車上，有同事在。」

「哦，你害羞。」

「沒有，就是車上空間小，打電話會吵到別人。」仇正卿解釋得有些彆扭，然後他聽到尹婷在電話那頭嘀咕：「現在害羞都可以用吵到別人來當藉口了……」

仇正卿用力咳兩聲，「自言自語不要太大聲，我會聽到。」

接著又聽到尹婷繼續嘀咕：「就是要聽到才有趣嘛！」

有趣？調戲男朋友到底哪裡有趣？仇正卿想到「男朋友」這個詞，覺得對尹婷有歉意，他說：「對不起，今天這樣不夠鄭重，等我回去了，我們再正式聊一聊。」

你當開會啊，還聊一聊？而且已經定了，聊也不能反悔了。

尹婷沒好氣，突然想到，「啊，你那個筆記本，回來以後送給我吧！」

「幹麼？」

「我要把那幾頁鄭重地裱起來，掛在床頭天天看。」鄭重這兩個字還特意加強了語氣。

「……」他是又被調戲了嗎？

仇正卿覺得在這個專案上，他大概不會是尹婷的對手，於是一本正經地轉移話題：「我要去開會了，妳去書房，書桌右手邊第二個抽屜裡有個紅色的小盒子，那是我要送給妳的禮物。」

尹婷笑嘻嘻地應了。仇正卿這邊有同事叫他，他跟尹婷說了一聲，掛了電話。

尹婷歡快地跑去書房，打開抽屜找禮物，「現在表白都是發照片，這麼偷懶，禮物也是自取的！求正經先生，你真的很大牌喔！」抱怨得太甜蜜，尹婷自己傻笑。

禮物找到了，是個很漂亮的盒子。尹婷打開之前玩了一會兒猜謎遊戲，自己跟自己猜這裡頭到底是什麼。依求正經的風格，大概是絲巾、胸針等小飾品之類的，總之肯定是傳統又正經的禮物。

她打開一看，是個小擺件。

類似常見的那種下雪玻璃球，不過這個是下雨的。細細的水流從玻璃球邊淌過，就像下大雨時的琉璃窗。球體裡是個小森林的景致，有草地、樹木和鮮花。細細的水流不停淌著，球內風景朦朧，別有一番韻味。

尹婷把下巴擱在書桌上，盯著這下雨玻璃球看了半天。該不該給他加分呢？有禮物，卻是個這麼憂傷沒氣氛的。

尹婷坐直在仇正卿的真皮大靠背椅上，假裝嚴肅地演起來：「第一點，感情。我喜歡妳。」才說了第一句臺詞她就噴笑了，不行，不行，演不下去。好吧，這裡略過。「第十二點，如果妳也喜歡我，那今年妳就有男朋友陪著一起過聖誕節了。搞定！來，這是給妳的禮物！」

尹婷把下雨玻璃球往前推了推，想像仇正卿做這件事的樣子和表情，然後自己又笑起來。

「求正經先生，這禮物是什麼意思呢？」尹婷想到仇正卿發過的那條雞湯亂燉腦筋急轉彎：天空為什麼會下雨？她覺得這個禮物的含義肯定跟這一條雞湯亂燉的意思有關。

尹婷發了一條簡訊給仇正卿：「知道你在開會，所以現在不必馬上回答我。我就是想問一下，天空為什麼會下雨？」

第八章

雨中的吻，像永遠那麼甜

仇正卿沒有第一時間看到尹婷傳來的簡訊，因為他在開的是分公司的全體員工大會。這個會議的內容很重要，為了確保自己能夠專心主持完這個會議，就把手機關機了。

兩個多小時後，全體員工大會結束，仇正卿接著要開分公司的主管會議。等忙完事，已經晚上七點多了。他婉拒了幾位高階主管的晚餐邀約，這個節骨眼上，大家安心工作就好，吃吃喝喝的活動就不必了，而且他是真的很累了。

仇正卿住的飯店離公司不遠，他步行回去，在飯店旁邊的餐館點了一碗麵，坐下時想起手機還沒開機，當下打開，看到祕書有幾通留言，知道晚上回飯店還要處理電子郵箱裡的幾件事。另外，他看到了尹婷的簡訊。

他笑了，打電話回去，結果尹婷沒接。他有些失望，麵上來了，才吃了兩口，尹婷回電了。

「我剛才在洗手間，沒聽到。」尹婷主動解釋。

「沒關係。」仇正卿說。

「那你快問我沒聽到怎麼知道有來電會回電話呢？」

仇正卿笑了起來，聽話地問了。

「因為我一直在等你的電話呀！」尹婷答：「所以我隔一會兒就看一眼有沒有來電顯示。」

「哦。」

「……」尹婷洩氣，「好吧，我知道這是很感動的意思。」

仇正卿又笑了，「我確實很感動。」

好沒誠意，不過尹婷決定不跟他計較，「你快點告訴我答案。你的問題已經出很久了，但是一直沒有公布答案。」

「嗯，等我回去見到妳了，再告訴妳。」

「……」這麼掃興，「為什麼要這麼久？」

「因為我在這方面的靈感有限，我想這大概會是我這輩子能想到的最有意思最好的雞湯亂燉了，所以一定要等到見面了再說。」

尹婷安靜幾秒，嘀咕著：「原來現在『笨』這個詞都可以用『靈感有限』來代替了。下回誰說我笨，我就要說，我不是笨，我只是在這方面靈感有限。」

仇正卿哈哈大笑，她真的太有趣了，為什麼會這麼可愛呢？他真是想她啊！

「你現在在做什麼？」尹婷問。

「在吃麵。」仇正卿老實答。

「自己一個人吃嗎？」

「是啊。」

「那有沒有點小菜？」

「沒有。」

「點兩盤小菜吧，光吃麵哪裡夠？」

「不知道要吃什麼。」很累，沒心情，菜單他都沒有仔細看，隨便點了一碗牛肉麵。

「你念給我聽聽看？」

仇正卿把菜單上的菜名念了，這才發現原來有很多選擇。

尹婷果斷地幫他決定了兩樣菜，「就這兩個吧，麵夠吃嗎？」

「夠。」仇正卿叫來服務生，加了那兩樣菜。

尹婷抱著手機很高興，男朋友好乖，她真喜歡，「你快吃麵吧。」

「妳別掛，我們可以說說話。」

「好啊。」尹婷心裡甜如蜜。

「我一會兒回飯店還有好多工作，大概沒什麼時間陪妳說話，所以一邊吃一邊聊，比較有效率。」仇正卿開始吃麵，一邊吃一邊解釋。

「……」尹婷那邊安靜幾秒。

「怎麼了？」仇正卿問她。

「沒有，只是剛剛確定了你身上某些細胞慘遭殺害，我默哀三秒。」

「這是什麼打趣的話嗎？」仇正卿沒聽懂。

「嗯。」尹婷學他嚴肅的語氣。

仇正卿笑了，打趣的話沒聽懂，但覺得她「嗯」那聲的語氣挺好笑的。他又吃了幾口麵，然後問：「那話是什麼意思？」

「你求求我，我就告訴你。」

「求妳。」仇正卿很配合，但是他說出來這兩個字就感覺是在說「請老實交代」。

尹婷嘆氣，果然不能期望太高，「那話的意思是說，你沒有浪漫細胞。」

「哦。」這個仇正卿沒法反駁。

這時候小菜上來了，尹婷在這邊聽著動靜，跟他說：「你快點吃，我不掛。」

「好啊。」仇正卿吃著，尹婷開始跟他說她這幾天做了什麼，照顧爸爸，哄爸爸，還有發現醫院裡的很多病人有好多感人的事。

仇正卿微笑，他的天使永遠都會發現好的一面。尹婷又跟他報告，毛慧珠那邊的辦公室地址相關文件她都讓人辦好了，毛慧珠現在已經開始辦理公司註冊的事了。還有，吳飛也已經辦完離職手續，他們倆今天一起去辦事，還來約她吃了晚飯。

「嗯，這個我知道，她有跟我說進度，合約等我回去再簽，妳別著急。」

「哦，我不急。」毛慧珠也跟尹婷說了情況，合約擬好了，仇正卿也看了，但他要回來再談談。尹婷跟她說了全權授權給仇正卿，不過她也要等仇正卿回來見面談談，所以還沒有跟毛慧珠他們說她跟仇正卿的關係。

尹婷說了不少話，一直陪著仇正卿直到他吃完飯，然後又一直聊到他回到飯店的房間。他說他回去就要忙，她記得呢，「那你工作完就快點睡，我不打電話給你了，你也別打了。」

「好。」仇正卿一邊說一邊打開電腦，開啟信箱，裡面一堆信件，他吐口氣，只得跟尹婷說再見。

沒過三分鐘，尹婷發過來一條簡訊：「明天你要記得看我的微博。就是說這個，沒別的了。你早點休息，晚安。」

仇正卿回了一個字：「好。」

尹婷瞪著那個字，對著手機扮鬼臉。正經先生真是超正經呢，成為他女朋友的第一天，居然是這樣的互動結束的。要是從前她聽到別的女生說自己的男朋友是這樣的，她肯定會覺得超悶無趣，可是求正經不一樣啊，她竟然不介意。

尹婷抱著電話偷笑，其實求正經也是愛撒嬌的，他要她別掛電話，陪他吃飯。只是他的表達比較含蓄，但是她懂。她懂就好，她覺得很滿足，他需要她。

第二天，仇正卿起床後就刷尹婷的微博，果然她一大早就發了一條新的，內容是一張照片：絢麗的向日葵對著燦爛的太陽熱情地盛開著。照片很美，很有朝氣，而尹婷寫的話讓仇正卿心裡很暖。

她寫著：「提問：為什麼向日葵會朝著太陽盛開？回答：因為它在說我想你！雖然見不到你會失望，可是沒關係，新的一天，我們又會見面，永遠會有新的一天！」

仇正卿發簡訊給尹婷：「我也想妳。」

很快收到了尹婷的回覆：「哇，我男朋友會說情話！」

仇正卿失笑，接著尹婷的電話就打過來了。她向他報告今天的計畫，她要騎腳踏車去育幼院看孩子們，然後回家哄爸爸，然後下午去他家陪喵大大，然後晚上想跟男朋友聊天。

仇正卿笑，「聽起來跟我一樣忙。」

「你週末還要加班嗎？」

「是的，這邊現在有點亂，需要把爛攤子處理一下。」他沒說出口的是，加班趕進度，希望能在聖誕節之前回去陪女朋友過節。他想他真的不太浪漫，這些話他不好意思說。也許他真該都用簡訊，這樣比較能說出口。

「好，那你加油，我也要出門了。」尹婷的聲音充滿活力，仇正卿覺得怎麼都聽不煩。

「那我們晚上通電話。」他主動說。

「好！」尹婷很高興，這讓仇正卿也高興起來。

忙碌的一天很快過去，晚上男女朋友通話時間到了，不過仇正卿有些傻眼，尹婷告訴他的不是什麼開心的事，她在視頻裡是很抱歉的表情：「真的對不起，都怪我不好。我在客廳跟大大玩捉迷藏，把沙發當成躲藏根據地，牠撲來撲去，竟然覺得沙發皮的手感不錯，就撓沙發了！」

仇正卿不知道該說什麼，大大在家裡一開始關在房間裡養，牠習慣了抓柱爬架和貓抓板，後來放出來，他放了不少抓板讓牠有地方可以撓，牠也很爭氣，不亂撓家具，讓他非常欣慰。結果，他女朋友入駐幾天，他的貓就放肆起來了？

「沒關係。」他只能這麼說。小動物嘛，不懂事，沒法怪罪。

「有關係的。」尹婷還是一臉抱歉，「因為抓得比較慘烈。」

「……」仇正卿有些不敢想，他心愛的真皮大沙發，外形氣派，坐著舒服，價格昂貴，「有多慘烈？發張照片過來看看。」

「我不敢。」尹婷一副可憐相，好像怕他為了沙發就休掉剛上任不到兩天的女朋友似的，「不過我有阻止牠，真的，我還把牠關回房間反省。後來我去你書房上網，沒注意到牠竟然會自己開門出來，等我發現的時候，牠又撓了沙發好幾下。」那沙發皮質滑亮，撓幾下真的很顯眼，那些爪痕太狂亂了。

「……」還會自己開門了？他才離開幾天，他家的貓竟然有了新技能，「沒關係。」他暫時想不到新言詞。

「我賠你一組沙發吧。」

「不用。」

「讓我賠吧！」尹婷合掌哀求，「我保證買一組比這個更舒服更好的沙發，絕對不會讓喵大大再碰它一根汗毛！」

仇正卿想嘆氣，「沙發事小，妳跟牠玩的時候注意些。小動物不知輕重，別把自己弄傷了。」

「我會的！」仇正卿沒怪她的意思，尹婷兩眼放光，很高興。

仇正卿鬆了口氣，原來交女朋友是件操心事。

又過了幾天，那天週四，尹婷又報告了一件不好的事，「我原本是想學做菜，你知道的，家裡有我爸、我哥，他們笑話我。你那裡沒人，我想著可以偷偷練習，結果一不小心……」

仇正卿心整個懸了起來，「妳把我的房子燒了？」人和貓呢？沒事吧？

「沒有沒有沒有，我哪有這麼大的本事，頂多也只是燒廚房。」

「……」

「當然廚房也沒燒。」

仇正卿鬆了口氣。

「就是……你的廚房吊燈和水槽砸壞了。」尹婷一臉愧疚，很不好意思。

「……」仇正卿無語，他努力想像了一下，是要怎樣才能把頭頂的天花板和手底下的水槽同時破壞掉？他想像不出來，於是他嘆氣：「妳和大大還好嗎？」

「我們很好，就是你的廚房受了點小傷。我已經聯絡裝修公司，今天已經開始修了，就是水槽和燈具我找不到一模一樣的。」

「嗯。」要是能找到，她的意思是打算不告訴他了？

「你回來看到廚房不一樣了，肯定會問的。」

那當然，他當然會問，所以她提前坦白從寬是對的。

「然後，裝新水槽就得把櫥櫃的大理石面也換了，下面櫃子都連在一起，然後，這邊的櫥櫃跟那邊的廚櫃又不能不一樣，那樣會很難看……」

「……」要找到跟當初裝修時完全一樣的建材確實很難，所以她是要換掉整個廚房嗎？

「對不起，我保證一定飛速裝好。」

還飛速？仇正卿什麼脾氣都沒有了，他只能跟她說：「妳答應我一件事。」

「哎！」

「妳要保證妳和大大都會好好的。」

「那當然。」

「妳要保證我回去的時候，我那房子還好好的。」

「那當然，我現在不是全力彌補著嗎？」

「我那大門得完好無損。」

「那是肯定的。」

「那好吧，妳現在告訴我，天花板和水槽怎麼可能同時壞掉？」他裝修的時候選的都是好材料，怎麼可能輕易壞掉？

「嗯……就是……」尹婷後悔了，早知道就編個話，說她不喜歡他的裝修就好了，「我得先說明其實我的破壞力一點都不強，真的，我在我家從來沒破壞過什麼。」

「嗯，接著說。」

「就是鍋裡燒著油，我在切菜，然後鍋子可能燒太久，可能油也有些多，反正就是把菜丟進去的時候，鍋子突然燒起來了，火很大。我一時情急，就趕緊把鍋子丟到水槽裡，就砸了。嗯，也不知道是怎麼弄的，水槽黑乎乎的，還凹了一點，有好幾道裂痕。」尹婷老實坦白。其實水槽也燒起了小火，她用鍋蓋和抹布拚命撲給撲滅了，這個就略過不跟他說了。

仇正卿揉額角，「那廚房吊燈又是怎麼回事？」

「我當時在切菜嘛，手裡拿著菜刀……」尹婷聲音越來越小。她尖叫著把手上的東西一甩，然後搶過著火的鍋子，一把丟到水槽裡。這慘狀真是不堪回首。

「妳把菜刀丟到天花板打到了燈？」

尹婷低頭，還把吊燈的鋁扣板劃出一道明顯的痕跡。

「……」仇正卿震驚了。都這樣了，人和貓還能活下來，而且沒受傷，真是感謝老天爺。他能說什麼呢？他得思考一下。

「我其實有想過就稍微換一換就好，要不，弄乾淨，看著像個樣也行，但是你的廚房原來很很整潔漂亮，東西很新，我弄傷了它們，很礙眼，又沒法修得跟原來一樣，所以才沒辦法得大修一下。我保證一定會把廚房整得漂漂亮亮的，你別生氣。」尹婷看他不說話，很忐忑，趕緊解釋。

「我沒生氣。」仇正卿覺得生氣這種情緒被震驚和擔心打敗了。

「小婷啊！」

「哎。」

「我們加個第十三條吧。」

「不讓我進廚房嗎？」

「對。」仇正卿點頭，她真是聰明。

尹婷有些難過，「我說的真的是實話，我沒什麼破壞力的，這次是意外，真的！」她今天打電話給秦雨飛求助時，秦雨飛說是她積攢了二十四年的破壞力都用來對付仇正卿了。

「我會儘快回去的。」仇正卿說。事情都差不多了，他緊趕慢趕，想回去陪她過聖誕，「妳答應我，讓我女朋友活著見到我。」

尹婷噗哧一笑，哪有這麼誇張？

「一點都不好笑。」仇正卿責備她：「我是嚴肅說的。」

他這麼說，尹婷笑得更厲害，他什麼時候都是嚴肅的啊！

她這麼一鬧，仇正卿的臉也繃不住了，「總之我會儘快回去的。」

「嗯，你女朋友會活著見到你的。你好不容易才交到一個，她拚死也會活著見你的。」

「……」他是又被調戲了嗎？那她還不是好不容易才交到男朋友，可他就是捨不得拿這個調侃她。不行不行，他真的得快點回去，不然女朋友跟貓一樣，都快翻天了。

仇正卿在二十三日那天晚上打電話給尹婷，說他剛剛訂了明天中午的飛機。

尹婷在電話裡歡呼，仇正卿忍不住笑了起來，然後尹婷嘆氣：「唉，就是廚藝沒練成，不然明天親自下廚做頓大餐給你，那就太浪漫了。」

「謝謝妳。」仇正卿沒好氣，「我家的廚房弄好了嗎？」

「弄好了弄好了，我說過火速趕工的嘛，今天全都弄好了！」尹婷一邊說一邊努力回想，他家還有哪裡有損傷的沒有？她明天一早要過去打掃一下，再仔細檢查一遍。

「我明天十二點半的飛機，到達應該是兩點多了。我先回公司再交代一些事，把幾文件拿回去，然後我再回家，估計到家最早也是五點左右。」

「好，我知道了。」那她來得及再布置布置，好好打扮打扮，「我在家裡等你，你沒有鑰匙。」

「嗯。我那鑰匙還能用嗎？」

「當然，當然！」尹婷有點心虛。

「我剛訂好機票，所以還沒來得及訂餐廳，明天一早我再打電話預約。」

「不用，我訂好了。」尹婷興高采烈，「我早就做好準備了，多有先見之明。要是你回不來，我再帶我爸去吃，也不會浪費。」

「……」仇正卿有危機感啊，原來男朋友一不小心就會隨時被爸爸取代。

第二天下午五點十三分，仇正卿拖著行李箱站在自家門口，看了看錶，還好，沒有比計畫的時間晚，趕得上洗個澡，收拾收拾再陪尹婷去吃晚餐。

他深呼吸了一口氣，才伸手按門鈴。

第一次按自己家的門鈴。因為他沒有家人，這門後的房子裡只有他一個人，所以，他從來不需要按門鈴，沒有人會幫他開門。若他站在門外，門內不會有人。空空蕩蕩，安靜寂寞。

按門鈴的感覺，還真是新鮮。

門後面有動靜了，仇正卿的心怦怦跳。這一秒之前，他覺得一切如常，再自然不過。他有女朋友了，他準備陪她去吃聖誕大餐，可是這一秒開始，他感到緊張了。

他的女朋友……

近情情怯。

「歡迎回家！」大門打開，中氣十足，活力四射的響亮聲音，配著尹婷甜甜的笑臉，仇正卿的心暖得都快要化掉了。

他的女朋友，他的家人。

「我回來了。」他說，竟有些眼眶發熱的感覺。

「快進來，外頭冷。」尹婷拉他進來，幫他拿室內拖鞋。他注意到這是一雙嶄新的棉拖鞋，紅色配著藍色，亮眼又喜氣。

尹婷把他的行李箱拖進屋裡，一邊關門一邊喊：「大大，快來迎接爸爸！」

仇正卿失笑，還爸爸呢。這時候喵大大盛裝跑了過來，仇正卿哈哈大笑，真的是「盛裝」，喵大大穿著一身聖誕老人的衣服，圓滾滾胖乎乎，仇正卿把牠抱起來，「你是不是又胖了，胖子。」喵大大掙扎著不願被抱，牠對那個行李箱更感興趣。仇正卿放下牠，走過玄關，一眼看到了客廳。

有點陌生，但是，他喜歡。

棕色的真皮大沙發已經不在了，換上了棕色搭配米色的布藝沙發。沙發很大，擺滿了抱枕和靠枕，還有同系列的沙發套。大落地窗前擺了一棵高大的綠樹，樹上掛著星星燈、鈴鐺、彩球，樹下擺了好幾個禮盒。深棕色的落地窗簾被加了幾條米黃的碎花綢帶，綁成漂亮的造型。從前他都是讓它直直的掛著，從來不管。客廳的書櫃上也多了幾個紅色、藍色、黃色的擺件，感覺很喜氣。

「你喜歡嗎？」尹婷小心問。她拉他去摸摸那沙發，讓他坐下，「別嫌棄是布藝沙發哦，面料和裡面的幾層棉全是最好的材料，還有記憶棉，坐起來很舒服，不比你那皮沙發便宜。而且上面的

布套還能換洗，我有多買一套布套，淺紅配淺棕的，因為你的地板和窗簾顏色是這樣，只能配棕色系。舒服吧？布藝的大大就不撓了。」

仇正卿靠在沙發上，真的很舒服。他拉尹婷也坐下，尹婷有點臉紅，但也挨著他坐下了。

「很好，我很喜歡。」他說。

尹婷聽了很高興，露著大笑臉，又跟他說：「那裡是真的禮物喔！」她指了指那棵中式聖誕樹下面的禮盒。

「不會全是你買的吧？」仇正卿很驚訝，還以為那些盒子是裝飾用的。

「當然不是，我只買了一份。一會兒吃飯的時候再送你，那時候會比較有氣氛。」

仇正卿暗想幸好說到這了，他剛才還想一會兒就把禮物拿出來，原來她還是喜歡有氣氛，那他也等吃飯的時候再送。

「那裡有我哥的，有顧英傑的，有雨飛的，有珠珠姊的，還有小石頭她們準備的。」尹婷仰著小臉，笑得得意，「我提前幫你要來了。」

仇正卿被她的表情逗笑，問她：「要禮物的時候用什麼身分？」

尹婷臉紅地嚷嚷：「我什麼都沒說啊，我就說要聖誕節了，雖然求正經不在，可是你們該送禮的也得送吧？當然對不同的人我的表達方式不一樣。」她頓了頓，又說：「誰知道他們怎麼想啊，反正沒問我身分，就都把禮物交出來了。」

仇正卿笑笑，估計大家都知道了。

「而且我才沒有這麼笨呢，我當然要等你回來當面說清楚，我才會對外宣布，不然你不在這裡，我自己跟別人說，多丟臉啊！」

「是，是，是我不好！」

尹婷神氣活現地答：「也不是你不好，我是講道理的。你要工作嘛，是你應該做的。你趕回來了，我很高興。」

「我也很高興。」仇正卿覺得她的表情真可愛，這時候把她拖過來親一親是不是有點著急？

「你要不要休息一會兒，喝杯熱茶，還是我們現在就走？我預約七點半，不過路上肯定會塞車。」尹婷提醒他時間，再坐一會兒，喝杯茶暖一暖也還來得及。

「不喝茶，我去洗個澡換件衣服，很快的。」仇正卿起身，走了兩步回頭，「你知道秦雨飛懷孕了嗎？」他今天回公司聽到同事說了，前幾天秦雨飛才剛確認，還公布了婚訊。

「知道。」尹婷點頭，很替好友高興，「顧英傑樂瘋了，到處打電話炫耀他們修成正果了呢！」

仇正卿點點頭，淡定地說：「我們也會的。」然後他拖過皮箱朝臥室走，路過廚房想起來了，去看了一眼，果然重新裝修了。他回過頭來蹙眉頭看尹婷，尹婷嘿嘿傻笑兩聲混過去。

仇正卿回臥室洗澡去了，門一關，尹婷就在沙發上打滾。「我們也會的。」啊啊啊啊，太喜歡他的語氣和表情了，這麼篤定這麼從容，雖然一點都不像是在談戀愛說情話，可是真讓人安心啊，就覺得這件事他說了行就是行！

尹婷用沙發抱枕捂著臉，覺得很害羞。

大半個月不見，他好像又更帥了？好喜歡好喜歡！

尹婷躲在抱枕下面笑，又想起仇正卿那十二條，覺得非常滿足。想啊想，繼續傻笑，然後想像一下晚一點她送他禮物時他會怎樣，又猜他會不會給自己禮物。她猜應該不會，又猜也許會。反正有沒有禮物都沒關係，她不介意。

正在沙發上思緒飄蕩中，一轉頭，卻看見仇正卿站在客廳的過道正看著她。

尹婷嚇得跳起來，趕緊坐好裝淑女。不管有沒有用，態度是要表現出來的。這人洗澡怎麼這麼

快，她走神有這麼久嗎？

仇正卿很努力才忍住了笑，擔心時間來不及他洗了個戰鬥澡，急匆匆出來就看到他家女朋友抱了個抱枕在沙發上傻笑著滾來滾去，而他家胖乎乎的喵大大正掛在大門的門把上。

這一人一貓，果然不讓人省心啊！

仇正卿假裝沒看到尹婷的動作，借用喵大大轉移話題：「牠在幹麼？」

「什麼？」尹婷在沙發這邊看不到大門，她走到仇正卿那裡一看，答：「牠在開門。」

「……」

「家裡只有這個門牠打不開，牠很努力在試。」大門的鎖很硬，向上扳就是反鎖，往下扳兩格就解鎖，不是開房門那種力道能打開的，所以喵大大開遍房門無敵手，只有大門打不開。

仇正卿又震驚了，「所以會不會有一天我回到家，發現房門開著，貓坐在門口，而家裡的東西被賊搬光了。一報警，發現是貓開了門讓賊進屋……」

「……」尹婷也深思這個問題，小聲道：「往好處想的話，起碼貓還在……」

仇正卿看了過來，尹婷趕緊為自己辯解：「不是我教牠開門的，真的！我才來幾天，之前你天天當牠的面開門。再說了，往好處想，起碼證明大大是隻聰明貓。」

「是啊，我真欣慰。」仇正卿過去把喵大大從門把上抱下來，「在牠還沒有力氣把大門打開之前，我會解決這個問題的，現在牠先進房間待著吧。」仇正卿把喵大大關回房間，想起牠能開門，於是去找房間門的鑰匙，這時候發現書房門上插著鑰匙，那門反鎖著。

尹婷解釋：「牠愛撓皮質東西嘛，你書房有皮椅，我就把鑰匙找出來反鎖上了。」尹婷一副「我拚了命保住你的皮椅」的表情。

仇正卿失笑，「往好處想，這證明了我女朋友很聰明。」

尹婷抬頭挺胸，女朋友，這個詞真好聽！

安頓好了貓，兩個人出去約會。電梯裡，尹婷低頭思考什麼時候什麼方式對仇正卿表達親近好呢？是一會兒走向他車子的時候，假裝很自然地挽著他的手臂，這樣行不行？或者等吃完飯出來再挽著？嗯，吃完飯出來要去壓馬路曬月光談戀愛，那時候挽著肯定更自然……

還沒想好，手忽然被一隻溫暖的大掌握住了。

尹婷心怦怦跳，偷偷看向仇正卿，他正經嚴肅地盯著電梯的樓層顯示面板看。尹婷抿著嘴笑了，右手被他握著，她用左手抱他的手臂，人也挨了過去，嘻嘻笑，「你害羞了。」

「我沒有。」仇正卿答。

「就有！」

「沒有。」

「肯定有！」

「有什麼好害羞的，我握我女朋友的手，天經地義。」仇正卿強撐著臉皮辯解。

尹婷哈哈大笑，好開心，真的好開心。

兩個人順利到達餐廳，餐廳氣氛非常好，料理也很好吃，周圍坐著的一桌桌全是情侶。仇正卿和尹婷這一對既興奮又害羞，話說得少，但是總忍不住看對方，忍不住一直笑。

吃得差不多，最後上甜點的時候，尹婷拿出她準備的禮物。仇正卿拆開，那是一個水滴形狀的袖扣。仇正卿很興奮地馬上扣上給尹婷看，「很好看。」他說：「我很喜歡。」

尹婷很高興，這時候仇正卿從他大衣口袋裡掏出一個跟他巴掌差不多大的小扁盒，「這是我給妳的禮物。」

尹婷小激動，一邊接過一邊開玩笑：「是你的那個小筆記本嗎？」

仇正卿沒答是不是，只說：「希望妳喜歡。」

尹婷一邊笑一邊拆開，是一個電子相框。「啊，可以放我們的照片！」她說。仇正卿不說話，只伸手過去把相框開關打開了。

相框啟動，開始播放圖片。

第一張圖片是：「第一點，感情。最重要的，我喜歡妳。妳曾經說過，合不合適，其實得看喜不喜歡。看似不合適的，如果很喜歡，就能互相遷就磨合，把自己調整得適合對方。反之，如果不喜歡，看似條件合適，其實完全沒用。所以，喜歡是最重要的，喜歡才是最合適的。我喜歡妳。」

仇正卿的手寫體，他用白紙重寫了一遍，拍照做成了圖。

第二張圖片是：「第二點，經濟。我有一輛車，無貸款。一棟房子，貸款還需要還五年。每年薪水分紅不少，存款也不少。雖比不上妳的，但也足夠供應妳有品質的生活。」

尹婷看到第八張圖片時，眼淚終於忍不住流了下來。

「第八點，能喜歡妳多久？這裡有兩個條件，首先，妳也喜歡我。其次，我們一起努力。滿足以上條件，我想應該會很久。」

第九張、第十張……尹婷抹掉淚水，看清了第十三張：「第十三點，我不在的時候，請務必照顧好自己，別讓我擔心。」

尹婷的眼淚又流下來了，「好討厭，你害我在公共場所哭！」

仇正卿默默地遞面紙。

尹婷接過面紙，又埋怨：「好討厭，怎麼會想到送這個？」比她的禮物好太多了，怎麼會這麼浪漫，她錯誤估計他了，論浪漫，他一定是第一名！

「嗯，其實沒什麼，靈感來自於那天開會，同事報告時做的PTT。」

「……」

求正經先生，也只有你才能看PPT看出這種靈感吧？

這頓飯吃得很愉快，飯後兩個人很有默契地去散步，不捨得這麼快分開。

街上的氣氛很好，霓虹燈絢麗多彩，路上行人滿是笑容，只是可惜天上沒有星星，也不見月亮，天色有些陰沉。不過這完全沒有影響到兩個人的心情，他們牽著手走啊走，沒說什麼話，卻又覺得說了很多話。走到一家商店前，尹婷站住了。

櫥窗裡是一對男女模特兒，身上穿著厚夾克，脖子上戴著花格子羊毛圍巾。尹婷沒有看模特兒，她在偷看櫥窗玻璃，那上面映出她和仇正卿的身影。他高她一個頭，身姿挺拔，相貌堂堂。他們肩並著肩，手牽手，相伴而立。

很速配啊！尹婷心裡美滋滋的。

「怎麼了？」仇正卿問。

「我喜歡這圍巾。」尹婷隨口說。

仇正卿看了看，「好看？」

「嗯。」尹婷說喜歡的時候才認真看了，確實好看，是她喜歡的風格。

仇正卿牽著她的手進了店裡，讓老闆拿那兩條圍巾下來看看。

兩條？尹婷竊喜。

圍巾拿來了，仇正卿把女生的那條幫尹婷圍上，問她：「暖和嗎？」

尹婷點頭。

仇正卿又把男生的那條自己戴上，問尹婷：「好看嗎？」

尹婷掩嘴笑，猛點頭。

仇正卿轉身付帳。

尹婷好開心，情侶圍巾呢，而且仇正卿剛才問她暖不暖，這讓她覺得很暖。她對著店裡的鏡子照啊照，真喜歡這圍巾，又暖又好看，跟仇正卿那條是一對的！

仇正卿付完款，過來牽尹婷的手要走。「等一下。」尹婷攔他。

「哦。」仇正卿停下，「還想買什麼？」

「不是，你等等，這裡光線好。」尹婷掏出手機，對準仇正卿牽著她的手的畫面。仇正卿笑了，稍微握緊了些，任她調整手的角度，選個好的姿勢拍照。拍好了，尹婷喜孜孜地點頭，仇正卿這才牽她走出去。

兩個人出去後，尹婷把手收回來，一直在手機上按啊按。仇正卿慢慢走等她，尹婷擺弄完手機，過來主動牽了仇正卿的手。仇正卿心裡滿意，偷偷彎了嘴角。

又走了一段路，他突然反應過來，「妳剛才在發那照片？」

「是啊！」尹婷理直氣壯，「我牽我男朋友的手，公布一下怎麼了？」

「發到微博上了？」

尹婷抬頭挺胸，用力點頭，「沒錯！」

仇正卿拿出手機看，尹婷幾分鐘前發的微博是他們大手牽小手的那張照片，文字很簡單，四個字：我戀愛了！

後面跟了五個驚嘆號和大笑臉。

那條微博下面已經好幾條留言了。有恭喜的，有祝福的，有開玩笑說是不是轉了網上的照片，假裝聖誕節不寂寞。仇正卿皺眉頭，說道：「刪了！」

「為什麼？」尹婷頓時要炸毛了。

「重發一次。」
「啊？」毛還沒炸起，先吃驚一下，「要改什麼？」
「不改，一模一樣的，重發一次。」
尹婷完全沒搞懂，想問為什麼，仇正卿卻催她：「快點，刪了這個，重發一次。等一下，我準備好叫妳發妳再發。」他低頭按手機，不知道在做什麼。
尹婷看看自己的手機，仇正卿又催她：「好了，可以發了。」
尹婷不明所以，但還是照做了。把舊的那條刪了，重新編輯了一遍，發出去了。
剛發出去，馬上就有留言。尹婷點開一看，是仇正卿，他寫的：沙發！
尹婷哈哈大笑，這人好煩喔！
然後又看到有轉發，點開一看，又是他。他轉發的內容是三個字：我也是。
尹婷大笑地抱著仇正卿的手臂抬頭看他，他似乎有些不好意思，佯裝鎮定地把手機收起來。
「求正經，我好喜歡你假裝正經的樣子！」尹婷鬧他。
「我從不假裝正經。」剛說完，一顆雨珠打了下來，正中他的鼻子。
仇正卿一噎，居然下雨？
尹婷笑著踮高腳把仇正卿鼻子上的水滴擦掉，拉著他往回跑，「快點，你正經得老天都哭了，我們在它大哭之前回去！」
「瞎說什麼！」仇正卿不服氣，跑得比她快，緊緊拉著她的手不放，「它是喜極而泣！」
「為我們高興嗎？」尹婷興奮地大笑，跑不快，扯仇正卿的後腿。
雨越下越大，路上的行人也在跑著。仇正卿拉著尹婷擠進人群裡，躲到剛才他們買圍巾的那家店的屋簷下。剛跑進去，大雨嘩啦一下全下來了。

「會不會下很久？」尹婷眨巴著眼睛看著雨幕。

仇正卿擦擦她頭髮上的水漬，還好沒淋到什麼，不然大冬天的可受不了。「冷嗎？」他問，回頭看了看店裡。店裡擠了不少避雨的，不好再進人。幸好這屋簷上有雨棚，擋得住雨。

「不冷。」尹婷說了實話。仇正卿正攬著她，周圍人也不少，她還圍著圍巾，一點都不冷。陸續又有人跑過來，把他們擠到後面。尹婷反手抱著仇正卿的腰，偎到他懷裡，心裡偷偷想，雨再下久一點也沒關係。

仇正卿被尹婷這麼抱著，心跳有些快。他下意識看了看周圍，有人在看他們，但看到他看過去又趕緊轉頭。仇正卿低頭看看尹婷，她正往外看雨景，對現在兩個人的親密狀態似乎不太在意。仇正卿悄悄把她抱緊，雖然周圍很多人令他有些不自在，但他確實很想擁抱她，非常想。

感覺到他的力道，尹婷轉頭看他，嫣然一笑。這一笑，仇正卿口乾舌燥，腦子發熱。他低頭，額頭碰到她的。他停下了，猛地反應過來這裡是大街上，周圍全是人。

他嚴肅地咳了咳，把她的腦袋按在自己胸前。冷靜點，要克制。

尹婷開始笑，笑得肩膀一顫一顫的。仇正卿知道她在笑什麼，「老臉」差點掛不住。他又輕咳了一聲，跟她說：「我明天要上班。」

「哦。」尹婷聲音裡的笑意藏也藏不住。

「應該會很忙，因為我出差太久。」他繼續說。

「哦。」她笑著應。

「但是我想跟妳一起吃晚飯。」他又說。

她抬頭看他，他情不自禁，也低頭看她，「妳有沒有空？」

尹婷咧嘴笑，「要是我沒空你會怎麼樣？」她猜會說「哦，那改天再約」。

仇正卿想了想，「那就得追問為什麼沒空？跟妳討論妳明天沒空的那件事是不是迫切的，必須占用到明天我們約會的時間。如果是很迫切，那我們再確定最近的約會時間能是什麼時候。如果結果是不那麼迫切，那就是討論妳怎麼推掉那邊，陪我吃晚飯。」

尹婷哈哈笑，仇正卿注意到旁邊有人似乎聽到了他們的對話，也在偷笑。

仇正卿皺眉頭，除了尹婷之外，他很討厭別人覺得他的話好笑。

尹婷伸出一隻手指揉他眉心，把他的眉頭揉開，「我有空。沒有迫切的重要的必須占用到明天我們約會時間的事件，我去接你下班！」

「好。」仇正卿很高興，她來接他，那就節省了他的時間，他可以多做一些工作。確實積壓了不少事情，他壓力也很大。

接下來沒什麼好說的了，尹婷依然抱著他，把臉靠在他胸前。他抱著她的腰，暗自希望雨可以下得再久一點，結果沒一會兒雨變小了些，有些等得不耐煩的路人冒雨跑掉了。眼前的視線頓時開闊許多，仇正卿把下巴擱在尹婷頭頂，跟她一起看著雨景。

居然這樣就變小了，這雨真是不爭氣！

尹婷忽然問他：「天空為什麼會下雨？那個答案，你說回來就告訴我的。」

仇正卿看著雨景，靜默兩秒，小聲道：「因為它愛上了大地，雨滴撞擊的聲音，是它的心跳聲。」

尹婷抬起頭，看著他的眼睛。仇正卿繼續說：「那段日子我一直見不到妳，心裡很煩躁，那天下了大雨，雨滴敲在玻璃窗上，咚咚咚咚，我就突然想到了。我想到妳的時候，心也會跳得很快。」

尹婷沒說話，只是看著他。看著看著，她忽然踮起腳尖，在他下巴上輕輕一吻。

仇正卿沒有動，此刻他的心跳得比雨滴掉落的速度還快，咚咚咚咚咚！

尹婷被他的眼神吸引住了，她扶著他的肩，再踮起腳尖，在他唇上輕輕啄了一啄。往後退開時，背後卻有隻大掌阻止了她。仇正卿抱著她的背，按住了她的後腦杓，吻住了她的唇。

不記得自己在哪裡，不記得旁邊還有人。

他吻了她。

其實她的答案也很對，大地再堅強雄壯，也需要溫柔呵護。

他需要她。

仇正卿沒有吻過別人的女人，這是第一次，唇碰著唇。

她沒有拒絕他，她很熱情，抱住了他的頸子，為他分開雙唇。

他的舌頭碰到她的，她整張臉都紅了起來。他覺得他也是，心裡的激動與美好無法言喻，他愛這種感覺，他愛她。

身邊忽然響起掌聲，是圍觀群眾在喝采。仇正卿猛地拉著尹婷跑了起來，尹婷哈哈大笑，幸好雨更小了，但地上很濕。他們奔跑著，濺起的小水花弄濕了鞋子和褲管，但他們不在乎。

「你害羞！」尹婷大笑著。

「我沒有！」仇正卿答得異常肯定。

「你就是，你害羞！」尹婷跟著他跑，一路跑到餐廳的停車場，鑽進了仇正卿的車子。仇正卿從後備箱翻出一件新衣服，那是他外出備用的，放著一直還沒穿。他用那衣服幫尹婷擦乾頭髮，擦掉她身上的水漬，打開汽車的暖氣，問她：「冷不冷？」

「不冷。」尹婷還在笑，「你就是害羞！」

「我不是。」仇正卿擦了擦自己的頭髮，看著她的眼神，「我只是，不想讓他們看到妳臉紅的樣子。太好看，我要留著自己看。」

尹婷不笑了，她被他說得臉紅，然後被他拉進懷裡，吻住了。

這天晚上，仇正卿很晚才送尹婷回家。他們沒去別的地方，就是坐在車子裡。也沒有太多的話聊，很多時間在對視和傻笑，還有親吻。

仇正卿覺得親吻真的是一件很美好的事，親密、甜美、愉悅。當他吻了尹婷時，她的臉會紅，她的眼睛會發亮，她的唇柔軟水嫩，她的每一個反應都在告訴他她喜歡——喜歡他這個人，喜歡他的吻。

這讓他自得，心滿意足。

他慶幸他從前的三十三年都埋首學業和工作，無暇他顧，不然也許他早早結婚生子，那他就不會遇到她。他感謝她的破腳踏車那天這麼爭氣地壞掉，雖然那天頗為尷尬，但也正是那樣，善良好心的天使才會送紅線給他。

他覺得是緣分，紅線真的很靈，他很感激。

只是時間真是個討厭的傢伙，竟然一轉眼就已經十一點多，太晚了，真的要送她回家，而他明天還要上班。

車子開到尹婷家的社區門口，尹婷捨不得馬上走，還在跟他嘮叨：「你回去要打電話給我，讓我知道你平安到家了喔！」

「好。」

「我明天去接你之前再打電話給你，要是你太忙就提前跟我說，不要太趕，也要注意工作的時候適當休息。看電腦不要太久，半小時起來活動活動，多喝水。午餐不要圖省事，吃點好的。」

「好。」仇正卿忍不住笑。

「幹麼笑？」尹婷臉紅了，但還是捨不得走。第一次約會呢，時間都不夠用，這麼快就要分開。

「我覺得妳不像我女朋友。」

尹婷一瞪眼，「敢說我像老媽子就試試看！」

「像我老婆。」

「……」尹婷頓時沒了氣勢，臉好紅。

「你們社區挺好的呀！」仇正卿突然換了個話題。

「是啊，當年可是本市數一數二的豪華社區。」尹婷道：「我媽挑的，也是她親自設計裝修的，可惜她沒住多久就去了。我爸說你們要是喜歡別處，你們自己買自己搬，反正他是要在這裡養老送終的。我和我哥都沒走，怪老頭沒人看著怎麼行？」

仇正卿笑了笑，「那我參觀一下你們社區可以吧？現在不下雨了，就當散散步。」

尹婷笑了，猛點頭。原來他也捨不得分開，她開開心心領著仇正卿進去了。

兩個人逛了社區裡的池塘假山，又去了綠化長廊。尹婷告訴他，當初她的貓碗就是放在這裡的，喵大大天天來，就住下了。又帶他去逛了山坡，說她就是在這裡的小樹林找到喵大大。她提著寵物箱，滿社區轉，從地下車庫一直找到山坡上，終於找到了。

「就是要抱著一定會找到的信心，不能放棄。」尹婷眨巴著眼睛，看著仇正卿。就像找男朋友一樣，她從來沒有被拒絕弄得喪失信心過。她覺得這個不行還有下一個，她一定會找到她的幸福。果然，重重波折表示後面會有大大的幸福。

她對著仇正卿笑，剛想告訴他這個想法，仇正卿已經低頭下來，吻住了她。

尹婷踮腳抱住他，他們今晚吻過多少次了，她不記得，她只知道她喜歡他的吻。他把她抱得很緊，吻得很深。他越來越熟練和……大膽。

在尹婷快喘不上氣的時候，仇正卿稍微放開了她，兩個人都大口喘氣。尹婷看到他眼裡的熱情，她在他唇下說：「求正經，我跟你說，我身體也很好的，經常鍛鍊，年年體檢。我知道身體不好不但自己難過，對家人對伴侶都是負擔。看我爸就知道了，這麼多年，他一直沒有擺脫我媽離開的陰影，所以我不會的。我會努力保持健康，陪你很久很久，不讓你難過。」

仇正卿感動，把她緊緊抱在懷裡，覺得眼眶都熱了。他沒有親近的家人，尹婷會是他的唯一，而她知道，她說她不會讓他難過。

「我覺得如果妳離廚房遠一點，這個目標很容易實現。」他調侃她，然後覺得腰被狠狠掐了一下。他哈哈大笑，尹婷再掐他一下，又說：「求正經，你個性這麼嚴肅，等你老了，一定也是個怪老頭。不過沒關係，我在我爸這裡久經磨練，知道怎麼應付，所以你放心吧。」

「太不正經小姐，我覺得以妳的個性，就算老了也肯定是個愛搗蛋的怪老太太，不過妳放心，我在喵大大那久經磨練，知道怎麼應付，所以妳放心吧。」

尹婷大笑，所以他們是天生一對嗎？「真不想回家。」她嘀咕著。

「我也是。」他又想吻她了。

「不過我家有怪老頭。」尹婷又說：「所以我得回去了。」

真可惜，仇正卿無奈，「我送妳到樓門口。」能賴久一點就久一點。

「好。」

到了樓門口，尹婷給了他一個吻，於是仇正卿決定送她到電梯口。到了電梯口，實在是不能再送，只是他告訴她，希望他能到她家坐坐的那一天快點到來。

尹婷進電梯了，電梯門快關上的那一剎那，尹婷看到仇正卿不捨的表情。她忙按了開門鍵，衝出去又給了仇正卿一個吻，然後跑回電梯，嘻嘻笑，「一定會很快，我跟我爸說。」

電梯門關了，仇正卿看著樓層數往上跳，終於停了下來。他看著，彷彿看到尹婷蹦跳著出電梯，他笑了，「晚安。」

仇正卿回到家，抱了喵大大好一會兒。尹婷又買了好些東西給貓，房間裡多了個櫃子。他看了看，裡面有好幾件貓的小衣服，還有遛貓的小背帶、牽引繩，以及各種零食、玩具。

「她快把你寵壞了。」仇正卿跟喵大大說。喵大大不理他，卻對抽屜裡的零食很感興趣，張嘴就咬，被仇正卿撥開了，把抽屜關上。他也會被尹婷寵壞的，他想。

他躺在床上，想起尹婷的吻，身體發熱。像做夢一樣，這是他有生之年度過的最美好的聖誕節。

尹婷在家裡也是飄飄然的狀態。尹實不在家，在店裡。她爸已經睡下，傭人出來問她要不要吃宵夜，尹婷搖頭，傻笑著飄回自己的房間。她鄭重地從包裡掏出仇正卿送她的電子相框，擺在床頭櫃上。相框裡，一條條表白和承諾輪替著播出，尹婷看著看著，害羞地倒在床上，用被子蓋住自己的臉。

她喜歡他的吻，他身上有讓人安心的氣息，他的味道也很好。他還很溫柔，大掌很暖，他的眼睛很明亮，眼神很動人，他還說希望能早點到她家來坐坐。

尹婷傻笑，他真是心急呢，好可愛啊！

她決定也要送他一件禮物，像他的電子相框一樣這麼有新意，這麼感人的禮物。她得好好想一想。想著想著，又想到他今天一直在看她，眼神那麼熱切，她又覺得害羞了。

傻笑了好半天，電話忽然響了，她一看，是仇正卿，趕緊接了起來，「你到家了嗎？」

「嗯，到了一會兒了。」

「大大好嗎？」

「好得不得了。」吃飽了玩，玩夠了睡，那胖貓再好也沒有了。

「那你現在在做什麼？」

躺在床上想妳！「沒做什麼。」他不好意思說實話，「妳在做什麼？睡了嗎？」

「我也沒做什麼。」躺在床上思念他，這種事不能隨便說，起碼他承認他有想她她才要說，然後她想起來了，「對了，你的鑰匙還在我這裡呢！」

「我知道啊，我拿了把新的。」仇正卿笑，「要是我也像妳那樣丟三落四，豈不是進不了家門？」

「那鑰匙歸我了喔！」她才不要還給他。

「好啊，歸妳了。」仇正卿頓了頓，又說：「小婷。」

「怎麼了？」

「我從來沒有試過按自己家的門鈴，謝謝妳。」他低沉的嗓音淳厚溫柔，她的心被打動了。從來沒有按過自己家的門鈴，因為門後不會有人為他開門，這得多寂寞？尹婷心疼極了。

「我今天很開心。」仇正卿說。

「我也是。」尹婷很感動。

「我要睡了，明天得上班。」

「好，你早點休息。」

「那我們明天晚上見。」仇正卿要確認一下才安心。

「好，明天見。」

掛了電話，尹婷心情有些起伏。

她要對他好一點，不，要對他好很多很多！

（未完待續）

星光熠熠，在晴空之下愛得閃閃發亮～

晴空首次與 POPO 原創網合作舉辦

決戰星勢力主題徵文比賽活動預告

活動名稱：決戰星勢力之偶像經紀人徵文比賽

主辦單位：晴空出版、POPO原創網

活動時間：2015/6/1～2015/6/28

報名辦法：2015/6/1起，於POPO原創網（http://www.popo.tw）決戰星勢力徵文活動專區報名，並完成線上創作及作品張貼。活動網址將另行公告。

活動辦法：

1. 請參賽者扮演偶像經紀人的角色，從指定的10位候選角色中，挑選1～3人組成偶像（團體），並為該偶像（團體）創造引吸人的故事。候選角色資料請見晴空blog的活動公告。
2. 偶像（團體）一定要從指定的10名角色中挑選，但可以再加入自行原創的角色（例如：經紀人、競爭對手、女主角……等等）。
3. 體材不拘，不論是愛情、奇幻、推理、恐怖、BL……皆可，只要角色有魅力、故事吸引人閱讀，不論什麼體材都歡迎。
4. 活動於6/28（週日）凌晨截止，參賽作品要達到以下闖關標準，方可進入編輯評選階段：

   (1)點閱1000以上、(2)收藏40以上、(3)珍珠30以上、 (4)心得留言40則以上（字數不限，只計算數量）、(5)總字數達6萬字以上

   ※上述統計方式，以POPO原創網線上數據為基礎。
5. 獲得優勝作品須達字數8萬字以上方可出版，因此參賽作品可於連載期間把整部作品連載完，或是取得優勝通知後把字數補齊。但若未達闖關標準的6萬字以上會直接進行淘汰。

活動獎勵：優勝作品，將可獲得晴空出版實體書的機會。

提醒事項：

1. 本活動由晴空出版與POPO原創網合辦，所有相關活動辦法與進度會同步公告POPO原創網(http://www.popo.tw)的活動頁面以及晴空blog：http://sky.ryefield.com.tw
2. 本消息為活動預告訊息，詳細辦法請以2015/6/1活動上線之辦法為準。
3. 由於開放報名時間有限（2015/6/1～2015/6/28），有興趣的作家朋友，可以開始全力準備囉～

綺思館016

求你正經點（上）

國家圖書館出版品預行編目資料

求你正經點 / 汀風著. -- 臺北市 : 晴空出版 : 家庭傳媒城邦分公司發行, 2015.04-
冊； 公分. --（綺思館 ; 16-）
ISBN 978-986-91602-4-7（上冊 : 平裝）

857.7　　104003987

城邦讀書花園
www.cite.com.tw

作者	汀 風
封面繪圖	Welkin
責任編輯	施雅棠　羅婷婷
國際版權	吳玲緯
行銷	陳麗雯　蘇莞婷
業務	李再星　陳玫潾　陳美燕　枡幸君
副總編輯	林秀梅
副總經理	陳瀅如
編輯總監	劉麗真
總經理	陳逸瑛
發行人	涂玉雲
出版	晴空 城邦文化事業股份有限公司 104台北市中山區民生東路二段141號5樓 電話：（886）2-2500-7696　傳真：（886）2-2500-1966
發行	英屬蓋曼群島商家庭傳媒股份有限公司城邦分公司 104台北市中山區民生東路二段141號2樓 客服服務專線：(886)2-2500-7718；2500-7719 24小時傳真服務：(886)2-2500-1990；2500-1991 服務時間：週一至週五09:30-12:00；13:30-17:00 郵撥帳號：19863813　戶名：書虫股份有限公司 讀者服務信箱：service@readingclub.com.tw
晴空部落格	http://sky.ryefield.com.tw
香港發行所	城邦（香港）出版集團有限公司 香港灣仔駱克道193號東超商業中心1樓 電話：852-2508-6231　傳真：852-2578-9337 E-mail：hkcite@biznetvigator.com
馬新發行所	城邦（馬新）出版集團【Cite(M)Sdn. Bhd.(45832U)】 411, Jalan 30D/146, Desa Tasik,Sungai Besi, 57000 Kuala Lumpur, Malaysia. 電話：(603) 9057-8822　傳真：(603) 9057-6622 Email：cite@cite.com.my
美術設計	L-YL
內頁排版	洸譜創意設計股份有限公司
初版一刷	2015年 04月07日
定價	250元
I S B N	978-986-91602-4-7